陶淵明集校箋

[晉]陶淵明 著
龔斌 校箋

陶淵明集卷之五

賦辭

感士不遇賦〔一〕并序

昔董仲舒作士不遇賦〔二〕，司馬子長又爲之〔三〕。余嘗以三餘之日〔四〕，講習之暇〔五〕，讀其文，慨然惆悵。夫履信思順〔六〕，生人之善行；抱樸守静〔七〕，君子之篤素。自真風告逝，大僞斯興〔八〕，閭閻懈廉退之節〔九〕，市朝驅易進之心。懷正志道之士，或潛玉於當年〔一〇〕；潔己清操之人，或没世以徒勤〔一一〕。故夷皓有安歸之嘆〔一二〕，三閭發已矣之哀〔一三〕。悲夫！寓形百年，而瞬息已盡；立行之難，而一城莫賞〔一四〕。此古人所以染翰慷慨，屢伸而不能已者也。夫導達意氣，其惟文乎？撫卷躊躇，遂感而賦之。

咨大塊之受氣〔一五〕，何斯人之獨靈。稟神智以藏照〔一六〕，秉三五而垂名〔一七〕。或擊壤以自歡〔一八〕，或大濟於蒼生。靡潛躍之非分〔一九〕，常傲然以稱情。世流浪而遂徂，物羣分以相形〔二〇〕。密網裁而魚駭，宏羅制而鳥驚。彼達人之善覺〔二一〕，乃逃祿而歸耕。山嶷嶷而懷影〔二二〕，川汪汪而藏聲〔二三〕。望軒唐而永嘆〔二四〕，甘貧賤以辭榮。淳源汨以長分〔二五〕，美惡紛其異途。原百行之攸貴〔二六〕，莫爲善之可娱〔二七〕。奉上天之成命，師聖人之遺書。發忠孝於君親，生信義於鄉閭。推誠心而獲顯，不矯然而祈譽。嗟乎！雷同毁異〔二八〕，物惡其上〔二九〕，妙算者謂迷〔三〇〕，直道者云妄。坦至公而無猜，卒蒙恥以受謗〔三一〕，雖懷瓊而握蘭〔三二〕，徒芳潔而誰亮。哀哉！士之不遇，已不在炎帝帝魁之世〔三三〕。獨祇修以自勤〔三四〕，豈三省之或廢〔三五〕。庶進德以及時〔三六〕，時既至而不惠〔三七〕。無爰生之晤言，念張季之終蔽〔三八〕。愍馮叟於郎署，賴魏守以納計〔三九〕。雖僅然於必知，亦苦心而曠歲〔四〇〕。審夫市之無虎，眩三夫之獻説〔四一〕。悼賈傅之秀朗〔四二〕，紆遠轡於促界〔四三〕。悲董相之淵致，屢乘危而幸濟〔四四〕。感哲人之無偶，淚淋浪以灑袂〔四五〕。承前王之清誨〔四六〕，曰天道之無親；澄得一以作鑒〔四七〕，恒輔善而佑仁。夷投老以長飢〔四八〕，回早夭而又貧〔四九〕；傷請車以備槨〔五〇〕，悲茹薇而殞身；雖好學與行義，何死生之苦辛。疑報德之若兹，懼斯言之虛陳〔五一〕。何曠世之無才〔五二〕，罕無路之不澀〔五三〕。伊古人之慷慨，病奇名之不立〔五四〕。廣結髮以從政〔五五〕，不愧賞於萬邑〔五六〕。屈雄志於戚豎，竟尺土之莫及〔五七〕。留誠信於身後，動衆人之悲泣〔五八〕。商盡規以拯弊〔五九〕，言始順而患入。奚良辰之易傾，胡害勝其乃急〔六〇〕。蒼旻遐緬〔六一〕，人事無已。有感有昧，疇測其理〔六二〕。寧固窮以濟意，不委曲而累己。既軒冕之非榮〔六三〕，豈縕袍之爲恥〔六四〕。誠謬會以取拙〔六五〕，且欣然而歸止。擁孤襟以畢歲〔六六〕，謝良價於朝市〔六七〕。

【校記】

爲之　「爲」，曾本云，一作「悲」。蘇寫本、汲古閣本同。

篤素　陶本原校：「焦本云，一作『素業』。」「素」，曾本、汲古閣本云，一作「業」。蘇寫本作「業」，云，一作「素」。

廉退之節　曾本云，一作「廉退之文節」。汲古閣本同。

懷正志道之士，或潛玉於當年；潔己清操之人，或没世以徒勤　曾本云，一作「懷正志道之士，或潛於當年；潔己清操之士，或没於往世」。蘇寫本、汲古閣本同。

徒勤　「勤」，曾本、汲古閣本云，一作「想」。

藏照　「照」，曾本云，一作「往」。蘇寫本、汲古閣本同。

懷影　「影」，曾本、汲古閣本云，一作「褐」。

淳源汩　「汩」，陶本原校：「焦本云，『汩』一作『恒』。」曾本、汲古閣本云，一作「消」。

紛其　陶本原作「作以」。各本同。陶本原校：「焦本云，一作『紛其』。」曾本、汲古閣本云，一作「紛其」；「其」，又作「然」。蘇寫本云，宋本作「紛其」。按，陸機思親賦：「零雪紛其下頹。」庾儵冰井賦：「霜雪紛其交淪兮，流波結而成淩。」作「紛其」較勝，今據改。

上天　曾本、汲古閣本云，一作「天地」。

而獲顯　「而」，曾本、汲古閣本云，一作「以」。

坦至公　「坦」，曾本云，一作「恒」。蘇寫本、汲古閣本、焦本同。

懷瓊　「瓊」，曾本、汲古閣本云，一作「瓖」，又作「瑶」。

芳潔　「潔」，曾本、蘇寫本作「絜」。

已不在　蘇寫本無「不」字。

爰生　「爰」，曾本、汲古閣本誤作「奚」，云，一作「爰」。

晤言　「晤」，曾本、汲古閣本云，一作「格」。

必知　「知」，曾本、汲古閣本云，一作「智」。

無虎　曾本、汲古閣本云，一作「有獸」。

無偶　「偶」，曾本云，一作「遇」。蘇寫本、汲古閣本同。

病奇名　「病」，陶本原校：「焦本云，一作『痛』。」曾本、汲古閣本云，一作「痛」。

動衆人　「動」，陶本原校：「一作『慟』。」曾本作「慟」，云，一作「動」。汲古閣本同。李本作「慟」。

蒼旻　各本皆作「旻」。按，「昊」、「旻」泛指天，于義皆通。

而累己　「而」，曾本、汲古閣本云，一作「以」。

而歸止　「而」，曾本云，一作「於」。

【箋注】

〔一〕此文作年有異説。一説作於淵明歸田前期。古譜義熙三年（四〇七）條以爲賦中「寧固窮以濟意，不委曲而累己」等語，與歸去來兮辭相發明，「殆彭澤去官後作也」。逯繫年謂作於義熙二年（四〇六）。一説作於元興二年（四〇三）丁母憂居家時，與癸卯歲十二月中與從弟敬遠詩同時作。一説作於晉宋易代後。如王瑶注繫之宋永初三年（四二二）。按，此文思想内容多與飲酒二十首相近。「擁孤襟以畢歲，謝良價於朝市」二句，顯指義熙末稱疾不應徵命事，故此文大致作於義熙十一二年間。

〔二〕董仲舒：西漢著名哲學家，著有春秋繁露。

〔三〕司馬子長：司馬遷，字子長，西漢著名史學家、文學家，著有史記。所作悲士不遇賦見藝文類聚。

〔四〕三餘之日：三國志魏書王肅傳裴松之注引魏略：「或問三餘之意，（董）遇言：『冬者歲之餘，夜者日之餘，陰雨者時之餘也。』」

〔五〕講習：謂互相研討學習。越絶書外傳本事：「養徒三千，講習學問。」

〔六〕履信思順：篤守信用，思念和順。易繫辭上：「天之所助者，順也；人之所助者，信也。履信思乎順，又以尚賢也，是以自天祐之。」陸機感丘賦：「雖履信而思順，曾何足以保兹。」

〔七〕抱樸守静：老子十九章：「見素抱樸。」老子十六章：「守静篤。」

〔八〕「真風」二句：佚名中論序：「聖人之道息，邪僞之事興。」晉書卷八九嵇含傳：「人僞俗季，真風既散。」此二句與飲酒詩其二十「羲農去我久，舉世少復真」二句同意。

〔九〕閭閻：里門，此指世間，與下文「市朝」並舉。

〔一〇〕潛玉：猶藏玉、懷玉，喻隱居。論語子罕：「有美玉於斯，藴櫝而藏諸？」晉書卷九四戴逵傳：「採其被褐懷玉之由。」

〔一一〕没世：終身。司馬遷悲士不遇賦：「没世無聞，古人惟恥。」

〔一二〕「故夷皓」句：何注：「史記卷六一伯夷列傳：伯夷、叔齊隱於首陽山，作歌曰：『神農虞夏，忽焉没兮，我安適歸矣！』高士傳：『四皓逃入藍田山，曰：唐虞世遠，吾將安歸？』」

〔一三〕三閭：指屈原，原曾任楚國三閭大夫。已矣之哀：何注：「屈原離騷，其亂曰：『已矣哉！國無人莫我知兮，又何懷乎故都。』」

〔一四〕一城：猶尺土，指爵位俸禄。

〔一五〕大塊：自然。莊子齊物論：「夫大塊噫氣，其名爲風。」郭象注：「大塊者，無物也。」「物之生也，莫不塊然而自生，則塊然之體大矣，故遂以大塊爲名。」成玄英疏：「大塊者，造物之名，亦自然之稱也。」受氣：莊子知北遊：「人之生，氣之聚也。聚則爲生，散則爲死。」莊子至樂：「雜乎芒芴之間，變而有氣，氣變而有形，形變而有生。」

〔一六〕照：明也。淮南子俶真訓：「寂寞之中，獨有照焉。」

〔一七〕三五：謂三正五行。三正，指天地人的正道。書甘誓：「有扈氏威侮五行，怠棄三正。」五行，即五常。荀子非十二子：「案往舊造説，謂之五行。」楊倞注：「五常：仁、義、禮、智、信是也。」

〔一八〕擊壤：擊壤本是古代游戲。李注：「韻語陽秋曰：藝經云：『壤以木爲之，前廣後狹，長尺四寸，闊三寸，其形如履。將戲，先側一壤於地，遠三四十步，以手中壤擊之，中者爲上，蓋古戲也。』」擊壤自歡，指隱居自適。論衡藝增篇：「有年五十擊壤於路者，觀者曰：『大哉，堯德乎！』擊壤者曰：『吾日出而作，日入而息，鑿井而飲，耕田而食，堯何等力！』」

〔一九〕潛躍：易乾象辭：「潛龍勿用，陽在下也；或躍在淵，進無咎也。」嵇喜答嵇康詩：「出處因時資，潛躍無常端。」慧遠大智論鈔序：「孰能與之潛躍。」此句緊承上句，潛，指「或擊壤以自歡」；躍，指「或大濟於蒼生」。意謂人們不論出仕或隱居，都一任自然，合乎人的本性。

〔二〇〕羣分：以羣（等級）劃分。陸雲征西大將軍京陵王公會射堂皇太子見命作此詩：「大鈞造物，庶類羣分。」郭璞爾雅圖讚星：「萬類羣分。」

〔二一〕善覺：猶先覺，善于覺察和了悟。成公綏嘯賦：「愍流俗之未悟，獨超然而先覺。」「達人之善覺」，意同飲酒詩其一「達人解其會」。

〔二二〕嶷嶷：高峻貌。楚辭九懷陶壅：「越炎火兮萬里，過萬首兮嶷嶷。」史記卷一五帝本紀：「其德嶷嶷。」索隱：「嶷嶷，德高也。」懷影：莊子在宥：「故賢者伏處大山嵁巖之下。」陸景誡盈：「然古之智士，或山藏林竄，忽而不慕。」按，「懷影」及下句「藏聲」，即指隱士栖身於山林。

〔二三〕汪汪：水深大貌。後漢書卷五三黄憲傳：「叔度汪汪若千頃陂，澄之不清，淆之不濁，不可量也。」蔡邕郭有道碑：「浩浩焉，汪汪焉，奥乎不可測已。」

〔二四〕軒唐：軒，軒轅氏，即黄帝。唐，陶唐氏，即帝堯。

〔二五〕淳源：比喻淳真的風俗。汩：沉淪，埋没。

〔二六〕原：推察，尋究。漢書卷八三薛宣傳：「原心定罪。」顔師古注：「原，謂尋其本也。」百行：指種種品行。蔡邕陳寔碑：「兼資九德，總修百行。」嵇康與山巨源絶交書：「故君子百行，殊途而同致。」

〔二七〕「莫爲善」句：後漢書卷四二東平憲王蒼傳：「日者問東平王處家何等最樂，王言爲善最樂。」

〔二八〕毁異：即毁譽。飲酒詩其六：「是非苟相形，雷同共毁譽。」

〔二九〕物惡其上：逯注：「物泛指人。」「晉書卷九二袁宏傳：『人惡其上，世不容哲。』」又，晉書卷七五王坦之傳：「人之所貴，我不可取。誠患人惡其上，衆不可蓋。」文選李康運命論：「行高於人，衆必非之。」

〔三〇〕妙算者：深謀遠慮之人。晉書卷三三石苞傳：「漢高捨陳平之污行，而取其六奇之妙算。」

〔三一〕「卒蒙恥」句：逯注：「按桓玄篡晉失敗，與玄有關係者率被株連治罪。陶一度仕玄，亦受譏議，故史傳謂其『少年薄宦，不潔去就之迹』。蒙恥受謗蓋指此。」可備一説。

〔三二〕懷瓊而握蘭：比喻品格美好貞潔。

〔三三〕炎帝帝魁：文選張衡東京賦：「仰不睹炎帝帝魁之美。」薛綜注：「炎帝，神農後也。帝魁，神農名，並古之君號也。」

〔三四〕祗修：敬修。

〔三五〕三省：論語學而：「曾子曰：吾日三省吾身，爲人謀而不忠乎？與朋友交而不信乎？傳不習乎？」

〔三六〕「庶進德」句：易乾文言：「君子進德修業，欲及時也。」

〔三七〕「時既至」句：詩小雅楚茨：「孔惠孔時。」鄭箋：「惠，順也。」

〔三八〕「無爰生」二句：爰生，爰盎。史記作袁盎，漢書作爰盎。張季，張釋之，字季。爲騎郎，事孝文帝，十年不得調，無所知名。中郎將袁盎知其賢，惜其去，乃請徙釋之補謁者。釋之對文帝言秦漢間事及秦所以失而漢所以興。文帝稱善，乃拜釋之爲謁者僕射。事見史記卷一〇二張釋之馮唐列傳。

〔三九〕「愍馮叟」二句：馮叟，指馮唐。魏守，指魏尚。馮唐爲中郎署長，爲人正直，言不忌諱，曾對漢文帝言雲中太守魏尚坐上功首虜差六級，下吏削爵太重。文帝悦，令馮唐持節赦魏尚，復以爲雲中太守，而拜馮唐爲車騎都尉，主中尉及郡國車士。事見史記卷一〇二張釋之馮唐列傳。

〔四〇〕「雖僅然」二句：言張季、馮唐雖最後遇上了知己，但已愁苦地耽誤了很多時日。

〔四一〕「審夫」二句：何注：「韓非子内儲説上：龐恭與太子質於邯鄲，謂魏王曰：『今一人言市有虎，王信乎？』曰：『不。』『二人言市有虎，王信之乎？』曰：『不信。』『三人言市有虎，王信之乎？』曰：『寡人信之。』恭曰：『夫市之無虎也明矣，然而三人言而成虎。』」審，信。

〔四二〕賈傅：賈誼。賈誼曾爲梁懷王太傅，故稱賈傅。秀朗：指才秀識高。文選陸機漢高祖功臣頌：「袁生秀朗。」李充九賢頌郭有道：「慧心秀朗。」

〔四三〕紆：曲。遠轡：千里之轡，喻駿馬。促界：狹小之地。按，此句以馬爲喻，感歎賈誼大才小用。據史記卷八四屈原賈生列傳，賈誼年少才多，天子議以爲任公卿之位，遭一班老臣妬忌，乃以賈生爲長沙王太傅。

〔四四〕「悲董相」二句：董相，指西漢董仲舒。曾爲江都王相和膠西王相，故稱董相。漢書卷五六董仲舒傳載：董仲舒著災異之記，主父偃妬忌之，取其書奏之天子。因書中有刺譏，下董仲舒吏，當死，幸詔赦之。後爲公孫弘妬忌，作膠西王相。董仲舒恐久獲罪，疾免居家，以修學著述爲事。「屢乘危」、「幸濟」，蓋指此類事。

〔四五〕淋浪：流滴不止貌。嵇康琴賦：「紛淋浪以流離。」

〔四六〕清誨：猶言明教、領教之敬辭。後漢書卷八〇下趙壹傳：「冀承清誨，以釋遥悚。」

〔四七〕「澄得一」句：老子三十九章：「天得一以清。」澄，清貌，指天。一，道之别名。淮南子精神訓：「一生二，二生三，三生萬物。」高誘註：「一，謂道也。」韓非子揚權：「道無雙，故曰一。」鑒，審察，監察。

〔四八〕夷：伯夷。投老：到老，垂老，臨老。後漢書卷七六仇覽傳：「母守寡養孤，苦身投老。」晉書卷八〇王羲之傳：「懷祖正當作尚書耳，投老可得僕射。」長飢：史記卷六一伯夷列傳：「夷齊恥食周粟，隱於首陽山，采薇而食，遂餓死。」

〔四九〕回：顔回。早夭：史記卷六七仲尼弟子列傳：「回年二十九，髮盡白，蚤死。」

〔五〇〕「傷請車」句：論語先進：「顔淵死，顔路請子之車以爲之椁。」何晏集解：「孔曰：

路，淵父也，家貧，欲請孔子之車賣以作椁。」

〔五一〕斯言：指「天道無親，常與善人」一類説教。按，以上數句是對「恒輔善而佑仁」的天道表示懷疑。

〔五二〕曠世：曠絶一世。文選張衡東京賦：「故曠世而不覿。」李善注：「曠世，歷年。」

〔五三〕澀：同「濇」。説文：「濇，不滑也。」段玉裁注：「澀，不滑也，然則二字雙聲同義。」六書故：「澀，水涸行艱，因謂之澀。」晉子夜四時歌冬歌：「塗澀無人行。」「無路之不澀」，謂世塗無不滯澀難行。

〔五四〕病：禮記樂記：「病不得其衆也。」鄭玄注：「病，猶憂也。」論語衛靈公：「君子病無能焉。」皇疏：「病，猶患也。」

〔五五〕廣：西漢李廣。史記有傳。結髮：指少年。史記卷一〇九李將軍列傳：「且臣結髮而與匈奴戰。」

〔五六〕「不愧賞」句：謂李廣功高，封萬户侯也當之無愧。

〔五七〕「屈雄志」二句：言李廣受制於衛青，竟尺土未封。戚豎，羣小。指衛青之流。逯注：「戚豎，貴戚小人，指子蘭，上官大夫。這句是説屈原高出羣小，立志爲雄。」按，從上下文義看，這幾句均寫李廣，逯注非。

〔五八〕「動衆人」句：指衆人爲李廣之死悲泣。按，以上六句寄慨於李廣的不遇。據史記卷一〇九李將軍列傳，漢文帝時李廣大破匈奴，文帝曰：「惜乎子不遇時，如令子當高帝時，萬户侯豈足道哉！」漢武帝時，征匈奴者封侯有數十人，而廣名聲遠在他人之上却不得封邑。後從大將軍衛青擊匈奴，失道。衛青使長史急責廣上簿，廣遂引刀自剄。百姓聞之，知與不知，無老壯皆爲垂涕。司馬遷贊其「忠實心誠信於士大夫也」。

〔五九〕商：前漢王商。漢書有傳。盡規：猶盡諫。呂氏春秋達鬱：「近臣盡規。」高誘注：「規，諫。」左傳昭公十六年：「子寧以他規我。」杜預注：「規，正也。」拯弊：拯救弊端。漢書卷八二王商傳載：成帝建始三年秋，京師訛言大水至，百姓大亂，大將軍王鳳以爲太后與帝及後宫可御船，令吏民上長安城避水。羣臣皆從鳳議。獨王商以爲此必訛言。不久，長安城中稍定，問之，果然是訛言。帝于是稱美商之固守，數稱其議。「盡規救弊」蓋指此類。

〔六〇〕害勝：讒害勝過自己的人。漢書卷八二王商傳載：大將軍王鳳怨商，陰求其短，使人上書言商閨門内事。後逢日食，太中大夫張臣，其人佞巧，上書罪狀商。成帝素重商，制曰「弗治」。王鳳力争之。免相。商發病嘔血薨。

〔六一〕蒼昊遐緬：蒼天遥遠。文選班固答賓戲：「超忽荒而躆昊蒼也。」曹植五遊詩：「曜靈未移景，倏忽造昊蒼。」

〔六二〕疇：爾雅釋詁：「疇，誰也。」

〔六三〕軒冕：軒車服冕，指官位爵禄。晉書卷九四董京傳：「軒冕不能令榮。」

〔六四〕緼袍：舊絮衣，貧賤者所服。論語子罕：「衣敝緼袍，與衣狐貉者立而不恥者，其由也歟？」

〔六五〕謬會：癸卯歲十二月中與從弟敬遠詩：「謬得固窮節。」「謬會」義近「謬得」。取拙：指守拙歸田。

〔六六〕孤襟：特異絶俗的情懷。畢歲：終年，終身。

〔六七〕謝：謝絶。良價：善價。論語子罕：「子貢曰：『有美玉于斯，韞匵而藏諸？求善價而沽諸？』子曰：『沽之哉！沽之哉！我待賈者也。』」這裏反用其意，表示不再出仕。

【集評】

邱嘉穗東山草堂陶詩箋卷五：「起結皆盡性至命之言，能明出處之分，而潔去就之義，中間雜引古人，無非此意。陶公真有學有守者哉。」

孫人龍纂輯陶公詩評注初學讀本卷二：「公一生貞志不休，安道苦節，其本領見於此數語。雖感士不遇，而歸於固窮篤志。讀其文，真可使馳競情遣，鄙吝意祛，所謂有助於風教，豈不信哉！」

劉熙載藝概卷三賦概：「董廣川士不遇賦云：『雖矯情而獲百利兮，復不如正心而歸一善。』此即正誼明道之旨。司馬子長悲士不遇賦云：『没世無聞，古人唯恥。』此即述往事、思來者之情。陶淵明感士不遇賦云：『寧固窮以濟意，不委曲而累己。』此即屢空晏如之意。可見古人言必由志也。」

閑情賦〔一〕 并序

初張衡作定情賦〔二〕，蔡邕作静情賦〔三〕，檢逸辭而宗澹泊〔四〕，始則蕩以思慮，而終歸閑正〔五〕。將以抑流宕之邪心，諒有助于諷諫〔六〕。綴文之士，奕代繼作〔七〕，並因觸類〔八〕，廣其辭義。余園閭多暇，復染翰爲之。雖文妙不足，庶不謬作者之意乎？

夫何瓌逸之令姿〔九〕，獨曠世以秀羣〔一〇〕。表傾城之豔色〔一一〕，期有德於傳聞。佩鳴玉以比潔，齊幽蘭以争芬。淡柔情於俗内〔一二〕，負雅志於高雲〔一三〕。悲晨曦之易夕，感人生之長勤〔一四〕。同一盡於百年，何歡寡而愁殷〔一五〕。褰朱幃而正坐〔一六〕，汎清瑟以自欣〔一七〕。送纖指之餘好，攘皓袖之繽紛〔一八〕。瞬美目以流眄，含言笑而不分〔一九〕。曲調將半，景落西軒。悲商叩林〔二〇〕，白雲依山。仰睇天路，俯促鳴絃〔二一〕。神儀嫵媚〔二二〕，舉止詳妍〔二三〕。激清音以感余，願接膝以交言〔二四〕。欲自往以結誓，懼冒禮之爲諐〔二五〕。待鳳鳥以致辭，恐他人之我先〔二六〕。意惶惑而靡寧，魂須臾而九遷〔二七〕。願在衣而爲領，承華首之餘芳〔二八〕；悲羅襟之宵離〔二九〕，怨秋夜之未央〔三〇〕。願在裳而爲帶，束窈窕之纖身；嗟温涼之異氣〔三一〕，或脱故而服新。願在髮而爲澤〔三二〕，刷玄鬢於頽肩〔三三〕；悲佳人之屢沐，從白水以枯煎。願在眉而爲黛〔三四〕，隨瞻視以閑揚〔三五〕；悲脂粉之尚鮮，或取毁於華粧〔三六〕。願在莞而爲席〔三七〕，安弱體於三秋〔三八〕；悲文茵之代御〔三九〕，方經年而見求。願在絲而爲履，附素足以周旋〔四〇〕；悲行止之有節，空委棄於牀前。願在晝而爲影，常依形而西東；悲高樹之多蔭，慨有時而不同〔四一〕。願在夜而爲燭，照玉容於兩楹；悲扶桑之舒光〔四二〕，奄滅景而藏明。願在竹而爲扇，含淒飈於柔握〔四三〕；悲白露之晨零，顧襟袖以緬邈〔四四〕。願在木而爲桐，作膝上之鳴琴；悲樂極以哀來，終推我而輟音〔四五〕。考所願而必違，徒契契以苦心〔四六〕。擁勞情而罔訴，步容與於南林〔四七〕。栖木蘭之遺露〔四八〕，翳青松之餘陰。儻行行之有覿〔四九〕，交欣懼於中襟〔五〇〕。竟寂寞而無見，獨悁想以空尋〔五一〕。斂輕裾以復路，瞻夕陽而流歎。步徙倚以忘趣〔五二〕，色慘悽而矜顔〔五三〕。葉燮燮以去條〔五四〕，氣淒淒而就寒。日負影以偕没，月媚景於雲端。鳥悽聲以孤歸，獸索偶而不還。悼當年之晚暮，恨兹歲之欲殫。思宵夢以從之，神飄颻而不安。若憑舟之失櫂，譬緣崖而無攀。于時畢昴盈軒〔五五〕，北風淒淒。恫恫不寐〔五六〕，衆念徘徊。起攝帶以伺晨，繁霜粲於素階。雞斂翅而未鳴，笛流遠以清哀。始妙密以閑和〔五七〕，終寥亮而藏摧〔五八〕。意夫人之在兹，託行雲以送懷。行雲逝而無語，時奄冉而就過〔五九〕。徒勤思以自悲，終阻山而帶河。迎清風以祛累〔六〇〕，寄弱志於歸波。尤蔓草之爲會〔六一〕，誦邵南之餘歌〔六二〕。坦萬慮以存誠，憩遥情於八遐〔六三〕。

【校記】

閑情賦　陶本原校：「何本『閑』作『閒』，非。」

定情賦　曾本、汲古閣本云，一無「賦」字。

静情賦　「静情」曾本、汲古閣本云，一作「檢逸」，一無「賦」字。

檢逸辭而宗澹泊，始則　曾本、汲古閣本云，一本無此九字。「則」，一作「皆」。

奕代　「代」，曾本、汲古閣本云，一作「世」。

並因　「因」，陶本原校：「從張自烈本作『因』。各本作『固』。」曾本、李本作「固」。

爲之　「之」，曾本、汲古閣本云，一作「文」。

文妙　曾本、汲古閣本云，一作「好學」。

之意乎　曾本、汲古閣本云，一無「乎」字。

瓌逸　「瓌」，陶本原校：「一作『懷』，又作『環』，皆非。」李本作「懷」。按，作「瓌」是，參見注〔九〕。

以秀羣　「以」，曾本、汲古閣本云，一作「而」。

豔色　「豔」，曾本、汲古閣本云，一作「令」。

有德　「德」，曾本云，一作「聽」。蘇寫本、汲古閣本同。

比潔　「潔」，曾本作「絜」。蘇寫本、李本同。

一盡　「盡」，曾本、汲古閣本云，一作「晝」。按，「晝」乃「盡」之形誤。

皓袖　「袖」，曾本、汲古閣本、蘇寫本云，一作「腕」。

流盼　「盼」，各本作「眄」。按，盼、眄義同。阮籍詠懷詩：「流盼發姿媚，言笑吐芬芳。」

接膝　「膝」，曾本云，一作「手」。蘇寫本、汲古閣本同。

鳳鳥　曾本云，一作「鳴鳳」。蘇寫本、汲古閣本同。

羅襟　「羅」，曾本云，一作「素」。蘇寫本、汲古閣本同。

之末央　「之」，曾本、汲古閣本云，一作「其」。

於頹肩　「於」，曾本作「以」。蘇寫本、汲古閣本同。

從白水　「從」，蘇寫本作「徒」。「白水」，曾本、汲古閣本云，一作「永日」。

脂粉　「脂」，曾本、汲古閣本云，一作「紅」。

委棄　「棄」，曾本、汲古閣本云，一作「余」。

而西東　「而」，曾本、汲古閣本云，一作「以」。

有時而　「而」，曾本云，一作「之」。汲古閣本同。

含淒飇　曾本、汲古閣本云，一作「命淒風」。

之晨零　「之」，曾本、汲古閣本云，一作「以」。

襟袖　「襟」，陶本原作「衿」。今據各本改。

以緬邈　「以」，曾本云，一作「之」。汲古閣本同。

契契　陶本原校：「焦本作『契闊』。」各本作「契契」。曾本云，一作「契契」，又作「契闊」。汲古閣本同。

中襟　「襟」，陶本原校：「一作『襟』。」曾本作「襟」。蘇寫本、李本、汲古閣本、焦本同。

悁想　曾本、汲古閣本云，一作「揺揺」。蘇寫本云，一本作「揺揺」。

復路　「復」，曾本、汲古閣本云，一作「候」。

忘趣　「忘」，李本作「志」。按，作「忘」是，「志」乃形誤，參見注〔五二〕。

慘悽　「悽」，曾本、汲古閣本云，一作「懍」。蘇寫本作「懍」。

以去條　「以」，曾本、汲古閣本云，一作「而」。

晚暮　「暮」，蘇寫本作「莫」。

畢昴　曾本云，一作「夜景」。蘇寫本、汲古閣本同。

惆悵　曾本、汲古閣本云，一作「耿耿」。

流遠以　曾本云，一作「遠噭而」。蘇寫本、汲古閣本同。

妙密　曾本云，一作「密勿」。蘇寫本、汲古閣本同。

而藏摧　「而」，蘇寫本作「以」。

行雲逝而無語，時奄冉而就過　曾本、汲古閣本云，一本云：「行雲逝而不我留，時亦奄冉而就過。」蘇寫本、李本同。

而帶河　「帶」，曾本、汲古閣本云，一作「滯」。蘇寫本作「滯」。

尤蔓草　「尤」，曾本云，一作「遮」。汲古閣本云，一作「遥」。

【箋注】

〔一〕閑：防也，閉也，限也。非爲悠閑之閑。易乾文言：「閑邪存其誠。」孔穎達疏：「言防閑邪惡，當自存其誠實也。」郗超奉法要：「謹守十善，閑邪以誠戒也。」古直陶靖節詩箋餘録據五柳先生傳「嘗著文章自娱，頗示己志」二語，以爲此賦乃淵明「少年示志之作」。王瑶注謂淵明太元十九年（三九四）喪偶，此賦或即這年所作。逯注謂作於淵明彭澤致仕後，「以追求愛情的失敗表達政治理想的幻滅」。或説作於晉宋易代之晚年，與感士不遇賦作於同時。按，賦序云：「余園閭多暇。」賦云：「悼當年之晚暮，恨茲歲之欲殫。」當年，壯年也。作於少年説及作於晚年説皆與「當年之晚暮」不合；且此賦熱情奔放，詞藻華美，不太像是晚年之作。故諸説中以逯注較可取，惟確切年份無可考。至於此賦之寓意，亦衆説紛紜（參見後【集説】）。據賦序「初張衡作定情賦，蔡邕作静情賦，檢逸辭而宗澹泊，始則蕩以思慮，而終歸閑正，將以抑流宕之邪心，諒有助於諷諫」，及賦末「尤蔓草之爲會，誦邵南之餘歌」云云，可知賦之寓意乃在「以禮閑情」，即「發乎情，止乎禮義」。諸如「眷懷故主」、「香草美人」之寄託，「思得同調」、「追求愛情」之理想，皆有謬作者之意。

〔二〕張衡：東漢著名文學家、科學家，著有二京賦、歸田賦、四愁詩等。其定情賦殘文見藝文類聚十八。

〔三〕蔡邕：東漢著名文學家，有蔡中郎集。其檢逸賦殘文見藝文類聚卷一八。

〔四〕檢：檢束，收斂。書伊訓：「檢身若不及。」孔穎達疏：「檢，謂自攝斂也。」逸辭：放蕩的文辭。

〔五〕終歸閑正：即「曲終奏雅」之意，賦應該有助於諷諫。

〔六〕諒：信。

〔七〕奕代：屢代。何注：「賦情始楚宋玉、漢司馬相如，平子、伯喈繼之爲定、静之辭。而魏則陳琳、阮瑀作止欲賦、王粲作閑邪賦、應瑒作正情賦、曹植作静思賦、晉張華作永懷賦。此靖節所謂奕世繼作，並因觸類，廣其辭義者也。」

〔八〕觸類：觸類相通，指感觸相通而奕世繼作。

〔九〕瓌逸：謂奇麗特異。宋玉神女賦：「瓌姿瑋態，不可勝讚。」令姿：美容。

〔一〇〕曠世：曠絶一世。文選曹植洛神賦：「奇服曠世，骨像應圖。」阮籍四言詠懷詩：「華容豔色，曠世特彰。」

〔一一〕傾城：漢書卷九七上孝武李夫人傳：「北方有佳人，絶世而獨立。一顧傾人城，再顧傾人國。」

〔一二〕「淡柔情」句：言情愫淡泊，拔出流俗。柔情，張華永懷賦：「懷婉娩之柔情。」

〔一三〕「負雅志」句：言懷抱高志，出於雲表。班固答賓戲：「仲尼抗浮雲之志。」文選袁宏三國名臣序讚：「雅志彌確。」

〔一四〕「感人生」句：楚辭遠遊：「惟天地之無窮兮，哀人生之長勤。」

〔一五〕殷：書禹貢：「九江孔殷。」鄭玄注：「殷，多也。」

〔一六〕褰：同搴，揭開。

〔一七〕汎：古代彈琴的指法。徐時綺緑綺新聲：「丿，泛也，言右手扣絃，左手輕浮着弦而應。」

〔一八〕攘：捋。皓袖：潔白的衣袖。曹植美女篇：「攘袖見素手。」

〔一九〕「瞬美目」二句：寫女子口目含情。楊慎升庵詩話謂此二句：「曲盡麗情，深入冶態，裴硎傳奇、元氏會真，又瞠乎其後矣。」錢鍾書云：「按大招衹云：『嫮目宜笑』，此則進而謂『流眄』之時，口無語而目有『言』，脣未嘻而目已『笑』，且虛涵渾一，不同『載笑載言』之可『分』；『含』者，如道學家説中庸所謂『未發境界也』。」（管錐編第四册）又，王粲神女賦：「目若瀾波，美姿巧笑。」

〔二〇〕悲商：指秋風聲。商，五音（宮、商、角、徵、羽）之一。古人以五行説五音，以商音屬西方，時當秋天。禮記月令謂孟秋之月、仲秋之月、季秋之月，「其音商」。

〔二一〕促：説文：「促，迫也。」促絃，指急彈。張協七命：「促彈高張。」

〔二二〕神儀：神態儀容。

〔二三〕詳妍：亦作「妍詳」，安詳美好貌。劉楨魯都賦：「含丹吮素，巧笑妍詳。」

〔二四〕接膝：謂屈膝與他人之膝相接，即對面而坐之意。

〔二五〕諐：同「衍」，過失。

〔二六〕「待鳳鳥」二句：楚辭離騷：「鳳凰既受詔兮，恐高辛之先我。」

〔二七〕「魂須臾」句：楚辭九章抽思：「惟郢路之遼遠兮，魂一夕而九遷。」

〔二八〕華首：指美女的秀髮。

〔二九〕宵離：夜晚解衣而寢，故云。

〔三〇〕未央：未盡。詩小雅庭燎：「夜如何其？夜未央。」

〔三一〕温涼：指氣候的暖冷。

〔三二〕澤：膏澤，用來潤髮。素問經絡論：「熱多則淖澤。」注：「澤，潤液也。」

〔三三〕玄鬢：黑髮。劉楨魯都賦：「玄鬢曜粉。」頹肩：柔肩，即曹植洛神賦：「肩若削成。」

〔三四〕黛：青黑色顔料，女子用來畫眉。

〔三五〕瞻視：瞻亦視也。論語堯曰：「君子正其衣冠，尊其瞻視，儼然人望而畏之。」後漢書卷四九王符傳：「或連日累月，更相瞻視。」閑揚：謂眉目閑雅美麗。詩鄭風野有蔓草：「有美一人，清揚婉兮。」毛傳：「清揚，眉目之間，婉然美也。」詩鄘風君子偕老：「揚且之皙也。」毛傳：「揚眉上廣。」詩又云：「之子清揚，揚且之顔也。」毛傳：「廣揚而額角豐滿。」孔穎達正義：「揚者，眉上之美。」

〔三六〕取毀：被毀。佳人重新梳粧，擦去尚留之脂粉，故云。

〔三七〕莞：一種蒲類所製的粗席。詩小雅斯干：「下莞上簟。」鄭玄箋：「莞，小蒲之席也。」

〔三八〕弱體：孅弱柔美之體。弱，淮南子原道訓：「志弱而事强。」高誘注：「弱，柔也。」文選司馬相如子虚賦：「嫵媚孅弱。」

〔三九〕文茵：詩秦風小戎：「文茵暢轂。」毛傳：「文茵，虎皮也。」代御：替换使用。

〔四〇〕周旋：此指進退的動作。阮籍大人先生傳：「進退周旋，咸有規矩。」

〔四一〕「悲高樹」二句：指樹蔭下形存影滅，即形影神詩「憩陰若暫乖」之意。

〔四二〕扶桑：見止酒詩注。

〔四三〕淒飈：涼風。柔握：猶纖掌。老子五十五章：「骨弱筋柔而握固。」傅咸羽扇賦：「近與風於捲握。」

〔四四〕緬邈：遥遠。文選潘岳寡婦賦：「遥逝兮逾遠，緬邈兮長乖。」文選謝靈運登江中孤嶼詩：「想象崑山姿，緬邈區中緣。」

〔四五〕輟：停止。按，以上「十願」一段，想象豐富，情調纏綿，極盡思致。姚寬西溪叢語卷上云：「陶淵明閑情賦，必有所自，乃出張衡同聲歌云：『邂逅承際會，偶得充後房。情好新交接，飂慄若探湯。願思爲莞席，在下蔽匡牀。願爲羅衾幬，在上衛風霜。』」又，張衡定情賦：「思在面爲鉛華兮，患離塵而無光。」蔡邕静情賦：「思在□而爲簧鳴，哀聲獨不敢聆。」王粲閑邪賦：「願爲環以約腕。」應瑒正情賦：「思在前爲明鏡，哀既往於替□。」當亦爲淵明仿效。閑情賦影響後世文士甚衆，對此，錢鍾書管錐編第四册舉例詳備，兹節録如下：「張、蔡之作，僅具端倪，潛乃筆墨酣飽矣。祖構或冥契者不少，如六朝樂府折楊柳：『腹中愁不樂，願作郎馬鞭，出入環郎臂，蹀座郎膝邊。』劉希夷公子行：『願作輕羅着細腰，願爲明鏡分嬌面。』裴諴新添聲楊柳枝詞之一：『願作琵琶槽那畔，得他長抱在胸前。』和凝河滿子：『卻愛藍羅裙子，羨他長束纖腰。』黄損望江南：『願作樂中箏，得近佳人纖手子，砑羅裙上放嬌聲，便死也爲榮。』明人樂府吴調挂真兒變好：『變一只繡鞋兒，在你金蓮上套；變一領汗衫兒，與你貼肉相交；變一個竹夫人，在你懷兒裏抱；變一個主腰兒，拘束着你；變一管玉簫兒，在你指上調；再變上一塊的香茶，也不離你櫻桃小。』」

〔四六〕契契：詩小雅大東：「契契寤歎，哀我憚人。」毛傳：「契契，憂苦也。」

〔四七〕容與：徘徊不進貌。見四言答龐參軍詩注。

〔四八〕「栖木蘭」句：楚辭離騷：「朝飲木蘭之墜露兮，夕餐秋菊之落英。」

〔四九〕儻：假若；如果。覯：會見。

〔五〇〕中襟：心中。

〔五一〕悁想：憂思。悁，説文：「悁，一曰悳也。」段玉裁注：「悳，愁也。」張衡思玄賦：「情悁悁而思歸。」

〔五二〕徙倚：徘徊不進貌。楚辭哀時命：「然隱憫而不達兮，獨徙倚而彷徉。」王粲登樓賦：「步栖遲以徙倚兮，白日忽其將匿。」趣，同「趨」。忘趣，不進也。

〔五三〕矜顔：容顔哀戚嚴肅。

〔五四〕燮燮：葉落聲。

〔五五〕畢：二十八宿之一。詩小雅大東：「有捄天畢。」淮南子天文訓：「西方曰顥天，其星胃昴畢。」昴：見雜詩其九注。

〔五六〕惘惘：同「烱烱」，目光不安貌。楚辭哀時命：「夜烱烱而不寐兮，懷隱憂而歷茲。」

〔五七〕妙密：美妙細密。閑和：閑雅平和。

〔五八〕藏摧：一作「摧藏」，形容極度哀傷。蔡邕琴賦：「抑案藏摧。」文選成公綏嘯賦：「悲傷摧藏。」李善注：「摧藏，自抑挫之貌。言悲傷能挫于人。」琴操，王昭君歌曰：『離宮絶曠，身體摧藏。』」

〔五九〕奄冉：猶荏苒，形容時光逐漸推移。

〔六〇〕袪累：去除外累。

〔六一〕蔓草：指詩鄭風野有蔓草。毛詩序稱是「男女失時，思不期而會」之作。會：男女私會。

〔六二〕邵南：指詩經中的召南。餘歌：猶餘詩。詩大序以爲周南、召南是「正始之道，王化之基」，有助於風教。逯注以爲：「召南餘歌，指的是草蟲、行露等篇，這些篇章都刺男女無禮私會。」

〔六三〕八遐：八方極遠之處。

【集説】

自蕭統以來，歷代對閑情賦旨意及評價分歧很大。蕭統陶淵明集序云：「白璧微瑕，惟在閑情一賦。揚雄所謂勸百而風一者，卒無諷諫，何足摇其筆端！惜哉，無是可也。」故文選不取茲篇。附和蕭統者如方東樹續昭昧詹言卷八云：「如淵明閑情賦可以不作。後世循之，直是輕薄淫褻，最誤子弟。」王闓運湘綺樓日記稱：「閑情賦十願，有傷大雅，不止『微瑕』。」然肯定此篇者終究占多數。蘇軾東坡題跋卷二題文選首駁昭明：「淵明閑情賦，正所謂『國風好色而不淫』，正使不及周南，與屈、宋所陳何異？而統乃譏之，此乃小兒强作解事者。」贊同蘇軾者如王觀國、毛先舒、閻若璩、何文焕、陳沆、劉光蕡等，異口同聲，集矢蕭統。既指出閑情賦諷諫之意，又指出其「假象過大」者爲錢鍾書，其管錐編第四册云：「……其謂『卒無諷諫』，正對陶潛自稱『有助諷諫』而發，其引揚雄語，正謂題之意爲『閑情』，而賦之用不免於『閑情』，旨欲『諷』而效反『勸』耳。流宕之詞，窮態極妍，淡泊之宗，形絀氣短，諍諫不敵摇惑。以此檢逸歸正，如朽索之馭六馬，彌年疾疢而銷以一丸也。」

關於此賦命意，大致有三説。一、比興説。持此説者或謂以美人比故主，或謂比同調之人。有人則理解更寬泛，如劉光蕡陶淵明閑情賦注云：「身處亂世，甘於貧賤，宗國之覆既不忍見，而又無如之何，故託爲閑情。其所賦之詞以爲學人之求道也可，以爲忠臣之戀主也可，即以爲自悲身世以思聖帝明王也亦無不可。」二、諷諫説。論者以爲此賦諷諫之意即在「發乎情，止乎禮義」。如孫人龍纂輯陶公詩評注初學讀本云：「意本風騷，自極高雅，所謂發乎情，止乎禮義者，非歟！逐層生發，情致纏綿，終歸閑正，何云卒無諷諫耶？」三、愛情説。現代論者多持此説，如魯迅且介亭雜文二集題未定草六云：「被論客贊賞着『采菊東籬下，悠然見南山』的陶潛先生，在後人的心目中，實在飄逸得太久了，但在全集裏，他有時却很摩登，『願在絲而爲履，附素足以周旋，悲行止之有節，空委棄於牀前』。竟想摇身一變，化爲『啊呀呀，我的愛人呀』的鞋子，雖然後來自説因爲『止乎禮義』，未能進攻到底，但那胡思亂想的自白，究竟是大膽的。」

【集評】

楊慎升庵詩話卷三：「陶淵明閑情賦『瞬美目以流盼，含言笑而不分』，曲盡麗情，深入冶態。

裴硎傳奇、元氏會真，又瞠乎其後矣。所謂詞人之賦麗以淫也。」何文焕歷代詩話考索：「彦周詩話謂退之詩『銀燭未銷窗送曙，金釵欲醉坐添香』，殊不類其爲人。余謂鐵心石腸，工賦梅花，閑情一賦，何傷靖節？正恐慣説鍾庸大鶴，却一動也動不得耳。」陳沆詩比興箋卷二：「閑情賦，淵明之擬騷。從來擬騷之作，見於楚辭集注者，無非靈均之重儓，獨淵明此賦，比興雖同，而無一語之似，真得擬古之神。」

歸去來兮辭〔一〕并序

余家貧，耕植不足以自給。幼稚盈室，缾無儲粟〔二〕，生生所資〔三〕，未見其術。親故多勸余爲長吏〔四〕，脱然有懷〔五〕，求之靡途。會有四方之事〔六〕，諸侯以惠愛爲德〔七〕，家叔以余貧苦〔八〕，遂見用於小邑。於時風波未静〔九〕，心憚遠役，彭澤去家百里，公田之利，足以爲酒，故便求之〔一〇〕。及少日，眷然有歸與之情〔一一〕。何則？質性自然〔一二〕，非矯厲所得〔一三〕。飢凍雖切，違己交病。嘗從人事，皆口腹自役〔一四〕。於是悵然慷慨，深愧平生之志。猶望一稔〔一五〕，當斂裳宵逝。尋程氏妹喪於武昌〔一六〕，情在駿奔〔一七〕，自免去職。仲秋至冬，在官八十餘日，因事順心，命篇曰歸去來兮。乙巳歲十一月也。

歸去來兮，田園將蕪胡不歸〔一八〕？既自以心爲形役〔一九〕，奚惆悵而獨悲。悟已往之不諫，知來者之可追〔二〇〕。實迷途其未遠〔二一〕，覺今是而昨非〔二二〕。舟遥遥以輕颺，風飄飄而吹衣。問征夫以前路〔二三〕，恨晨光之熹微。乃瞻衡宇〔二四〕，載欣載奔。僮僕歡迎，稚子候門。三逕就荒〔二五〕，松菊猶存。攜幼入室，有酒盈罇。引壺觴以自酌，眄庭柯以怡顔。倚南窗以寄傲〔二六〕，審容膝之易安〔二七〕。園日涉以成趣，門雖設而常關。策扶老以流憩〔二八〕，時矯首而遐觀〔二九〕。雲無心以出岫，鳥倦飛而知還〔三〇〕。景翳翳以將入〔三一〕，撫孤松而盤桓〔三二〕。歸去來兮，請息交以絶游。世與我而相違〔三三〕，復駕言兮焉求〔三四〕。悦親戚之情話，樂琴書以消憂。農人告余以春及，將有事於西疇。或命巾車〔三五〕，或棹孤舟。既窈窕以尋壑〔三六〕，亦崎嶇而經丘。木欣欣以向榮，泉涓涓而始流。善萬物之得時，感吾生之行休〔三七〕。已矣乎！寓形宇内復幾時，曷不委心任去留〔三八〕？胡爲乎遑遑欲何之〔三九〕？富貴非我願，帝鄉不可期〔四〇〕。懷良辰以孤往，或植杖而耘耔〔四一〕。登東皋以舒嘯〔四二〕，臨清流而賦詩〔四三〕。聊乘化以歸盡〔四四〕，樂夫天命復奚疑〔四五〕！

【校記】

歸去來兮辭　文選無「兮辭」二字。

幼稚盈室　曾本、汲古閣本云，一作「兼稚子盈室」。

見用於　「於」，曾本、汲古閣本作「爲」。

之利　「利」，曾本云，一作「秫」。湯本、汲古閣本同。

足以爲酒　曾本云，一作「過足爲潤」。馬永卿嬾真子引舊本同。「足以」，汲古閣本云，一作「足爲」。

嘗從　「嘗」，曾本云，一作「曾」。湯本、汲古閣本同。

歸去來兮　「兮」，陶本誤作「序」。

心爲形役　「心」，曾本、汲古閣本云，一作「身」。

遥遥　陶本原校：「緑君亭本云，一作『摇摇』」。

熹微　「熹」，曾本、汲古閣本云，一作「晞」。

自酌　「酌」，曾本、汲古閣本云，一作「適」。

成趣　「趣」，曾本、汲古閣本云，一作「逕」。

而遐觀　「而」，藝文類聚作「以」。

以出岫　「以」，李本、藝文類聚作「而」。

相違　「違」，文選、曾本作「遺」。按，作「違」是，參見注〔三〕。

春及　曾本、汲古閣本云，一無「及」字，一作「暮春」，又作「仲春」。蘇寫本無「及」字。文選作「春兮」。

有事於　「於」，文選作「乎」。

以尋壑　「以」，藝文類聚作「而」。「尋壑」，陶本原校：「孫志祖文選考異：『尋壑』。何云：『尋』，南史作『窮』。『窮』字佳。宋書同『窮』。」

經丘　「經」，曾本、汲古閣本云，一作「尋」。

得時　「時」，藝文類聚作「所」。

吾生　「生」，藝文類聚作「年」。

寓形宇内　曾本、汲古閣本内字下有「能」字，云，一無「能」字。

復幾時　藝文類聚復字下有「得」字。

胡爲乎　文選無「乎」字。

遑遑欲何之　陶本原校：「各本此下有『兮』字。文選無，今從之。」曾本遑字下有「兮」字，云，一無「兮」字。湯本、汲古閣本同。

復奚疑　「疑」，曾本、汲古閣本云，一作「爲」。

【箋注】

〔一〕據序云「乙巳歲十一月」，則本文作於義熙元年乙巳（四〇五）辭官彭澤之初。晉傳：

「義熙二年，解印去縣，乃賦歸去來。」記載顯然有誤。顧譜襲晉傳之誤，又曲解序文「猶望一稔，當斂裳宵逝」等語，以爲淵明歸田在義熙二年，本篇「非即是解綬去職時作也」。其説非。許嵩建康實録卷一〇、王禕自建昌州還經行廬山下記謂作於義熙三年，亦非。歸去來，即歸去之意。後漢書卷一上光武帝紀上：「恐士大夫望絶計窮，則有去歸之思。」後漢書卷八三梁鴻傳：「昔延陵季子葬子於嬴博之間，不歸鄉里，慎勿令我子持喪歸去。」來，語助詞，無義。晉書卷九四祈嘉傳：「夜忽窗中有聲呼曰：『祈孔賓，祈孔賓！隱去來，隱去來！修飾人世，甚苦不可諧。』」「隱去來」義即「隱去」，句式同「歸去來」，可證「來」爲語助詞。林雲銘古文析義初編：「就彭澤言謂之歸去，就南村言謂之歸來。篇中從思歸以至到家步步叙明，故合言之曰『歸去來』。」其説非。關於淵明歸去之因，宋傳稱「郡遣督郵至縣，吏白應束帶見之。潛歎曰：『我不能爲五斗米，折腰向鄉里小人！』即日解印綬去職，賦歸去來。」蕭傳、蓮傳、晉傳、南傳同。韓子蒼據歸去來兮辭否定史傳所述，以爲淵明去官係赴程氏妹之喪及「識時達命」，非因督郵事。（見苕溪漁隱叢話前集三引）洪邁容齋隨筆五筆説與韓子蒼相近，謂：「觀其語意，乃以妹喪而去，不緣督郵。所謂矯厲違己之説，疑必有所屬，不欲盡言之耳。」王禕自建昌州還經行廬山下記謂義熙三年，「劉裕實殺殷仲文，將移晉祚。陶氏世爲晉臣，義不事二姓，故託爲之辭以去，若將以微罪行耳。」（王忠文公集卷六）陶注同王禕，謂淵明之歸，「初假督郵爲名，至屬文，又迂其説於妹喪自晦耳。其實閔晉祚之將終，深知時不可爲，思以巖栖谷隱，置身理亂之外，庶得全其後之節也」。按，感士不遇賦云：「卒蒙耻以受謗。」淵明曾仕桓玄，玄篡晉失敗，餘黨率受株連，疑淵明或亦因之蒙恥受謗；加之「質性自然」，「違己交病」，適值妹喪，便託辭遠遁。史傳言因督郵而去，固屬皮相之見，序因妹喪，亦爲託辭。王褘、陶澍「將移晉祚」云云，更不足信也。

〔二〕缾無儲粟：曹操謠俗辭：「甕中無斗儲。」

〔三〕生生所資：經營生計所需。桓玄與桓謙等書論沙門應致敬王者：「沙門之所以生生資存。」

〔四〕長吏：漢書卷一九上百官公卿表：「秩四百石至二百石，是爲長吏。」顔師古注：「吏，理也，主理其縣内也。」漢書卷一下高帝紀下：「守尉長吏教訓甚不善。」顔師古注：「長吏謂縣之令長。」

〔五〕脱然：見飲酒詩其十七注。

〔六〕四方之事：指奉命行役。李注：「銜建威命使都。」

〔七〕諸侯：指建威將軍、江州刺史劉敬宣。

〔八〕家叔：指陶夔。陶考：「家叔當即孟府君傳所謂叔父太常夔也。太平御覽引俗説曰：陶夔爲王孝伯參軍，三日曲水集，陶在前行坐，有一參軍督護在坐。陶于坐作詩，隨得三五句，後坐參軍督護隨寫取。詩成，陶猶更思補綴。後坐寫其詩者先呈。陶詩經日方呈。大怪收陶。『參軍乃復寫人詩。』陶愧愕不知所以。王後知陶非濫，遂彈去寫詩者。又魏書卷九六僭晉司馬叡傳曰：『德宗復僭立於江陵，改年義熙，尚書陶夔迎德宗達於板橋。大風暴起，龍舟沉没，死者十餘人。』當亦即此陶夔，惟太常與尚書，應是前後所歷官不同耳。」又，都昌西源陶氏宗譜載淵明祖父陶茂「生子二，長曰敏，幼曰夔」。

〔九〕風波未静：指各地戰事未息。

〔一〇〕「彭澤」四句：追叙所以求彭澤令之原因。蕭傳：「公田悉令吏種秫，曰：『吾嘗得醉於酒足矣。』妻子固請種秔，乃使二頃五十畝種秫，五十畝種秔。」馬永卿嬾真子云：「淵明之爲縣令，蓋爲貧爾，非爲酒也。聊欲絃歌以爲三徑之資，蓋欲得公田之利，以爲三徑閒居之資用爾，非爲旋創田園也。舊本云公田之利過足爲潤，後人以其好酒，遂有公田種秫之説。且仲秋至冬，在官八十餘日，此非種秫時也。故凡本傳所載，與歸去來序不同者，當以序爲正。」按，馬氏指出本傳公田種秫之説與淵明任職時令不合，其説在理。但據此否認公田之利爲酒資，亦屬偏頗。淵明求爲彭澤令，主要解决爲貧問題，其中自然也包括酒資的匱乏。

〔一一〕歸與之情：論語公冶長：「子在陳曰：『歸與，歸與！吾黨之小子狂簡，斐然成章，不知所以裁之。』」

〔一二〕質性自然：性格真率。可與歸園田居詩其一「少無適俗韻，性本愛丘山」二句參看。

〔一三〕矯厲：凡非天性而用人力强行改變某一事物之形狀或性質者，謂之矯厲。荀子性惡：「故枸木必將待檃括烝矯然後直，鈍金必將待礱厲然後利。」楊倞注：「矯，謂矯之使直也。礱厲皆磨也。厲與礪同。」阮籍達莊論：「矯厲才智，競逐縱横。」李充學箴：「乃矯乃厲。」

〔一四〕口腹自役：指爲口腹之需而驅役崇尚自然的本心。

〔一五〕一稔：公田穀物收穫一次，指一年。稔，穀物成熟。

〔一六〕程氏妹：淵明有妹，嫁與武昌程氏。見祭程氏妹文注。

〔一七〕情在駿奔：比喻情切心急。陸機愍懷太子誄：「銜哀駿奔。」

〔一八〕胡不歸：詩邶風式微：「式微，式微，胡不歸。」

〔一九〕心爲形役：吕氏春秋本生高誘注：「夫無爲者不以身役物，有爲者則以物役身。」「心爲形役」即「以物役身」之意。

〔二〇〕「悟已往」二句：論語微子：「楚狂接輿歌而過孔子曰：『鳳兮，鳳兮，何德之衰！往者不可諫，來者猶可追。』」嵇康述志詩：「往事既已謬，來者猶可追。」

〔二一〕「實迷途」句：離騷：「回朕車以復路兮，及行途之未遠。」迷途，指出仕。

〔二二〕「覺今是」句：莊子寓言：「莊子謂惠子曰：『孔子行年六十而六十化，始時所是，卒而非之，未知今之所謂是之非五十九非也。』」今是，指歸田。昨非，指出仕。

〔二三〕征夫：行人。王粲登樓賦：「征夫行而未息。」

〔二四〕衡宇：猶衡門。衡同横，賤者所居，以横木爲門。

〔二五〕三逕：小路。文選李善注：「三輔決録曰：『蔣詡字元卿，舍中三逕，唯求仲、羊仲從游之，皆挫廉逃名不出。』」就荒：將荒。

〔二六〕寄傲：寄託傲世之情。陸雲逸民賦：「眄清霄以寄傲兮。」謝安與王胡之詩：「外不寄傲。」

〔二七〕容膝：極言居室狹小。文選李善注：「韓詩外傳：北郭先生妻曰：『今結駟列騎，所安不過容膝；食方丈于前，所甘不過一肉。』」

〔二八〕扶老：竹名，即扶竹，因其可爲杖，故稱杖曰扶老。山海經中山經：「龜山多扶竹。」郭璞注：「邛竹也，高節實中，中杖也，名之扶老竹。」

〔二九〕矯首：抬頭。遐觀：遠望。張衡思玄賦：「仰矯首以遥望兮，魂懺惘而無儔。」

〔三〇〕「雲無心」二句：寫所見之景，寓仕隱之感，昨日之仕猶無心出岫之雲，今日之隱似倦飛知還之鳥。葉夢得避暑録話卷上評此二句云：「此陶淵明出處大節，非胸中實有此境，不能有此言也。」

〔三一〕翳翳：昏暗貌。文選李善注：「丁儀妻寡婦賦：『時翳翳而稍陰，日亹亹以西墜。』」

〔三二〕盤桓：文選李善注引爾雅：「盤桓，不進也。」吴師道吴禮部詩話：「陶公歸去來辭：『三徑就荒，松菊猶存。』下復云：『景翳翳以將入，撫孤松而盤桓。』繫松於徑荒景翳之下，其意可知矣。又好言孤松，如『冬嶺秀孤松』，如『青松在東園，衆草没其姿』，下云『連林人不見，獨樹衆乃奇』。皆以自況也。人但知陶翁愛菊而已，不知此也。」

〔三三〕相違：相互背棄。莊子則陽：「方且與世違而心不屑與之俱。」晉書卷七七殷浩傳：「杜門終身，與世兩絶。」世與我違即「與世兩絶」之意。吴淇六朝選詩定論卷一一：「『世與我違』，即左太沖『身世兩相棄』、李白『君平既棄世，世亦棄君平』是也。」按，「身世兩相棄」乃鮑照詠史詩句，吴誤記。

〔三四〕駕言：駕車，代指外出交遊。詩邶風泉水：「駕言出遊。」

〔三五〕巾車：有車帷的車。文選李善注：「孔叢子：孔子歌曰：『巾車命駕，將適唐都。』鄭玄周禮注曰：『巾，猶衣也。』」皇甫謐答辛曠書：「巾車順命。」

〔三六〕窈窕：山道幽深貌。文選李善注：「曹攄贈石荆州詩曰：『窈窕山道深。』」孫綽遊天台山賦：「幽邃窈窕。」

〔三七〕行休：指年命將盡，與遊斜川詩「吾生行歸休」句同意。逯注：「行休，即將退休。」非是。

〔三八〕委心：一任本心。淮南子精神訓：「委心而不以慮。」皇甫謐答辛曠書：「委心無量。」去留：指死生。嵇康琴賦：「齊萬物兮超自得，委性命兮任去留。」

〔三九〕遑遑：忽遽。三國志魏書武帝紀裴松之注引魏武故事：「焉遑遑而更求哉？」列子楊朱：「遑遑爾競一時之虚譽，規死後之餘榮。」

〔四〇〕帝鄉：仙境。莊子天地：「千歲厭世，去而上仙；乘彼白雲，至於帝鄉。」郭璞游仙詩：「永偕帝鄉侶。」

〔四一〕耘耔：田間除草和壅苗。詩小雅甫田：「今適南畝，或耘或耔。」毛傳：「耘，除草也。耔，雝本也。」文選何晏景福殿賦：「觀農人之耘耔。」

〔四二〕東皋：文選潘岳秋興賦：「耕東皋之沃壤兮。」李善注：「水田曰皋。東者，取其春意。」「阮籍奏記曰：『將耕東皋之陽。』」舒嘯：撮口長嘯，以宣泄情志。

〔四三〕「臨清流」句：王楙野客叢書：「漫録云：淵明歸去來辭云：『臨清流而賦詩』，蓋用嵇康琴賦中語。僕謂淵明胸次，度越一世，其文章率意而成，不應規傚前人之語，其間意到處，不無與古人暗合，非有意用其語也。倘如漫録所言，則『風飄飄而吹衣』，出於曹孟德；『泉涓涓而始流』，出於潘安仁。此類不一，何獨嵇康之語哉！」王説是。

〔四四〕乘化：順隨自然之變化。歸盡：謂死。文選李善注：「家語：孔子曰：『化于陰陽，象形而發謂之生，化窮數盡謂之死。』」

〔四五〕樂夫天命：易繫辭：「樂天知命故不憂。」曹植野田黃雀行：「先民誰不死，知命復何憂。」

【集説】

此篇序與辭是否一時之作？辭是否「追録」之語？前人有異説。王若虛滹南遺老集卷三四云：「歸去來辭將歸而賦耳，既歸之事，當想象而言之。今自問途而下，皆追録之語，其於畦徑，無乃窒乎！『已矣乎』云者，所以總結而爲斷也，不宜更及耘耔嘯詠之事。」劉祁歸潛志卷八則云：「淵明歸去來辭，前想象，後直述，不相侔。」逯繫年將序和辭分別繫於兩年，即序寫于義熙元年十一月，辭作于義熙二年春。錢鍾書管錐編第四册謂辭作于歸去之前，並引周振甫曰：「序稱辭作于十一月，尚在仲冬；倘爲『追録』、『直叙』，豈有『木欣欣以向榮』、『善萬物之得時』等物色，亦豈有『農人告余以春及，將有事于西疇』，『或植杖以耘耔』等人事？其爲未歸前之想象，不言而喻矣。」錢氏又云：「本文自『舟遥遥以輕颺』至『亦崎嶇而經丘』一節，叙啓程之初至抵家之後諸況，必先歷歷想而如身正一一經。」「結處『已矣乎』一節，即『亂』也，與發端『歸去來兮』一節，首尾呼應；『耘耔』、『舒嘯』乃申言不復出之志事，『有事西疇』『尋壑經丘』乃懸擬倘得歸之行事，王氏混而未察。『追録』之説，尤一言以爲不知，亦緣未參之東山之三章也。非回憶追叙，而是懸想當場即興，順風光以流轉，應人事而運行。」

【集評】

李公煥箋注陶淵明集卷五引歐陽修曰：「晉無文章，惟陶淵明歸去來辭一篇而已。」又引李格非曰：「陶淵明歸去來兮辭，沛然如肺腑中流出，殊不知有斧鑿痕。」

陳知柔休齋詩話：「陶淵明罷彭澤令，賦歸去來，而自命曰辭。迨今人歌之，頓挫抑揚，自協聲律。蓋其詞高甚，晉宋而下，欲追躡之不能。漢武帝秋風詞，盡蹈襲楚辭，未甚敷暢。歸去來則自出機杼，所謂無首無尾，無終無始，前非歌而後非辭，欲斷而復續，將作而遽止，謂洞庭鈞天而不淡，謂霓裳羽衣而不綺，此其所以超然乎先秦之世，而與之同軌者也。」

孫月峯評，閔齊華注文選卷一三：「風格亦本楚騷，但騷侈此約，騷華此實。其妙處乃在無一語非真境，而語却無一字不琢鍊，總之成一種沖泊趣味，雖不是文章當行，要可稱逸品。」

方熊評陶靖節集卷五：「洵佳作，流宕瀠洄，其音和易。然生動之致，獨得靈均、長卿之風，修辭者不及也。」

吴蔚文編古學記問録卷一三文章：「晉時如茂先、太沖、二陸、三張、兩潘、景純、束晳，雖稱巨擘，然不免以博溺心，以文滅質，惟淵明之歸去來辭，氣體洒脱，千古不刊。」

劉熙載藝概卷三賦概：「離騷不必學三百篇，歸去來辭不必學騷，而皆有其獨至處，固知真古自與摹古異也。」

陶淵明集卷之六

記傳贊述

桃花源記〔一〕并詩

晉太元中〔二〕，武陵人捕魚爲業〔三〕。緣溪行，忘路之遠近。忽逢桃花林，夾岸數百步，中無雜樹，芳草鮮美，落英繽紛。漁人甚異之。復前行，欲窮其林。林盡水源，便得一山。山有小口，髣髴若有光。便捨船從口入，初極狹，纔通人。復行數十步，豁然開朗，土地平曠，屋舍儼然。有良田、美池、桑竹之屬。阡陌交通，鷄犬相聞〔四〕。其中往來種作，男女衣著，悉如外人〔五〕。黄髮垂髫〔六〕，並怡然自樂。見漁人乃大驚，問所從來，具答之。便要還家〔七〕，爲設酒殺鷄作食〔八〕。村中聞有此人，咸來問訊。

自云先世避秦時亂，率妻子邑人，來此絶境，不復出焉，遂與外人隔絶。問今是何世，乃不知有漢，無論魏晉〔九〕。此人一一爲具言所聞，皆歎惋。餘人各復延至其家〔一〇〕，皆出酒食。停數日，辭去。此中人語云：「不足爲外人道也。」既出，得其船，便扶向路〔一一〕，處處誌之。及郡下，詣太守説如此。太守即遣人隨其往，尋向所誌，遂迷不復得路。南陽劉子驥〔一二〕，高尚士也，聞之，欣然規往〔一三〕，未果〔一四〕，尋病終〔一五〕。後遂無問津者。

嬴氏亂天紀〔一六〕，賢者避其世。黄綺之商山〔一七〕，伊人亦云逝。往迹浸復湮〔一八〕，來徑遂蕪廢。相命肆農耕，日入從所憩〔一九〕。桑竹垂餘蔭，菽稷隨時藝。春蠶收長絲，秋熟靡王税。荒路曖交通，雞犬互鳴吠。俎豆猶古法〔二〇〕，衣裳無新製。童孺縱行歌，斑白歡遊詣〔二一〕。草榮識節和〔二二〕，木衰知風厲〔二三〕。雖無紀曆誌〔二四〕，四時自成歲〔二五〕。怡然有餘樂，于何勞智慧〔二六〕。奇蹤隱五百〔二七〕，一朝敞神界〔二八〕。淳薄既異源〔二九〕，旋復還幽蔽。借問游方士〔三〇〕，焉測塵囂外〔三一〕。願言躡輕風〔三二〕，高舉尋吾契〔三三〕。

【校記】

太元　「元」，藝文類聚作「康」。按，作「元」是，參見注〔一〕。

雜樹　「樹」，曾本、汲古閣本云，一作「草」。

芳草　「草」，陶本原校：「一作『華』，非。」焦本同。曾本、汲古閣本、蘇寫本作「華」。按，若作「華」，與下句「落英繽紛」詞義重複，作「草」佳。

捨船　「船」，蘇寫本作「舡」。按，「船」同「舡」。

儼然　「儼」，曾本、汲古閣本云，一作「晏」，又作「魚」。

垂髫　曾本、汲古閣本云，一作「髫齓」。

爲設酒殺鷄作食　陶本無「爲」字。李本、焦本同。今據曾本、蘇寫本、汲古閣本補。

隔絶　陶本及各本皆作「間隔」，藝文類聚作「隔絶」。按，「隔絶」爲魏晉常語。三國志魏書閻温傳：「河右擾亂，隔絶不通。」王徽之書：「湖水泛漲不可渡，遂復隔絶。」作「隔絶」是。

無論魏晉　曾本云，一本有「等也」二字。蘇寫本、汲古閣本同。

此中人語　曾本云，一本無「語」字。蘇寫本、汲古閣本同。

便扶　「扶」，曾本云，一作「於」。蘇寫本、汲古閣本同。按，作「扶」是，參見注〔一二〕。

規往　「規」，陶本原校：「焦本云，一作『親』，非。」蘇寫本、李本作「親」。曾本云，「規往」下一本有「游焉」二字。湯本、汲古閣本同。按，作「規」是，參見注〔一三〕。

長絲　「長」，曾本云，一作「良」。湯本、汲古閣本同。

遊詣　「遊」，曾本云，一作「迎」。蘇寫本、汲古閣本同。

幽蔽　「蔽」，曾本云，一作「閉」。湯本、汲古閣本、焦本同。

塵囂外　曾本、汲古閣本云，一作「塵外地」。蘇寫本云，宋本作「塵外地」。

【箋注】

〔一〕桃花源記并詩當爲淵明晚年之作，標誌着作者的社會理想所達到的高度。梁譜云：「桃花源記及詩，不知作於何年，但發端稱『晉太元中』，或是隆安前後所作。」古譜將此文繫於太元十八年癸巳（三九三），淵明年十八歲，并云：「然記首特標『晉太元中』四字，則必作於太元時矣。蕭傳云：『少有高趣，博學善屬文。』桃花源記即其高趣善文之初表現者耳。」逯繫年依姚培謙陶謝詩集引翁同龢説，將此文繫於義熙十四年（四一八）。按，淵明與子儼等疏云：「濟北氾稚春，晉時操行人也。」該文作於入宋後，故曰「晉時」。桃花源記首稱「晉太元中」，與與子儼等疏同屬追叙之筆，故亦當作於入宋後。又桃花源記并詩境界奇妙，寓意深刻，爲陶淵明集中最成熟、最具價值的作品之一，不可能出於不滿二十歲青年之手。今暫繫於宋永初二年辛酉（四二一）。

〔二〕太元：晉孝武帝年號（三七六——三九六），共二十一年。李注：「任安貧武陵記直據『奇縱隱五百』之語，輒改爲太康中，彼不知靖節所記劉子驥者，正太元時人。」其説是。

〔三〕武陵：郡名。漢高祖割黔中故治置，郡治武陵（今湖南省常德市）。

〔四〕鷄犬相聞：老子八十章：「鄰國相望，鷄犬之聲相聞，民至老死不相往來。」

〔五〕「其中往來種作」三句：桃花源裏人往來耕種，男女衣裳，都與桃花源之外的人一樣。

外人，指桃花源之外人。後文「遂與外人隔絶」之「外人」，「不足爲外人道也」之「外人」，所指同一。然桃花源詩云「俎豆猶古法，衣裳無新制」，即禮儀與服飾與五百年前不異。桃花源之外的世人，歷數百年，禮儀服飾已經數變，桃花源中人之禮儀服飾，豈會與桃花源外人一樣？如此，記「其中往來種作，男女衣著，悉如外人」數句，遂與詩云「衣裳無新制」相牴牾。王叔岷欲解此牴牾，箋證桃花源詩并記云：「據後詩『衣裳無新制』，則男女衣著與外人異，不得云『悉如外人』。王維桃源行：『居人未改秦時服。』亦其證。昔年岷曾謂『悉如外人』疑當作『悉異外人』（頗有從岷此説者）。然『其中往來種作，男女衣著，悉如外人』，文意一貫。『男女衣著，悉異外人』固與詩相合，而往來種作，自與外人無異，是又當作『悉如外人』矣。因思『男女衣著，悉如外人』者，蓋謂其中男女皆衣著，亦如外人皆衣著，非就衣制之新舊今古而言。如此解説，則與詩不抵觸矣。」按，若從王氏曾有之疑心，作「悉異外人」，固然與詩「衣裳無新制」相合，但疑問仍有：一，「悉異外人」者無版本依據。搜神後記所記桃花源事早于陶集中的桃花源記，已作「悉如外人」；後來太平御覽等類書皆作「悉如外人」，證明歷來作「悉如外人」，不存在抄録致誤。二，正如王叔岷所云：「『其中往來種作，男女衣著，悉如外人』，文意一貫。『男女衣著，悉異外人』，固與詩相合，而『往來種作』，自與外人無異，是又當作『悉如外人』矣。」可見，王氏亦覺得「悉異外人」無法自圓其説，遂曲解道：「蓋謂其中男女皆衣裳，亦如外人皆衣裳，非就衣裳新舊今古而言。」意謂桃源中人都穿衣裳，亦如桃源外人都穿衣裳，而非指衣裳樣子之新舊今古。此解真淡而無味也。桃源中人，當然也穿衣裳，難道編草自覆或裸身而行？王氏曲解之外，還有人將「外人」解釋爲「外地人」、「外國人」、「另一世界的人」，不一而足，皆不足取。鄙意以爲記「男女衣著，悉如外人」與詩「衣裳無新制」相牴牾，蓋記是志怪小説，情節奇幻迷離，本來就不可純以常理理解之。漁人所見「其中往來種作，男女衣著，悉如外人」，寫出别有洞天之中，充滿人間寧静和諧之氣息。假若將「悉如外人」之「悉如」，改成「悉異」，雖然並無不可，然僅是增添怪異而已，卻不見了淳樸、平淡、親切的人間情味。詩是理性的評述，表現作者的社會理想。由於詩與記文體不同，内容和旨趣表現出某些差異，完全正常。後人始終困惑「男女衣著，悉如外人」與「衣裳無新制」的兩相牴牾，原因就在將詩與記看作完全一致，視志怪爲真實，神性同理性，以致作繭自縛，至今無解。

〔六〕黄髮：指老人。詩魯頌閟宫：「黄髮台背。」鄭玄箋：「並壽徵也。」曹植靈芝篇：「黄髮盡其年。」垂髫：髫，兒童垂下的頭髮，因稱兒童或童年爲垂髫。文選潘岳藉田賦：「被褐振裾，垂髫總髮。」

〔七〕要：邀請，約請。劉楨贈五官中郎將詩：「追問何時會，要我以陽春。」

〔八〕設酒：陳酒。設，陳。魏晉習語，引申有招待衣食之意。世説新語雅量：「羊曼拜丹陽尹，客來蚤者，並得佳設。」晉書卷九四孫登傳：「所經家或設衣食者。」

〔九〕無論魏晉：唐庚唐子西文録：「『尚不知有漢，無論魏晉。』可見造語之簡妙。蓋晉人工造語，而元亮其尤也。」

〔一〇〕延：約請。成公綏延賓賦：「延賓命客，集我友生。」

〔一一〕扶：沿着。晉時習語。晉書卷七九謝安傳：羊曇「嘗因石頭大醉，扶路唱樂，不覺至州門」。向路：猶舊路。

〔一二〕南陽：郡名。秦置。治宛，即今河南省南陽市。劉子驥：太平御覽五〇四引晉中興書：「劉驎之字子驥，一字道民。好游于山澤，志在存道，常採藥至名山，深入忘返。見澗水南有二石囷，一囷開，一囷閉。或説囷中皆仙靈方藥，驎之欲更尋索，終不能知。桓沖請爲長史，固辭，居於陽岐。」晉書卷九四隱逸傳所載稍異。

〔一三〕規：計劃，規劃。錢鍾書管錐編第四册：「『規』字六朝常用，如魏書孟表傳：『云是叔業姑兒，爲叔業所遣，規爲内應。』又爾朱榮傳：『我本相投，規存性命。』皆謂意圖也。」

〔一四〕未果：猶言未遂。漢晉間常語。曹植與楊德祖書：「若吾志未果，吾道不行。」晉書卷九四霍原傳：「未果而病篤。」

〔一五〕尋：旋即，不久。

〔一六〕嬴氏：秦姓嬴，此指秦始皇。天紀：書胤征：「俶擾天紀，遐棄厥司。」孔穎達正義：「始亂天之紀綱也。」

〔一七〕黄綺：見贈羊長史詩注。

〔一八〕浸：易遯：「浸而長也。」疏：「浸者，漸進之名。」湮：埋没。文選司馬相如封禪文：

「湮滅而不稱者，不可勝數。」

〔一九〕「相命」二句：本擊壤歌：「日出而作，日入而息。」相命，猶互相招呼。肆，致力。

〔二〇〕俎豆：古時祭祀時盛物之禮器。禮記樂記：「簠簋俎豆，制度文章，禮之器也。」論語衛靈公：「俎豆之事則嘗聞之矣。」

〔二一〕斑白：亦作「頒白」，指頭髮黑白相雜的老人。黑白相間曰斑。孟子梁惠王上：「頒白者不負戴於道路矣。」

〔二二〕節和：節氣暖和，指春日。

〔二三〕厲：莊子齊物論：「厲風濟則衆竅爲虚。」成玄英疏：「厲，大也，烈也。」

〔二四〕紀曆：歲曆。

〔二五〕「四時」句：莊子則陽：「四時殊氣，天不賜，故歲成。」曹操秋胡行：「四時更逝去，晝夜以成歲。」

〔二六〕「于何」句：老子十八章：「知慧出，有大僞。」莊子繕性：「人雖有知，無所用之。」此言上古社會一任自然，舉世恬淡無爲，無須心知之術。

〔二七〕奇蹤：指桃源中人的隱蔽蹤迹。五百：指秦末至東晉過了五百年。此舉其大概，實際約六百年。

〔二八〕神界：神奇境界。或釋爲神仙世界，非。

〔二九〕淳：淳樸，指桃源。薄：澆薄，指俗世。

〔三〇〕游方士：游於方内的世俗之士。莊子大宗師：「孔子曰：彼，游方之外者也；而丘，游方之内者也。」文選夏侯湛東方朔畫贊李善注引司馬彪曰：「方，常也。言彼游心於常教之外也。」

〔三一〕塵囂外：方外，指桃花源。

〔三二〕躡：蹈，踏。

〔三三〕高舉：高飛。曹植王仲宣誄：「飄颻高舉，超登景雲。」契：投合，融洽。曹植玄暢賦：「上同契於稷卨，降合穎於伊望。」釋慧遠萬佛影銘：「將援同契。」

【集説】

關於桃源之有無及究在何地，古今異説紛紜。康駢稱淵明所記桃源，「鼎州桃花觀即是其處」（見陶澍集注靖節先生集卷六引）。吴寬匏翁家藏集卷四〇送劉武陵詩引謂「古桃源實在武陵境内」。杜維耀桃源洞説謂桃源洞去桃源縣邑治三十里。（見清余良棟等修桃源縣志卷一三）近人陳寅恪撰桃花源記旁證，博引水經注、元和郡縣圖志等地理著作，疑桃花源記之取材，「間接或直接得知戴延之等從劉裕入關途中之所聞見」。桃花源記「殆取桃花源事與劉驎之二事牽連混合爲一」。「真實之桃花源在北方之弘農，或上洛，而不在南方之武陵」。「真實之桃花源後人先世所避之秦乃苻秦，而非嬴秦」。按，桃源實在武陵説，蓋附會文中「武陵人捕魚爲業」一語。陳寅恪氏據地志中有「桃源」、「桃林」、「桃林塞」、「桃林宫」之名，遂謂桃源在北方，淵明或得知劉裕參軍戴延之入關途中之見聞。此殆臆説而已。一是天下桃源其名其地，所在皆有，非僅見於關中。二是戴延之欲泝洛川竟不達其源之事，淵明何由知之？淵明故友羊長史固銜使秦川，但非與戴同行，未必知戴事。陳氏又因主桃源在北方之説，故稱桃花源居人先世乃避苻秦，而非嬴秦。然桃花源詩明云：「嬴氏亂天紀」、「俎豆猶古法」、「奇蹤隱五百」。若避苻秦，則苻堅之亡國距宋武入關不過三十年，顯與「俎豆猶古法」等語難通。又按，近年仍不斷有人提出新説，或謂桃花源在廬山西南麓康王谷，或謂在安徽黟縣境内，或謂在山東，或謂在四川……不一而足。此皆以彼處地貌與桃花源記所叙相似者爲桃花源，以寓言當事實。近人余嘉錫撰世説新語箋疏，據晉中興書、晉書卷九四隱逸傳及淵明爲其外祖父所作孟嘉傳，謂劉驎之與光禄大夫南陽劉耽爲同族，淵明從父陶夔曾問孟嘉於耽，則淵明與耽世通家，宜得識驎之，知其有欲往桃源事。余氏推測淵明寫桃花源記時，知道劉驎之入衡山採仙藥而終不得之傳聞，其説較陳寅恪所論簡明可信。要言之，桃花源非實有其地，乃取劉驎之入山採藥之傳聞，寓以自己理想之虚實渾涵之境。

又桃花源記并詩描寫之境界，唐人多視爲仙境。如王維桃源行詩：「春來徧是桃花水，不辨仙源何處尋。」劉禹錫桃源行詩：「俗人毛骨驚仙子，争來致詞何至此。」「仙家一去尋無蹤，至今水流山重重。」至宋人，始謂桃源中人不過是避世者。如王安石桃源行詩：「避時不獨商山翁，亦有桃源種桃者。」汪藻桃源行詩：「那知平地有青雲，只屬尋常避世人。」蘇軾和桃源詩序：「世傳桃源事，多過其實。考淵明所記，止言先世避秦亂來此，則漁人所見，似是其子孫，非秦人不死者也。又云殺鷄作食，豈有仙而殺者乎？」後人贊同蘇軾見解者甚衆。陳寅恪桃花源記旁證以爲本篇是「寓意之文，亦紀實之文」，並鈎稽史傳及地志中有關中原人民屯聚堡塢以避世害的記載，以證其「紀實」之説。此爲可取者也。總之，桃花源記創造之境界，既有寫實成份，即歷史與現實中人民逃入深山絶境以避亂的事實；也有寓意成份，即作者的理想、追求及審美觀念。

前人論桃花源記寓意，亦見仁見智。洪邁容齋隨筆三筆以爲淵明作記之意乃借秦以喻劉裕。黄文焕陶詩析義卷四謂「蓋以避宋之懷匹避秦也」。説與洪邁同。亦有不以避宋爲然者。馬璞陶詩本義卷四謂「淵明一生心事總在黄唐莫逮」，「其胸中何嘗有晉，論者乃以爲守晉節而不仕宋，陋矣」。按，淵明此作寓避世之意極明顯，但不可僅以避宋視之，因早在義熙元年，淵明就已歸隱。又桃花源記創造出充滿人間和諧氣氛的社會圖景，與佛教宣揚的西方極樂世界迥然相異。是否此作與形影神詩一樣，亦寓針對慧遠之意，此點未可輕議，但據此亦可説明淵明思想恐與佛教不相涉。

晉故征西大將軍長史孟府君傳〔一〕

君諱嘉，字萬年，江夏鄂人也〔二〕。曾祖父宗，以孝行稱，仕吴司空。祖父揖，元康中爲廬陵太守〔三〕。宗葬武昌新陽縣〔四〕，子孫家焉，遂爲縣人也。君少失父，奉母二弟居。娶大司馬長沙桓公陶侃第十女〔五〕，閨門孝友，人無能間，鄉閭稱之。沖默有遠量〔六〕，弱冠，儔類咸敬之。同郡郭遜，以清操知命，時在君右〔七〕，常歎君温雅平曠〔八〕，自以爲不及。遜從弟立，亦有才志，與君同時齊譽，每推服焉。由是名冠州里，聲流京邑。太尉潁川庾亮〔九〕，以帝舅民望，受分陜之重〔一〇〕，鎮武昌，並領江州，辟君部廬陵從事〔一一〕，下郡還，亮引見，問風俗得失。對曰「嘉不知，還傳當問從吏。」〔一二〕亮以塵尾掩口而笑〔一三〕。諸從事既去，唤弟翼語之曰〔一四〕：「孟嘉故是盛德人也。」君既辭出外，自除吏名，便步歸家；母在堂，兄弟共相歡樂，怡怡如也。旬有餘日，更版爲勸學從事〔一五〕，時亮崇修學校，高選儒官，以君望實，故應尚德之舉。太傅河南褚裒〔一六〕，簡穆有器識〔一七〕，時爲豫章太守，出朝宗亮〔一八〕，正旦大會，州府人士〔一九〕，率多時彦〔二〇〕，君在坐次甚遠。裒問亮：「江州有孟嘉，其人何在？」亮云：「在坐，卿但自覓。」裒歷觀，遂指君謂亮曰：「將無是耶？」〔二一〕亮欣然而笑，喜裒之得君，奇君爲裒之所得，乃益器焉。舉秀才，又爲安西將軍庾翼府功曹，再爲江州別駕、巴丘令、征西大將軍譙國桓温參軍。君色和而正，温甚重之。九月九日，温游龍山〔二二〕，參佐畢集，四弟二甥咸在坐〔二三〕。時佐吏並著戎服。有風吹君帽墮落，温目左右及賓客勿言，以觀其舉止。君初不自覺，良久如廁〔二四〕。温命取以還之。廷尉太原孫盛〔二五〕，爲諮議參軍，時在坐，温命紙筆令嘲之。文成示温，温以著坐處。君歸，見嘲，笑而請筆作答，了不容思，文辭超卓，四座歎之。奉使京師，除尚書刪定郎〔二六〕，不拜。孝宗穆皇帝聞其名〔二七〕，賜見東堂。君辭以脚疾，不任拜起，詔使人扶入。君嘗爲刺史謝永別駕，永，會稽人，喪亡，君求赴義〔二八〕，路由永興〔二九〕。高陽許詢有儁才〔三〇〕，辭榮不仕，每縱心獨往，客居縣界〔三一〕，嘗乘船近行，適逢君過，歎曰：「都邑美士，吾盡識之，獨不識此人。唯聞中州有孟嘉者，將非是乎？然亦何由來此？」使問君之從者。君謂其使曰：「本心相過，今先赴義，尋還就君。」及歸，遂止信宿〔三二〕，雅相知得，有若舊交。還至，轉從事中郎，俄遷長史。在朝隤然〔三三〕，仗正順而已。門無雜賓，嘗會神情獨得〔三四〕，便超然命駕，逕之龍山，顧景酣宴，造夕乃歸〔三五〕。温從容謂君曰：「人不可無勢，我乃能駕御卿。」後以疾終於家，年五十一。始自總髮〔三六〕，至於知命〔三七〕，行不苟合，言無夸矜，未嘗有喜愠之容〔三八〕。好酣飲，逾多不亂。至於任懷得意，融然遠寄，傍若無人。温嘗問君：「酒有何好，而卿嗜之？」君笑而答曰：「明公但不得酒中趣爾。」又問聽妓，絲不如竹，竹不如肉〔三九〕，答曰：「漸近自然。」〔四〇〕中散大夫桂陽羅含賦之曰〔四一〕：「孟生善酣，不愆其意。」〔四二〕光禄大夫南陽劉耽〔四三〕，昔與君同在温府，淵明從父太常夔嘗問耽：「君若在，當已作公不？」〔四四〕答云：「此本是三司人。」〔四五〕爲時所重如此。淵明先親，君之第四女也。凱風寒泉之思〔四六〕，實鍾厥心。謹按採行事，撰爲此傳。懼或乖謬，有虧大雅君子之德，所以戰戰兢兢，若履深薄云爾〔四七〕。

贊曰：

孔子稱：「進德修業〔四八〕，以及時也。」君清蹈衡門〔四九〕，則令聞孔昭〔五〇〕；振纓公朝〔五一〕，則德音允集。道悠運促〔五二〕，不終遠業，惜哉！仁者必壽，豈斯言之謬乎〔五三〕！

【校記】

征西大將軍　「征西」，陶本原校：「李、何諸本作『西征』，誤。」

鄂人　「鄂」，陶本原校：「毛晉曰：『晉書作鄳。鄂、鄳皆江夏縣名。』」按，晉時江夏郡有鄳縣，無鄂縣，見晉書卷一五地理志下。世説新語識鑒劉孝標注引嘉別傳作「鄳」。

吳司空　「空」，陶本原作「馬」。李本同。焦本云，一作「馬」，非。按，世説新語棲逸劉孝標注引袁宏孟處士銘作「司空」。作「司空」是。

鄉閭稱之　曾本、汲古閣本云，一作「鄉里偉之」。

亮以麈尾　「以」，曾本、汲古閣本云，一作「舉」。

自除吏名　陶本原校：「李本、何本脱『名』字，非。」

褚裒　陶本及各本皆作「褚褒」。按，據晉書、世説新語識鑒劉孝標注，當作「褚裒」。下同。

君在坐次　曾本、蘇寫本、汲古閣本無「在」字。「次」，曾本、汲古閣本云，一作「第」。

色和而正　「色」，曾本云，一作「既」。蘇寫本、汲古閣本同。

參佐　陶本原校：「何本云，一作『寮伍』。」

佐吏　「佐」，蘇寫本誤作「佑」。

有風吹君帽　陶本原校：「何本云：一本風下有『至』字。」

温命紙筆　「命」，曾本云，一作「授」。蘇寫本、汲古閣本同。

在朝隤然　「隤」，曾本、汲古閣本云，一作「隨」。按，作「隤」是，「隨」乃形誤，參見注〔三三〕。

便超然　「便」，曾本、汲古閣本云，一作「而」。

融然遠寄　「遠」，曾本、汲古閣本云，一作「永」。按，作「遠」是。

當已作公不　「不」，李本作「否」。

按採　曾本云，一作「採拾」。蘇寫本、汲古閣本同。

乖謬　「謬」，蘇寫本作「繆」。

若履深薄　「深薄」，曾本云，一作「薄冰」。蘇寫本、汲古閣本同。

今聞　「聞」，曾本作「問」。蘇寫本、李本、汲古閣本同。

【箋注】

〔一〕征西大將軍：指桓温。府君：漢魏時尊稱太守爲府君，後亦用作對人的敬稱。世説新語言語：「文舉（孔融）至門謂吏曰：『我是李府君親。』」按，此文世説新語識鑒劉孝標注引作嘉別傳。文云：「淵明先親，君之第四女也。凱風寒泉之思，實鍾厥心。」則孟嘉爲淵明外祖父。淵明母孟氏卒於隆安五年（四〇一）冬，本文大概作於居母喪期間。今暫繫於元興元年壬寅（四〇二）。

〔二〕江夏：郡名，治在今湖北安陸縣。鄳縣歸江夏所轄，在今河南羅山縣。

〔三〕「曾祖父宗」數句：孟宗，世説新語棲逸劉孝標注引袁宏孟處士銘：「處士孟陋，字少孤，武昌陽新人，吴司空孟宗後也。」按，孟陋爲孟嘉弟。孟宗事又見太平御覽卷四一三引孟宗列傳：「宗事母至孝，母亦能訓之以禮。」廬陵：郡名，治在今江西吉水東北。

〔四〕新陽：當從世説新語注作陽新，三國時吴置，晉時屬武昌郡。在今湖北省東南部。

〔五〕陶侃：字士行，東晉明帝時以功封長沙郡公。死後，進位大司馬，謚曰桓。晉書有傳。

〔六〕沖默：澹泊沉静。嵇紹贈石季倫詩：「虚心處沖默。」王儉侍皇太子九日玄圃詩：「明明儲后，沖默其量。」

〔七〕君右：指在孟嘉之上。

〔八〕温雅：温文爾雅。魏晉時品藻人物用語。文選袁宏三國名臣序贊：「郎中温雅，器託純素。」平曠：平和曠遠。

〔九〕庾亮：字元規，潁川人。東晉成帝時，以帝舅當政，封司空。晉書有傳。

〔一〇〕分陝之重：陝縣，地名，今陝西陝縣。相傳周成王時周公召公分陝而治，周公治陝以東，召公治陝以西。後世凡荷輔佐皇室之重任者，稱爲分陝之重。時庾亮以征西將軍，領江荊豫三州刺史，與丞相王導共輔晉室，故云。宋書卷四二王弘傳：「分陝雖重，凡此爲輕。」

〔一一〕部廬陵從事：廬陵郡之從事史，主察舉非法。晉書卷二四職官志：「州置刺史……郡各置部從事一人，小郡亦置一人。」宋書卷四〇百官志下：「部從事史，每郡各一人，主察非法。」

〔一二〕還傳：回到傳舍。

〔一三〕麈尾：以駝鹿尾做的拂塵，魏晉名士多愛手持此物，以助玄談。許詢作有黑麈尾銘、白麈尾銘，稱其「體隨手運，散飈清起，通彼玄詠，申我老子」。

〔一四〕翼：庾翼，字稚恭，庾亮之弟。永和元年卒，謚曰肅。晉書有傳。

〔一五〕版：同板，即笏，晉宋以來謂之手板。上書授官之辭，故授官稱版。後漢書卷六七范滂傳：「滂懷恨，投版弃官而去。」注：「版，笏也。」宋書卷三九百官志上：「晉宋以來，參軍事、行參軍又各有除、板。」文選陸機謝平原内史表：「魏郡太守遣兼丞張含，齎板詔書印綬。」李善注：「凡王封拜，謂之板官。」晉書卷六〇皇甫重傳：「元康中，(張)華版爲秦州刺史。」勸學從事：鄧安生讀陶解詁：「宋書百官志不載晉代有勸學從事。本文云『更版爲勸學從事』，當是因庾亮『崇修學校』，在江州臨時設置的職銜。」

〔一六〕褚裒：字季野，河南人。晉康帝褚皇后之父，歷任豫章太守、建威將軍、江州刺史等職，永和五年卒，謚曰元穆。晉書有傳。

〔一七〕簡穆：簡貴静默。有器識：指有品評人物的識見。世説新語德行劉孝標注引晉陽秋：「裒少有簡貴之風，沖默之識。」孫綽太傅褚裒碑：「沖識足乎弱冠」，「玄識沈通」。

〔一八〕出朝宗亮：指朝見庾亮。朝宗，本指諸侯或地方官吏朝見帝王。周禮大宗伯：「春見曰朝，夏見曰宗。」此爲拜見之意。

〔一九〕正旦：正月初一。大會：盛會。

〔二〇〕時彦：一時之俊彦。

〔二一〕將無：同「豈不」、「將不」、「難道不」，爲晉人習語。余嘉錫世説新語箋疏引演繁露續集卷五：「不直云同而云將毋同者，晉人語度自爾也。」庾亮辟孟嘉爲從事，正旦大會，褚裒問嘉何在？亮曰：『但自覓之。』裒歷觀指嘉曰：『將毋是乎？』將毋者，猶言殆是此人也。意以爲是而未敢自主也。」嘉錫案：「雅量篇：謝太傅汎海戲，風急浪猛。公徐曰：『如此，將毋歸？』任誕篇：謝安戲失牛車，便杖策步歸，道逢劉尹曰：『安石將無傷？』並可與此互證。蓋『將毋』者，自以爲如此，而不欲直言之，委婉其辭，與人商榷之語也。」

〔二二〕龍山：在今湖北省江陵縣北。明人周聖楷楚寳卷四「龍山考」：「按龍山在江陵縣西北十五里，山勢綿延，俗名嶺山，其上有落帽臺。錢希言龍山記云：龍山蜒蜿如龍，逕西北羣岡而來，又東盡於落帽臺，總之皆龍山也。」

〔二三〕四弟：指桓温的四個弟弟桓雲、桓豁、桓祕、桓沖。

〔二四〕如厠：上厠所。

〔二五〕孫盛：字安國，太原人，東晉著名文士，著有魏氏春秋、晉陽秋等。隋書卷三五經籍志著録有晉祕書監孫盛集五卷。

〔二六〕除：授職。尚書删定郎：官名。

〔二七〕孝宗穆皇帝：孝宗，晉穆帝司馬聃的廟號。

〔二八〕赴義：指弔喪。赴，凶事謂赴。杜預春秋左氏傳序：「赴告策書。」釋文：「崩薨曰赴。」

〔二九〕永興：縣名，東晉時屬會稽郡，在今浙江蕭山縣西。

〔三〇〕許詢：世説新語言語劉孝標注引續晉陽秋：「許詢字玄度，高陽人，魏中領軍允玄孫。總角秀惠，衆稱神童，長而風情簡素，司徒掾辟，不就，蚤卒。」隋書卷三五經籍志著録有晉徵士許詢集三卷。

〔三一〕客居縣界：旅居永興縣境。許嵩建康實録卷八：「詢幼沖靈，好泉石，清風朗月，舉酒永懷。中宗聞而徵爲議郎，辭不受職，遂託跡居永興。」

〔三二〕信宿：見與殷晉安别詩注。

〔三三〕隤然：易繫辭下：「夫乾確然，示人易矣；夫坤隤然，示人簡矣。」韓康伯注：「隤，柔貌也。」後漢書卷五三黃憲傳論：「憲隤然其處順，淵乎其似道。」

〔三四〕神情獨得：指内心有獨特體悟。

〔三五〕造夕：至夕。

〔三六〕總髮：同總角，謂童年時代。

〔三七〕知命：指五十歲。論語爲政：「五十而知天命。」文選潘岳閒居賦：「自弱冠涉乎知命之年。」

〔三八〕喜愠之容：喜怒之色。按，喜怒不形于色，乃魏晉名士風度。世説新語德行：「王戎云：『與嵇康居二十年，未嘗見其喜愠之色。』」晉書卷九三王濛傳：「喜愠不形於色。」

〔三九〕「絲不」二句：絲，弦樂器；竹，管樂器。肉，指人歌。

〔四〇〕漸近自然：言從弦樂至管樂、至歌唱，越來越接近自然。此句晉書作「漸近使之然。」蘇軾東坡題跋卷一書淵明孟府君傳後云：「淵明，孟嘉外孫。作嘉傳云：『或問聽妓，絲不如竹，竹不如肉，何也？曰：漸近自然。』今晉書乃云『漸近使之然』。則是閭里少年鄙語，雖至細事，然足以見許敬宗等爲人。」其説是。

〔四一〕羅含：字君章，桂陽耒陽（今屬湖南）人。歷任郡功曹、州主簿、桓温征西參軍、散騎常侍、侍中、長沙相等職。晉書有傳。隋書卷三五經籍志著録有羅含集三卷。

〔四二〕愆：差失。「孟生善酣」二句即上文「好酣飲，逾多不亂」之意。

〔四三〕劉耽：字敬道，南陽（今屬河南）人。曾爲尚書令。

〔四四〕作公：指作三公一類高官。韓詩外傳：「三公者何？曰司空、司馬、司徒也。司馬主天，司空主土，司徒主人。」魏晉時以太尉、司徒、司空爲三公。見晉書卷二四職官志。

〔四五〕三司：指司空、司馬、司徒，即三公。

〔四六〕「凱風」句：指思念母親之情。凱風，此指母恩。詩邶風凱風：「凱風自南，吹彼棘心。棘心夭夭，母氏劬勞。」「爰有寒泉，在浚之下。有子七人，母氏勞苦。」

〔四七〕若履深薄：語本詩小雅小旻：「戰戰兢兢，如臨深淵，如履薄冰。」

〔四八〕進德修業：易乾文言：「君子進德修業。」文言相傳是孔子所作。

〔四九〕清蹈衡門：指隱士清高，居於衡門。

〔五〇〕令聞：美名。孔昭：禮記中庸：「詩云：『潛雖伏矣，亦孔之昭。』」鄭玄注：「孔，甚也；昭，明也。言聖人雖隱居，其德亦甚明矣。」

〔五一〕振纓：振拂冠纓，謂出仕。沈炯祭梁吴郡袁府君文：「日者明德世彦，振纓王室。」

〔五二〕道悠運促：言天道久遠，人命短促。

〔五三〕「仁者」二句：論語雍也：「仁者壽。」曹丕短歌行：「曰仁者壽，胡不是保？」晉書卷九八桓温傳附孟嘉傳載：孟嘉年五十三卒於家。晉人以六十歲爲下壽，孟嘉不壽，故稱「仁者必壽」之言爲謬。

【集評】

陶澍注陶靖節集引洪邁容齋隨筆：「孟嘉爲人，夷曠沖默，名冠州里，稱盛德人。仕於温府，歷征西將軍從事中郎長史，在朝隤然仗正，必不效郗超輩輕與温合。然自度終不得善其去，故放志酒中。如龍山落帽，豈真不自覺哉？温至云：『人不可無勢，我乃能駕馭卿。』老賊於是見其肺肝矣。嘉雖得全於酒，幸以考終，然才享年五十一。蓋酒爲之累也。陶淵明實其外孫，傷其道悠運促。悲夫！」

五柳先生傳〔一〕

先生不知何許人也，亦不詳其姓字。宅邊有五柳樹，因以爲號焉。閑靖少言，不慕榮利。好讀書，不求甚解〔二〕，每有會意〔三〕，便欣然忘食。性嗜酒，家貧不能常得，親舊知其如此，或置酒而招之。造飲輒盡，期在必醉；既醉而退，曾不吝情去留〔四〕。環堵蕭然〔五〕，不蔽風日。短褐穿結〔六〕，簞瓢屢空，晏如也。常著文章自娱，頗示己志。忘懷得失，以此自終。贊曰：

黔婁之妻有言〔七〕：「不戚戚於貧賤，不汲汲於富貴。」〔八〕。極其言兹若人之儔乎〔九〕？酣觴賦詩，以樂其志。無懷氏之民歟？葛天氏之民歟〔一〇〕？

【校記】

亦不詳其姓字　陶本原校：「何本云：一無『其』字。」

五柳樹　曾本、汲古閣本云，一無「樹」字。

閑靖　靖，蕭傳作「静」。按，祭程氏妹文：「靖恭鮮言。」作「靖」是。

常得　「常」，曾本、汲古閣本云，一作「恒」。

黔婁之妻　陶本及各本無「之妻」二字。曾本、汲古閣本云，一有「之妻」二字。按，據劉向列女傳，當補「之妻」二字。參見注〔七〕。今據補。

汲汲　曾本、汲古閣本云，一作「惶惶」。

極其言茲若人之儔乎　陶本無「極」字。陶本原校：「一本作『味其言』，一本作『極其言』。今從李公焕本、毛晉本作『其言』。」汲古閣本無「極」字。今據曾本、蘇寫本補。

酣觴賦詩，以樂其志　曾本云，一作「酒酣自得，賦詩樂志」。蘇寫本、汲古閣本同。「酣」，李本作「酬」。

【箋注】

〔一〕此文乃淵明所作的自傳。宋傳稱潛少有高趣，嘗著五柳先生傳以自况，時人謂之實録。蕭傳、蓮傳、南傳、晉傳同。據此，本文當作於起爲州祭酒前。今暫繫於太元二十年乙未（三九五）。一説作於淵明晚年，林雲銘評注古文析義謂此文「暗寓不仕宋意」。吴楚材古文觀止謂「劉裕移晉祚，恥不復仕，號五柳先生，此傳乃自述其生平之行也」。逯繫年贊同林雲銘、吴楚材之説，以爲「陶之無酒可飲，乃五十一至五十七歲時事」。按，林雲銘等謂此文寓恥不復仕劉宋意，蓋出乎臆測，且淵明貧困窘迫和無酒可飲，亦非全在晚年。飲酒詩其十九云：「疇昔苦長飢，投耒去學仕。」始作鎮軍參軍經曲阿作詩云：「被褐欣自得，屢空常晏如。」有會而作詩云：「弱年逢家乏。」參以顔誄「少而貧苦，居無僕妾，井臼弗任，藜菽不給」數語，皆可證淵明出仕前家境蕭然之狀。故仍以宋傳、蕭傳所載爲是。

〔二〕不求甚解：謂讀書不過分執着於字句，以致穿鑿附會失其本旨。晉書卷四九阮瞻傳：「讀書不甚研求，而默識其要。」顔延之五君詠向秀：「探道好淵玄，觀書鄙章句。」按，魏晉玄學主得意忘言，以致讀書不求甚解，重其意會。楊慎丹鉛雜録：「晉書云陶淵明讀書不求甚解。此語俗世之見，後世不曉也。余思其故，自兩漢以來，訓詁甚行，説五千之文，至於二三萬言，陶心知厭之，故超然真見，獨契古初，而晚廢訓詁，俗士不達，便謂其不求甚解矣。」方宗誠陶詩真詮：「淵明詩曰：『區區諸老翁，爲事誠殷勤。』蓋深嘉漢儒之抱殘守缺及章句訓詁之有功於六經也。然又曰：『好讀書，不求甚解。』蓋又嫌漢儒章句訓詁之多穿鑿附會，失孔子之旨也。是真持平之論，真得讀書之法。」以上二説是。

〔三〕會意：謂内心的解悟。會，説文：「合也。」謝安與王胡之詩：「會感者圓，妙得者意。」

〔四〕吝情：挂心，在意。

〔五〕環堵：莊子庚桑楚：「吾聞至人，尸居環堵之室。」成玄英疏：「四面環各一堵，謂之環堵也，所謂方丈室也。」三國志蜀書郤正傳：「欣環堵以恬娱。」蕭然：空寂貌。

〔六〕穿結：喻衣服破爛。穿，破洞。結，補綴連結。

〔七〕黔婁之妻：黔婁，春秋時魯國人，清貧自守，不願出仕。死後，曾子去吊喪，問其妻：「何以爲謚？」其妻曰謚「康」。曾子認爲黔婁在世時没有好日子過，死時又不榮耀，不能謚「康」。其妻曰：「彼先生者，甘天下之淡味，安天下之卑位，不戚戚于貧賤，不忻忻于富貴，求仁而得仁，求義而得義，其謚爲康，不亦宜乎？」見劉向列女傳。

〔八〕「不戚戚」二句：漢書卷八七上揚雄傳上：「不汲汲于富貴，不戚戚于貧賤。」戚戚，憂貌。

〔九〕極：窮盡，窮極，此作動詞用，義同推究。廣韻職韻：「極，窮也。」易繫辭上：「極數知來之謂占。」淮南子人間訓：「化不可極，深不可測也。」楚辭天問：「冥昭瞢闇，誰能極之？」洪興祖補注：「此言幽冥之理，瞢闇難知，誰能窮極其本原乎？」其言：指黔婁之妻所言。

〔一〇〕無懷氏、葛天氏：傳説中的上古帝王。

【集評】

趙子昂松雪齋文集卷六五柳先生傳論：「志功名者，榮禄不足以動其心；重道義者，功名不足以易其慮。何則？紆青懷金，與荷鉏畎畝者殊途；抗志青雲，與徼倖一時者異趣。此伯夷所以餓於首陽，仲連所以欲蹈東海者也。矧名教之樂，加乎軒冕；違己之病，甚於凍餒。此重彼輕，有由然矣。仲尼有言曰：『隱居以求其志，行義以達其道。吾聞其語，未見其人。』嗟乎！如先生近之矣。」

錢鍾書管錐編第四册：「按『不』字爲一篇眼目。『不知何許人也，亦不詳其姓氏』，『不慕榮利』，『不求甚解』，『家貧不能恒得』，『曾不吝情去留』，『不蔽風日』，『不戚戚于貧賤，不汲汲于富貴』，重言積字，即示狷者之『有所不爲』。酒之『不能恒得』，宅之『不蔽風日』，端由於『不慕榮利』而『家貧』，是亦『不屑不潔』所致也。『不』之言，若無得而稱，而其意，則有爲而發；老子所謂『當其無，有有之用』，王夫之所謂『言無者，激於言有者而破除之也。』（船山遺書第六十三册思問録内篇）如『不知何許人，亦不詳其姓氏』，豈作自傳而並不曉己之姓名籍貫哉？正激於世之賣聲名、誇門地者而破除之爾。」

讀史述九章〔一〕

余讀史記，有所感而述之。

夷　齊〔二〕

二子讓國，相將海隅〔三〕。天人革命〔四〕，絶景窮居〔五〕。采薇高歌，慨想黄虞〔六〕。

貞風淩俗，爰感懦夫〔七〕。

【校記】

余讀史記，有所感而述之　陶本原校：「毛晉云：宋本無此二句。」

夷齊　藝文類聚作「夷齊贊」。

相將　藝文類聚作「相隨」。

【箋注】

〔一〕讀史述九章爲讀史記有感而作，共九篇，皆四言有韻，可看作四言詠史詩。第一章云：「天人革命，絶景窮居。采薇高歌，慨想黄虞。」第二章云：「去鄉之感，猶有遲遲。矧伊代謝，觸物皆非。」第八章云：「易大隨時，迷變則愚。介介若人，特爲貞夫。」據此，本篇當作於晉宋易代後。今暫繫於宋永初元年庚申（四二〇）。

〔二〕夷齊：伯夷、叔齊，孤竹君之二子。父欲立叔齊，叔齊讓伯夷。伯夷曰：「父命也。」遂逃往北海。叔齊亦不肯立而逃之。武王伐紂，伯夷、叔齊叩馬而諫。武王統一天下後，伯夷、叔齊恥之，義不食周粟，隱于首陽山，采薇而食，遂餓死。見史記卷六一伯夷列傳。

〔三〕相將：見擬古其三注。海隅：北海之濱。孟子萬章下：「伯夷當紂之時，居北海之濱，以待天下之清也。」

〔四〕天人革命：易革卦：「湯武革命，順乎天而應乎人。」

〔五〕絶景：隱匿形迹。景，即影。張協七命：「絶景乎大荒之遐阻。」窮居：潘岳寡婦賦：「静闔門以窮居兮，塊煢獨而靡依。」

〔六〕「采薇」二句：伯夷、叔齊餓死前作歌曰：「登彼西山兮，采其薇矣。以暴易暴兮，不知其非矣。神農虞夏，忽焉没兮，我安適歸矣？于嗟徂兮，命之衰矣！」見史記卷六一伯夷列傳。

〔七〕「貞風」二句：孟子萬章下：「故聞伯夷之風者，頑夫廉，懦夫有立志。」

箕　子〔一〕

去鄉之感，猶有遲遲〔二〕。矧伊代謝〔三〕，觸物皆非〔四〕。哀哀箕子，云胡能夷〔五〕！狡童之歌〔六〕，悽矣其悲。

【校記】

哀哀　汲古閣本云，一作「猗嗟」。

狡童　「童」，汲古閣本、蘇寫本作「僮」。按，當從史記卷三八宋微子世家作「童」。

【箋注】

〔一〕箕子：史記卷三殷本紀載：紂淫亂不止，比干强諫，被殺。箕子懼，乃佯狂爲奴，紂又囚之。

〔二〕遲遲：依戀不舍貌。孟子萬章下：「遲遲吾行也，去父母國之道也。」

〔三〕代謝：此指朝代更替。

〔四〕觸物：猶接物。嵇康聲無哀樂論：「偏重之情，觸物而作。」陸機思歸賦：「憂觸物而生端。」

〔五〕夷：平。

〔六〕狡童之歌：史記卷三八宋微子世家：「其後箕子朝周，過故殷墟。感宮室毁壞，生禾黍，箕子傷之，欲哭則不可，欲泣爲其近婦人，乃作麥秀之詩以歌詠之。其詩曰：麥秀漸漸兮，禾黍油油。彼狡童兮，不與我好兮！」狡童，指紂王。

管　鮑〔一〕

知人未易〔二〕，相知實難。淡美初交〔三〕，利乖歲寒〔四〕。管生稱心，鮑叔必安〔五〕。奇情雙亮〔六〕，令名俱完。

【校記】

利乖　「乖」，汲古閣本云，一作「我」。

【箋注】

〔一〕管鮑：管仲、鮑叔，春秋時人。管仲與鮑叔友善。二人共同在南陽經商，及分財利，管仲多自取。鮑叔知其有母而貧，不以爲貪。齊桓公立，鮑叔薦管仲。管仲成名後，極力稱譽鮑叔，謂「生我者父母，知我者鮑子也」。見史記卷六二管晏列傳。

〔二〕知人未易：文選潘岳馬汧督誄：「知人未易，人未易知。」李善注：「史記范睢列傳曰：侯嬴曰：『人固未易知，知人亦未易。』」

〔三〕淡美初交：初交朋友，以淡泊爲美。禮記表記：「故君子之接如水，小人之接如醴。君子淡以成，小人甘以壞。」

〔四〕利乖歲寒：意謂到窮困時節因利害衝突而絶交。歲寒：喻窮困時節。

〔五〕「管生」二句：史記卷六二管晏列傳：「鮑叔既進管仲，以身下之。子孫世禄於齊，有封邑者十餘世，常爲名大夫。」稱心，指成就功名。

〔六〕奇情：不平凡的情操。雙亮：雙雙得到顯明。亮，明也。

程杵〔一〕

遺生良難〔二〕，士爲知己。望義如歸，允伊二子〔三〕。程生揮劍〔四〕，懼兹餘耻〔五〕。

令德永聞，百代見紀。

【校記】

見紀　「紀」，汲古閣本云，一作「祀」。

【箋注】

〔一〕程杵：程嬰、公孫杵臼，春秋時晉國人。二人與晉趙朔友善，後趙朔爲屠岸賈所害，朔妻遺腹生一兒。公孫杵臼與程嬰定計，營救了趙氏孤兒，而杵臼被害。程嬰撫孤兒長大，是爲趙武。武攻屠岸賈，卒滅之。程嬰亦自殺以報公孫杵臼。見史記卷四三趙世家。

〔二〕遺生：棄絕生命。此指死難。吕氏春秋士節：「遺生行義。」高誘注：「惟義所在，不必生也，故曰遺生也。」

〔三〕允伊：信此。允，爾雅釋詁：「允，信也。」二子：指程杵。

〔四〕揮劍：指程嬰自殺。

〔五〕懼茲餘恥：謂程嬰若不自殺，便對不起公孫杵臼，會留下恥辱。

七十二弟子

恂恂舞雩〔一〕，莫曰匪賢。俱映日月，共飡至言〔二〕。慟由才難〔三〕，感爲情牽〔四〕。

回也早夭〔五〕，賜獨長年〔六〕。

【校記】

長年　汲古閣本云，一作「永年」，又作「卒年」。

【箋注】

〔一〕恂恂：論語鄉黨：「孔子於鄉黨，恂恂如也。」何晏集解：「王曰：恂恂，温恭之貌。」舞雩：祈雨的祭壇，因祭時有樂舞，故稱。論語先進：「暮春者，春服既成，冠者五六人，童子六七人，浴乎沂，風乎舞雩，詠而歸。」此句代指孔子弟子。

〔二〕共湌至言：共同領會至道之言。莊子天地：「至言不出，俗言勝也。」釋慧遠襄陽丈六金像頌：「餐服至言。」

〔三〕才難：指顔淵不幸早死。才，指顔淵。難，險厄也。此指死。禮記曲禮上：「臨難無苟免。」論語先進：「顔淵死，子哭之慟。從者曰：『子慟矣。』曰：『有慟乎，非夫人之爲慟，而誰爲？』」

〔四〕感爲情牽：文選盧諶贈劉琨詩：「情以體生，感以情起。」史記卷四七孔子世家：「孔子病，子貢請見。孔子方負杖逍遥於門，曰：『賜，汝來何其晚也？』孔子因歎，歌曰：『太山壞乎！梁柱摧乎！哲人萎乎！』因以涕下。」

〔五〕回：顔淵。史記卷六七仲尼弟子列傳：「魯哀公問：『弟子孰爲好學？』孔子對曰：

『有顔回好學，不遷怒，不貳過。不幸短命死矣，今也則亡。』」

〔六〕賜：端木賜，即子貢。

屈　賈〔一〕

進德修業，將以及時。如彼稷契〔二〕，孰不願之？嗟乎二賢，逢世多疑。候詹寫志〔三〕，感鵩獻辭〔四〕。

【校記】

逢世多疑　汲古閣本云，一作「多逢世疑」。

候詹　陶本原校：「何本作『懷沙』，云，一作『候瞻』，非。焦本作『候詹』。澍按，『詹』，謂太卜鄭詹尹也，今從焦本作『詹』。」「詹」，李本作「瞻」。

【箋注】

〔一〕屈賈：屈原、賈誼。事見史記卷八四屈原賈生列傳。

〔二〕稷契：虞舜時二賢臣。稷主農，播種百穀。契主司徒，教民以人倫道德。見史記卷一五帝本紀。

〔三〕候詹：候，拜會。詹，指太卜鄭詹尹。楚辭卜居：「屈原既放，三年不得復見。乃往見太卜鄭詹尹曰：『余有所疑，願因先生決之。』」

〔四〕鵩：鵩鳥，古時認爲其鳥不祥。獻辭：指賈誼作鵩鳥賦。史記卷八四屈原賈生列傳：「賈生爲長沙王太傅三年，有鴞飛入賈生舍，止于坐隅。楚人命鴞曰『服』。賈生既以適居長沙，長沙卑溼，自以爲壽不得長，傷悼之，乃爲賦以自廣。」

韓非〔一〕

豐狐隱穴，以文自殘〔二〕。君子失時，白首抱關〔三〕。巧行居災〔四〕，忮辯召患〔五〕。
哀矣韓生，竟死說難〔六〕。

【校記】

居災　「災」，汲古閣本云，一作「賢」。

忮辯召患　「忮」，陶本原校：「焦本作『枝』。」汲古閣本作「忮」。「召」，汲古閣本云，一作「招」。「辯召」，蘇寫本云，一作「自招」。

【箋注】

〔一〕韓非：戰國時韓人，荀卿弟子，喜好刑名法術之學，曾著書十餘萬言。秦王見其書，欲得其人，因急攻韓，韓王乃遣非使秦。後爲李斯譖害。見史記卷六三老子韓非列傳。

〔二〕「豐狐」二句：豐狐，大狐。文，指美麗的狐皮。自殘，謂因毛皮之美而害了自己。韓非子喻老：「翟人有獻豐狐玄豹之皮于晉文公。文公受客皮而歎曰：『此以皮之美自爲罪。』」莊子山木：「夫豐狐文豹，棲於山林，伏於巖穴，静也；夜行晝居，戒也；雖飢渴隱約，猶且胥疏於江湖之上而求食焉，定也；然且不免於罔羅機辟之患。是何罪之有哉？其皮爲之災也。」

〔三〕抱關：守關。史記卷七七魏公子列傳：侯嬴年七十，家貧，爲大梁夷門監者。侯謂公子曰：「今日嬴之爲公子亦足矣，嬴乃夷門抱關者也。」

〔四〕巧行：機巧的行爲。居災：處禍。韓非子説林上：「故曰：巧詐不如拙誠。樂羊以有功見疑，秦巴西以有罪獲信。」

〔五〕伎辯：巧辯。伎，智巧。集韻：「伎，巧。」老子五十七章：「人多伎巧。」

〔六〕竟死説難：史記卷六三老子韓非列傳：「韓非知説之難，爲説難書甚具，終死於秦，不能自脱。」

魯二儒〔一〕

易大隨時〔二〕，迷變則愚。介介若人〔三〕，特爲貞夫〔四〕。德不百年，汙我詩書。逝然不顧，被褐幽居。

【校記】

魯二儒　藝文類聚作「魯二儒贊」。

易大　陶本及各本作「易代」。蘇寫本、汲古閣本云，一作「大易」。此從藝文類聚。

介介　藝文類聚作「芬芬」。

逝然　「然」，藝文類聚作「焉」。

【箋注】

〔一〕魯二儒：劉邦平定天下後，羣臣飲酒争功，酗酒狂呼，拔劍擊柱，高祖厭之。叔孫通上言，徵請魯諸生與其共訂朝儀。于是徵魯諸生三十餘人。有二儒生不肯行，以爲天下初定，死者未葬，傷者未起，不宜先定禮樂，稱叔孫通所爲不合古道。叔孫通嗤笑他們是不知時變的鄙儒。見史記卷九九劉敬叔孫通列傳。按，此章借贊美魯二儒不隨時變，表達不與新朝合作的態度。

〔二〕易大隨時：謂易最重視順隨時代。大，作動詞用，重視之意。易隨卦：「隨時之義大矣哉。」

〔三〕介介：孤高耿介，守節不變。荀子儒效：「介介兮其有終始也。」後漢書卷二四馬援傳：「但畏長者家兒或在左右，或與從事殊難得調，介介獨惡是耳。」李賢注：「介介猶耿耿耳。」若人：指魯二儒。

〔四〕貞夫：忠直之人。亦作「真夫」。晉書卷九九桓玄傳：「理由一統，貞夫所以司契。」

張長公〔一〕

遠哉長公，蕭然何事〔二〕？世路多端，皆爲我異。斂轡朅來〔三〕，獨養其志。寢迹窮年〔四〕，誰知斯意。

【校記】

張長公　藝文類聚作「張長公贊」。

遠哉　「遠」，蘇寫本、汲古閣本云，一作「達」。藝文類聚作「達」。

世路多端，皆爲我異　蘇寫本云，一作「世路多僞，而我獨異」。汲古閣本云，一曰「世路皆爲，而我獨異」。藝文類聚作「世路皆同，而我獨異」。

獨養　「獨」，藝文類聚作「閑」。

【箋注】

〔一〕張長公：張摯，字長公，官至大夫，免。因不能取容當世，故終身不仕。見史記卷一〇二張釋之馮唐列傳。按，陳仁子文選補遺卷三八：「其以長公自況歟。」吴菘論陶：「張長公詩中凡再見，此復極意詠歎，正自寫照。」其説是。

〔二〕蕭然：寂静不喧嘩。張望蜘蛛賦：「蕭然靖逸。」世説新語德行：「意色蕭然，遠同鬭生之無愠。」

〔三〕斂轡：收住車駕，即息交絶游之意。朅來：去來，歸來。文選張衡思玄賦：「迴志朅來從玄謀。」李善注：「朅，去也。劉向七言曰：『朅來歸耕永自疎。』」

〔四〕寢迹：見癸卯歲十二月中作與從弟敬遠詩注。

【集評】

蘇軾東坡題跋卷一書淵明述史章後：「淵明作述史九章。夷齊、箕子蓋有感而云。去之五百餘載，吾猶知其意也。」

葛立方韻語陽秋卷五：「觀淵明讀史九章，其間皆有深意，其尤章章者，如夷齊、箕子、魯二儒三篇。夷齊云：『天人革命，絶景窮居。』『貞風凌俗，爰感懦夫。』箕子云：『去鄉之感，猶有遲遲；矧伊代謝，觸物皆非。』魯二儒云：『易代隨時，迷變則愚。介介若人，特爲正夫。』由是觀之，則淵明委身窮巷，甘黔婁之貧而不自悔者，豈非以恥事二姓而然邪？」

陳沆詩比興箋卷二：「讀史述九章舊本以時代先後爲次，故旨趣不明，今易置之，以類相從，庶寄託灼然，一望可識。夷齊、箕子、魯二生、程杵四章，固易代之感。顔回、屈賈、韓非、張長公四章，則詠懷之詞。蓋守簞瓢固窮之節，悼屈賈逢世之難，故欲戒韓非而師張長公也。管鮑章，則悼叔季人情之薄，而欲與劉、龐、周、郭諸人爲歲寒之交也。」

扇上畫贊〔一〕

荷蓧丈人　長沮桀溺　於陵仲子　張長公　丙曼容　鄭次都　薛孟嘗

周陽珪

三五道邈〔二〕。淳風日盡。九流參差〔三〕，互相推隕〔四〕。形逐物遷〔五〕，心無常準〔六〕。是以達人，有時而隱。四體不勤，五穀不分；超超丈人，日夕在耘〔七〕。遼遼沮溺〔八〕，耦耕自欣，入鳥不駭，雜獸斯羣〔九〕。至矣於陵〔一〇〕，養氣浩然〔一一〕，蔑彼結駟〔一二〕，甘此灌園。張生一仕〔一三〕，曾以事還。顧我不能，高謝人間。岧岧丙公〔一四〕，望崖輒歸〔一五〕；匪驕匪吝，前路威夷〔一六〕。鄭叟不合，垂釣川湄；交酌林下，清言究微〔一七〕。孟嘗遊學〔一八〕，天網時疏，眷言哲友，振褐偕徂。美哉周子〔一九〕，稱疾閒居，寄心清尚，悠然自娛。翳翳衡門，洋洋泌流〔二〇〕。曰琴曰書，顧盼有儔。飲河既足，自外皆休〔二一〕。緬懷千載，託契孤遊〔二二〕。

【校記】

周陽珪　藝文類聚作「周妙珪」。

高謝　「高」，汲古閣本云，一作「長」。

匪驕　「驕」，汲古閣本作「矯」，云，一作「驕」。

孟嘗　「嘗」，汲古閣本云，一作「生」。

清尚　「尚」，藝文類聚作「商」。

悠然　汲古閣本云，一作「悠悠」。「悠」，藝文類聚作「恬」。

曰琴曰書　藝文類聚作「日玩羣書」。

顧盼有儔　「盼」，蘇寫本作「眄」。「有」，藝文類聚作「寡」。

【箋注】

〔一〕本篇贊頌古代八位隱士，内容與詠貧士七首、讀史述九章相近，當是淵明晚年作品。

〔二〕三五：指三皇五帝。曹植文帝誄：「爰暨三皇，實秉道真，降逮五帝，繼以懿純。」「三五」二句意同飲酒詩其二十：「羲農去我久，舉世少復真。」

〔三〕九流：漢書卷三〇藝文志載，孔子死後，諸弟子各成一家之言，有儒、道、陰陽、法、名、墨、縱橫、雜、農九家學派。九家學説互有不同，故謂九流參差。范甯春秋穀梁傳集解序：「蓋九流分而微言隱，異端作而大義乖。」

〔四〕互相推隕：互相排斥詆毁。莊子在宥：「而儒墨畢起，於是乎喜怒相疑，愚知相欺，善否相非，誕信相譏。」此即「互相推隕」之意。

〔五〕形逐物遷：義近「隨波逐流」。謝靈運過始寧墅詩：「逐物遂推遷。」

〔六〕心無常準：謂思想行爲没有一定的準則。范甯春秋穀梁傳集解序：「是非紛錯，準裁靡定。」

〔七〕「四體」四句：論語微子：「子路從而後，遇丈人以杖荷蓧。子路問曰：『子見夫子乎？』丈人曰：『四體不勤，五穀不分，孰爲夫子？』執其杖而芸。」超超，高超卓異。超，卓也。世説新語言語：「我與王安豐説延陵、子房亦超超玄箸。」

〔八〕遼遼：遥遠貌。劉向九歎：「山修遠其遼遼兮，塗漫漫其無時。」袁宏單道開贊：「遼遼幽人，望巖凱入。」沮溺：見勸農詩注。

〔九〕「入鳥」二句：論語微子：「夫子憮然曰：『鳥獸不可與同居，吾非斯人之徒與而誰與？』」孔子志在救世，故曰「鳥獸不可與同居」。淵明與孔子不同，他贊賞長沮、桀溺的隱逸行爲。

〔一〇〕於陵：指陳仲子。何注：「高士傳：陳仲子居於於陵，楚王聞其賢，遣使聘之，欲以爲相。仲子入告其妻。妻曰：『夫子左琴右書，樂在其中矣。結駟連騎，所甘不過一肉，而懷楚國之憂，可乎？』于是謝使者，遂相與逃而爲人灌園。」

〔一一〕養氣浩然：孟子公孫丑上：「我善養吾浩然之氣。」

〔一二〕結駟：一車套四馬。比喻榮華富貴。莊子人間世：「結駟千乘。」文選李康運命論：「諸侯莫不結駟而造門。」

〔一三〕張生：張摯，字長公。見讀史述九章張長公注。

〔一四〕岧岧：高遠貌。陸雲登臺賦：「望天晷之岧岧。」丙公：丙，當從漢書作邴。前漢邴曼容，養志自修，爲官不肯過六百石，過輒自免去。見漢書卷七二龔勝傳。

〔一五〕望崖輒歸：意謂邴曼容將六百石的俸祿作爲界限，超過即自免歸去。崖，崖際，邊際。逯注：「望崖輒歸，看到懸崖便回身，謂能懸崖勒馬。」不確。

〔一六〕威夷：險，長。文選潘岳西征賦：「登崤坂之威夷。」李善注：「韓詩曰：『周道威夷。』薛君曰：『威夷，險也。』」文選孫綽游天台山賦：「路威夷而脩通。」

〔一七〕「鄭叟」四句：後漢鄭敬，字次都，汝南（今河南上蔡縣）人。都尉逼爲功曹，辭病去，隱處精學。同郡鄧敬爲督郵，詣之，敬方釣魚於大澤，因折芰爲坐，以荷薦肉，瓠瓢盈酒，言談彌日。見後漢書卷二九郅惲傳注引謝沈書。

〔一八〕孟嘗：後漢薛包，字孟嘗。建光中，公車特徵至，拜侍中。包性恬淡，稱疾不起，以死自乞，有詔賜告歸。見後漢書卷三九劉平傳。

〔一九〕周子：周陽珪。事迹未詳。

〔二〇〕「翳翳」二句：詩陳風衡門：「衡門之下，可以棲遲；泌之洋洋，可以樂飢。」泌，泉水。洋洋，大水貌。

〔二一〕「飲河」二句：莊子逍遥遊：「偃鼠飲河，不過滿腹。」左思詠史詩：「飲河期滿腹，貴足不願餘。」

〔一二〕託契：寄託契合古人的意趣。孤游：指隱士。

【集評】

方宗誠陶詩真詮：「扇上畫贊，蓋淵明心所嚮往之人。」

尚長禽慶贊〔一〕

尚子昔薄宦，妻孥共早晚〔二〕。貧賤與富貴，讀易悟益損〔三〕。禽生善周遊，周遊日已遠。去矣尋名山，上山豈知反〔四〕。

【校記】

上山　「山」，陶本誤作「反」，據藝文類聚改。

【箋注】

〔一〕陶注：「各本無此篇，何孟春據藝文類聚，採附扇上畫贊注中。今特補載卷後。何曰：『此贊今本無之，豈唐初歐陽詢所見本，至宋或有缺脱耶？』」尚長：即向長，字子平，河内朝歌人。隱居不仕，讀易至損、益卦，歎曰：「吾已知富不如貧，貴不如賤，但未知死何如生耳。」男女嫁娶既畢，敕斷家事，勿相關，遂肆意與同好北海禽慶，俱游五岳名山，不知所終。見後漢書卷八三向長傳。禽慶：字子夏，北海（今渤海）人，王莽時儒生，去官不仕莽，與同好周游名山。見漢書卷七二王貢兩龔鮑列傳。

〔二〕共早晚：朝夕相處。

〔三〕益損：即事物的盈虚之理。易損卦：「損益盈虚，與時偕行。」易益卦：「凡益之道，與時偕行。」

〔四〕「去矣」二句：言尚長、禽慶遊名山不返。戴逵尚長贊：「跡絶青崖，影滅雲際。」

陶淵明集卷之七

疏　祭文

與子儼等疏〔一〕

告儼、俟、份、佚、佟〔二〕：天地賦命，生必有死。自古聖賢，誰能獨免。子夏有言：「死生有命，富貴在天〔三〕。」四友之人，親受音旨〔四〕。發斯談者〔五〕，將非窮達不可妄求，壽夭永無外請故耶〔六〕？吾年過五十，少而窮苦，每以家弊，東西遊走〔七〕。性剛才拙，與物多忤，自量爲己，必貽俗患。僶俛辭世〔八〕，使汝等幼而飢寒。余嘗感孺仲賢妻之言〔九〕，敗絮自擁〔一〇〕，何慚兒子。此既一事矣。但恨鄰靡二仲〔一一〕，室無萊婦〔一二〕，抱茲苦心，良獨内愧。少學琴書，偶愛閑靜，開卷有得，便欣然忘食。見樹木交蔭，時鳥變聲，亦復歡然有喜。常言五六月中，北窗下卧，遇涼風暫至〔一三〕，自謂是羲皇上人〔一四〕。意淺識罕〔一五〕，謂斯言可保〔一六〕，日月遂往，機巧好疏〔一七〕。緬求在昔〔一八〕，眇然如何〔一九〕！病患以來，漸就衰損，親舊不遺，每以藥石見救，自恐大分將有限也〔二〇〕。汝輩稚小家貧，每役柴水之勞，何時可免？念之在心，若何可言。然汝等雖不同生〔二一〕，當思四海皆兄弟之義。鮑叔、管仲，分財無猜；歸生、伍舉，班荆道舊〔二二〕。遂能以敗爲成〔二三〕，因喪立功〔二四〕。他人尚爾，況同父之人哉。潁川韓元長〔二五〕，漢末名士，身處卿佐，八十而終，兄弟同居，至於没齒〔二六〕。濟北氾稚春〔二七〕，晉時操行人也，七世同財，家人無怨色。詩曰：「高山仰止，景行行止。」〔二八〕雖不能爾，至心尚之。汝其慎哉，吾復何言！

【校記】

與子儼等疏　册府元龜作「與子書」。

生必有死　陶本原校：「梁元帝金樓子作『有生必終』」。册府元龜同。宋書作「有往必終」。

誰能獨免　「能獨」，蘇寫本、汲古閣本作「獨能」。

子夏有言　曾本、蘇寫本作「子夏有言曰」。「有」，宋書無「有」字，册府元龜同。

四友之人　曾本、汲古閣本云，一曰「四方之友」。

親受音旨　「音旨」，曾本、汲古閣本云，一作「德音」。「受」，册府元龜作「愛」。

將非窮達不可妄求　「將」，册府元龜作「豈」。「妄」，陶本原作「外」。册府元龜作「望」，今據各本改。

少而窮苦　「少」，宋書無「少」字。曾本、汲古閣本云，窮苦下有「荼毒」二字。宋書有「荼毒」二字，册府元龜同。

每以家弊　宋書無「每以」二字，册府元龜無「每」字。「家弊」，宋書作「家貧弊」。册府元龜作「家貧」。

必貽俗患　「俗患」，册府元龜作「患累」。

幼而飢寒　「飢」，册府元龜作「饑」。「飢寒」二字下宋書有「耳」字，册府元龜同。

余嘗感孺仲賢妻之言　册府元龜無「余」字。按，後漢書卷八三王霸傳：「王霸字儒仲。」「孺」，當作「儒」。

敗絮自擁　「自」，曾本、汲古閣本誤作「息」。

良獨内愧　「内愧」，陶本原校：「金樓子作『惘惘』。」宋書、册府元龜作「罔罔」。

少學琴書　「學」，曾本云，一作「好」；又云一作「少來好書」。蘇寫本、汲古閣本同。宋書作「少年來好書」。藝文類聚作「少來好書」。册府元龜作「少年好書」。

亦復歡然　「然」，曾本、汲古閣本云，一作「尔」。宋書、藝文類聚、册府元龜作「爾」。

常言五六月中　「常」，宋書、藝文類聚、册府元龜作「嘗」。「中」，宋書、册府元龜無「中」字。按，「常」「嘗」古通。

意淺識罕　「罕」，宋書、册府元龜作「陋」。

日月遂往　「遂」，曾本云，一作「逝」。蘇寫本、汲古閣本同。

機巧好疏　宋書、册府元龜無此四字。

親舊不遺　「親」，册府元龜作「故」。按，嵇康與山巨源絶交書：「時與親舊叙闊。」五柳先生傳：「親舊知其如此。」作「親舊」是。

將有限也　「限」，曾本誤作「恨」。

汝輩稚小　宋書、册府元龜汝上有「恨」字。

家貧每役　「每」，曾本、汲古閣本云，一作「無」。宋書、册府元龜作「無」。

雖不同生　册府元龜作「雖然不同生」。「不」，陶本原校：「從宋書作『不』。焦本同。諸本作『曰』，非。」曾本作「曰」，云，一作「不」。李本、汲古閣本同。按，淵明五子非一母所生，作「不」是。

鮑叔管仲　「管」，宋書、藝文類聚、册府元龜作「敬」。

分財無猜　「無猜」，藝文類聚作「無恪情」。册府元龜分上有一「有」字。

況同父之人哉　「同」，宋書、藝文類聚、册府元龜作「共」。

潁川韓元長　「韓」，金樓子誤作「陳」。

八十而終　「八十」，陶本原校：「何注：『八』當作『七』。澍按，何蓋據後漢書韓韶傳也。惠氏棟後漢書補注，謂彼處『七』當作『八』。」李本作「七十」，云，集本作「八十」。

汜稚春　「汜」，陶本原校：「王應麟云，謂汜毓，晉書有傳，集作『范』，誤。南史汜幼春，蓋避唐諱『治』字之嫌。」曾本、蘇寫本、册府元龜作「范」。「稚春」，曾本云，南史作「幼春」，宋書作「汜稚」。蘇寫本、汲古閣本同。

晉時操行人也　「晉」，册府元龜誤作「普」。「操行」，陶本原校：「金樓子作『積行』。」册府元龜人上有「仁」字。

七世同財　册府元龜無「財」字。

家人無怨色　「色」，曾本云，一作「辭」。蘇寫本、汲古閣本同。

詩曰　「曰」，宋書、册府元龜作「云」。

雖不能爾，至心尚之　「尚」，曾本云，一作「善」。蘇寫本、汲古閣本同。册府元龜無此二句。

【箋注】

〔一〕據文中「吾年過五十」及「濟北汜稚春，晉時操行人也」等語，可知本文作於淵明五十歲後，且必在晉亡之後。王譜、顧譜、逯繫年繫此文於義熙十一年乙卯（四一五），吴譜繫於義熙九年癸丑（四一三），丁譜繫於義熙十年甲寅（四一四），李華陶淵明年譜辨證繫於義熙十二年丙辰（四一六）。按，義熙年間劉裕尚未正式篡晉，與文中「晉時操行人」不合，故王譜等皆誤。陶考謂此文當在宋受禪後，然又稱「必非作於甫過五十之時」。因陶考信宋傳六十三歲説，而宋受禪時淵明已五十六七歲，故作如是説。王瑶注繫于永初二年辛酉（四二一），可從。以義熙十四年戊午（四一八）淵明五十歲推算，此文當作於淵明五十三歲時，正與「吾年過五十」相合。又，蘇軾與蘇轍書云：「淵明臨終，疏告儼等。」以爲此文乃淵明遺囑。邱嘉穗東山草堂陶詩箋卷五、梁譜亦持此説。並鄭文焯陶集鄭批録則以爲「此當與夫康成公誡子文參觀」，「宋書隱逸傳所云與子書以言其志，並爲訓戒，斯語得之。」游國恩陶淵明年紀辨疑一文以宋書雷次宗傳所載次宗與子姪書爲證，謂此文不過是一篇平常的家信，「陶疏説到『生必有死』，説到『大分有限』，原來是那時候的風氣」。又云：「況且陶公是一個達觀的人，又早衰多病，年過五十，預爲治命，也是極可能的事。」以上二説，以後説爲是。宋傳確無臨終遺誡之説，而此文亦屬鄭玄誡子，嵇康家誡、雷次宗與子姪書一類。文中雖有「有往必終」、「自恐大分將有限」等語，然這類感慨常見於淵明其他詩文，故遺囑之説不可取。

〔二〕儼、俟、份、佚、佟：淵明五子。見責子詩注。

〔三〕「子夏」三句：子夏，姓卜名商，孔子弟子。論語顔淵：「子夏曰：商聞之矣，死生有命，富貴在天。」

〔四〕「四友」二句：何注：「孔叢子：孔子四友，回、賜、師、由，非子夏。而此云然者，特謂其同列耳。」音旨：謂音辭也。晉書卷四九阮瞻傳：「諷詠遺言，不若親承音旨。」謝靈運慧遠法師誄：「從容音旨，優游儀形。」按，「四友」泛指親善之人，非指孔子四友；「親受音旨」者，亦非謂孔子四友親受子夏音旨，乃以「四友」比況儼等五子，當親受己之音旨也。

〔五〕斯談：指子夏所云「死生有命，富貴在天」。

〔六〕「壽夭」句：嵇康難張遼叔宅無吉凶攝生論：「壽夭不可求，甚於貴賤。」

〔七〕「吾年過」四句：李注：「趙泉山曰：五十當作三十。靖節從乙未十一年間，自尋陽至建業，再返；又至江陵再返，故云東西游走。及四十一歲，序其倦游，於歸去來云：心憚遠役。四十八歲答龐參軍詩云：『我實幽居士，無復東西緣。』若年過五十，時投閑十年矣，尚何游宦之有？」陶注：「少而窮苦，乃追述之辭，豈謂東西游走在五十後哉。即依宋書無少字，非追述，游走不定解作游宦。先生雖賦歸，而與王撫軍、殷晉安往來酬答，亦無妨以東西游走爲言也。」趙説似滯。五十不必改三十。」按，陶注謂「少而窮苦」等句乃追述之詞，甚是。後文云「僶俛辭世」，詞意與前相續，則「東西游走」可確定作游宦解。

〔八〕僶俛：見怨詩楚調示龐主簿鄧治中詩注。辭世：指歸隱。陸機幽人賦：「彈雲冕以辭世。」

〔九〕孺仲賢妻之言：後漢王霸，字儒仲。後漢書卷八四列女傳：「初，霸與同郡令狐子伯爲友，後子伯爲楚相，而其子爲郡功曹。子伯乃令子奉書於霸，車馬服從，雍容如也。霸子時方耕於野，聞賓至，投耒而歸，見令狐子，沮怍不能仰視。霸目之，有愧容，客去而久卧不起。妻怪問其故，始不肯告，妻請罪，而後言曰：『吾與子伯素不相若，向見其子容服甚光，舉措有適，而我兒曹蓬髮歷齒，未知體則，見客而有慚色。父子恩深，不覺自失耳。』妻曰：『君少修清節，不顧榮禄。今子伯之貴孰與君之高？奈何忘宿志而慚兒女子乎！』霸屈起而笑曰：『有是哉！』遂共終身隱遯。」

〔一〇〕敗絮自擁：用破棉絮裹身。比喻衣衫襤褸。

〔一一〕二仲：李注：「嵇康高士傳：求仲、羊仲，皆治車爲業，挫廉逃名。蔣元卿之去兗州，還杜陵，荆棘塞門，舍中有三徑，不出，惟二人從之游，時人謂之二仲。」

〔一二〕萊婦：老萊子之妻。李注：「劉向列女傳：楚老萊子逃世，耕於蒙山之陽。楚王欲使守楚國之政。妻曰：『妾聞之，可食以酒肉者，可隨以鞭捶；可授以官禄者，可隨以鈇鉞。今先生食人之酒肉，受人之官禄，此皆人之所制也。居亂世而爲人所制，能免于患乎？』老萊子遂隨其妻，至于江南而止。」按，蕭傳、南傳云：「其妻翟氏，亦能安勤苦，與其同志。」然此處云「室無萊婦」，味其意，若謂翟氏不如老萊之妻能安貧樂道。則蕭傳「同志」之言不足憑信也。抑其時翟氏已死耶？考詠貧士其七云：「年饑感仁妻，泣涕向我流。」翟氏其時似尚在。故知「室無萊婦」之感歎實有所指。

〔一三〕暫：忽然，突然。史記卷一〇九李將軍列傳：「廣（李廣）暫騰而上胡兒馬。」

〔一四〕羲皇上人：伏羲氏以前的人。羲皇，伏羲氏，傳説中的上古帝王。按，世説新語容止：「桓大司馬（桓温）曰：『諸君莫輕道，仁祖（謝尚）企脚北窗下彈琵琶，故自有天際真人想。』」淵明北窗下自謂羲皇上人，與謝尚北窗下自有天際真人想，堪稱同調，體現出晉人任真自得的審美情趣。

〔一五〕識罕：見識少。

〔一六〕斯言：指「五六月中」以下四句。

〔一七〕機巧：機智靈巧。曹植侍太子坐詩：「翩翩我公子，機巧忽若神。」好疏：很遠。此句意謂體力智力遠不如以前。

〔一八〕緬求：遠求。

〔一九〕眇然：漢書卷六四下王褒傳：「眇然絶俗離世哉。」顔師古注：「眇然，高遠之意也。」

〔二〇〕大分：指壽命之大限。後漢書卷一〇上和熹鄧皇后紀：「存亡大分，無可奈何。」

〔二一〕不同生：不是一母所生。

〔二二〕「歸生」二句：左傳襄公二十六年載：伍舉與歸生相善。後伍舉因罪逃往鄭國，又自鄭去晉國作官。時值歸生使晉，遇伍舉於鄭國郊外。二人鋪荆而食，共叙舊情。歸生返楚後對令尹子木説，楚國人才爲晉國所用，這對楚國不利。子木于是把伍舉召回楚國。

〔二三〕以敗爲成：史記卷六一管晏列傳：「鮑叔事齊公子小白，管仲事公子糾。及小白立爲桓公，公子糾死，管仲囚焉。鮑叔遂進管仲。管仲既用，任政於齊，齊桓公以霸，九合諸侯，一匡天下，管仲之謀也。」

〔二四〕因喪立功：左傳昭公九年載：伍舉回楚國後，協助楚公子圍繼承王位，是爲楚靈王。伍舉先奔鄭，後回國立功，故曰「因喪立功」。

〔二五〕韓元長：名融，字元長，後漢潁川（今河南禹縣）人。能辯理而不爲章句學。聲名甚盛，五府並辟。獻帝初，至太僕。見後漢書卷六二韓韶傳。又集聖賢羣輔録下注：「狀：融聰識知機，發於岐嶷，時人名之曰窮神知化。兄弟同居，至於没齒。處卿相之位，且二十年奉身守約，不隕其問。」

〔二六〕没齒：指老年。齒，年也。論語憲問：「没齒無怨言。」晉書卷五一皇甫謐傳：「處常得實，没齒不憂。」

〔二七〕氾稚春：名毓，字稚春，西晉濟北（今山東長清縣）人。氾家累世儒業，敦睦九族，客居青州，到毓已七世，時人贊其家「兒無常父，衣無常主」。見晉書卷九一氾毓傳。

〔二八〕「高山」二句：見詩小雅車舝。

【集評】

林雲銘古文析義初編卷四：「與子一疏，乃陶公畢生實録，全副學問也。窮達壽夭，既一眼覷破，則觸處任真，無非天機流行。末以善處兄弟勸勉，亦其至情不容已處。讀之惟見真氣盤旋紙上，不可作文字觀。」

毛慶蕃評選古文學餘卷二六：「清古肫至，邈然如見天際真人。唐人多宦情，宋人多理障，無復有此遠懷真面矣。」

祭程氏妹文〔一〕

維晉義熙三年五月甲辰，程氏妹服制再周〔二〕。淵明以少牢之奠〔三〕，俯而酹之〔四〕。嗚呼哀哉！寒往暑來，日月寖疏〔五〕。梁塵委積〔六〕，庭草荒蕪。寥寥空室，哀哀遺孤。肴觴虚奠，人逝焉如？誰無兄弟，人亦同生〔七〕，嗟我與爾，特百常情〔八〕。慈妣早世〔九〕，時尚孺嬰，我年二六，爾纔九齡。爰從靡識〔一〇〕，撫髫相成〔一一〕。咨爾令妹〔一二〕，有德有操。靖恭鮮言〔一三〕，聞善則樂。能正能和〔一四〕，惟友惟孝。行止中閨〔一五〕，可象可效〔一六〕。我聞爲善，慶自己蹈〔一七〕；彼蒼何偏〔一八〕，而不斯報〔一九〕。昔在江陵，重罹天罰〔二〇〕，兄弟索居，乖隔楚越〔二一〕，伊我與爾，百哀是切。黯黯高雲〔二二〕，蕭蕭冬月〔二三〕，白雲掩晨，長風悲節〔二四〕。感惟崩號〔二五〕，興言泣血〔二六〕。尋念平昔，觸事未遠〔二七〕，書疏猶存，遺孤滿眼〔二八〕。如何一往，終天不返〔二九〕。寂寂高堂，何時復踐？藐藐孤女〔三〇〕，曷依曷恃〔三一〕？煢煢遊魂〔三二〕，誰主誰祀？奈何程妹，於此永已。死如有知，相見蒿里〔三〕。嗚呼哀哉！

【校記】

俯而酹之　「酹」，曾本云，一作「裸」。蘇寫本、汲古閣本同。

哀哀遺孤　「哀哀」，曾本、汲古閣本云，一作「哀哉」。

特百常情　「百」，曾本作「迫」，云，一作「百」。蘇寫本、汲古閣本同。李本云，謝玄傳：「痛百常情。」作「迫」，非。按，作「百」是，參見注〔八〕。

撫髫相成　「髫」，曾本云，一作「髾」。按，作「髫」是，參見注〔一二〕。

咨爾令妹　「爾」，曾本、汲古閣本云，一作「余」。

靖恭鮮言　「鮮」，曾本、汲古閣本云，一作「斯」。按，「斯」乃形誤。鮮，少也，作「鮮」是。

我聞爲善　「爲」，曾本、汲古閣本云，一作「惟」。

伊我與爾　「與爾」，曾本、汲古閣本云，一作「令妹」。

百哀是切　「哀」，曾本、汲古閣本云，一作「憂」。

白雲掩晨　「白雲」，曾本、汲古閣本云，一作「白雪」。

觴事未遠　「觴」，陶本原校：「何校宣和本作『觴』，非。」按，作「觴」是，參見注〔二七〕。

煢煢遊魂　「遊」，曾本云，一作「孤」。蘇寫本、汲古閣本同。

【箋注】

〔一〕淵明有妹，比他小三歲，嫁與程氏。義熙元年（四〇五）十一月卒於武昌，淵明曾辭去彭澤令奔喪。見歸去來兮辭。本文作於義熙三年（四〇七）五月，距程氏妹卒已一年半。

〔二〕服制再周：服制，喪服之制度。喪服按其與死者的親疏，分爲斬衰、齊衰、大功、小功、緦麻五等，名爲五服。對已嫁的姐妹，應服大功服，爲期九月。這時距程氏妹卒已滿十八個月，故曰服制再周。

〔三〕少牢：用羊、猪二牲祭。禮記王制：「天子社稷皆太牢，諸侯社稷皆少牢。」鄭玄注：「士薦牲用特豚，大夫以上用羔，所謂『羔豚而祭，百官皆足』。」

〔四〕酹：以酒洒地祭奠。

〔五〕寖疏：漸遠。寖，漸也。

〔六〕委積：周禮地官大司徒：「大賓客，令野修道委積。」鄭玄注：「少曰委，多曰積。」

〔七〕同生：指同母兄弟。見悲從弟仲德詩注。

〔八〕特百常情：百倍于一般的情誼。左思悼離贈妹詩：「恩百常情。」謝靈運曇隆法師誄：「承凶感痛，寔百常情。」

〔九〕慈妣：當爲「慈考」之誤。王譜：「君年十二，失母。」吴譜：「先生生於乙丑，至是十有二歲，丁母夫人孟氏憂。」王譜、吴譜以爲「慈妣」是淵明母孟夫人，實誤。顔誄云：「母老子幼，就養勤匱，遠惟田生致親之義，追悟毛子捧檄之懷。」可證淵明仕州祭酒時，母孟氏尚在。庚子歲五月中從都還阻風於規林詩云「一欣侍温顏，再喜見友于」，「久游戀所生」。亦證其時淵明母尚在。湯注、李注、陶考則謂「慈妣」乃程氏生母，淵明庶母。然此文明言「誰無兄弟，人亦同生」。若淵明與程氏妹非出一母，則無以解「人亦同生」一語，故淵明與程氏妹實同母兄妹也，「慈妣」爲生母、庶母之説皆誤。梁譜始疑「慈妣」「殆原作『慈考』，俗子傳鈔，以慈當屬妣，故妄改耶？」古譜申梁説。按，命子詩云：「於穆仁考。」祭從弟敬遠文云：「相及齠齔，並罹偏咎。」可證淵明幼年喪父。此文「慈妣早世」以下六句蓋述幼年失怙情形。梁譜、古譜之説是。

〔一〇〕爰從靡識：謂童年無知時相跟隨。

〔一一〕撫髫相成：謂自幼互相愛護。髫，小兒垂髮。

〔一二〕咨：歎聲。論語堯曰：「咨爾舜。」

〔一三〕靖恭：安静謙恭。文選張華女史箴：「靖恭自思。」釋慧遠念佛三昧詩集序：「是故靖恭閒宇。」

〔一四〕能正能和：行爲端正，性情温和。

〔一五〕行止：動静。中閨：女子居室，此指女性規範。

〔一六〕可象：可以做榜樣。象，法式。楚辭九章橘頌：「行比伯夷，置以爲象兮。」

〔一七〕慶自己蹈：謂福應由自己得到。慶，福，祥。蹈：集韻：「蹈，行貌。」一切經音義九引廣雅：「蹈，行也。」引申爲得到。

〔一八〕彼蒼：指天。詩秦風黄鳥：「彼蒼者天。」

〔一九〕而不斯報：謂不給予善報。

〔二〇〕「昔在」二句：指淵明母孟夫人卒。淵明幼年喪父，至隆安五年冬，孟夫人卒，故曰「重罹天罰」。李注：「晉安帝隆安五年秋七月，赴假還江陵，是冬，母孟氏卒。」王譜、吴譜並謂隆安五年淵明父喪，陶考已辨其誤。顧譜謂淵明有前後母，「慈妣早世」之「慈妣」爲前母，隆安五年冬淵明後母卒。其説亦非。

〔二一〕乖隔楚越：謂遠隔異地。莊子德充符：「自其異者視之，肝胆楚越也。」

〔二二〕黯黯：昏暗不明貌。陳琳游覽詩：「蕭蕭山谷風，黯黯天路陰。」

〔二三〕蕭蕭：風聲。史記卷八六刺客列傳：「風蕭蕭兮易水寒，壯士一去兮不復還。」

〔二四〕悲節：悲嘯。節，本爲古樂器，引申爲聲音、節奏。

〔二五〕崩：以頭叩地。孟子盡心下：「若崩厥角稽首。」

〔二六〕泣血：形容悲哀至極。禮記檀弓上：「高子皋之執親之喪也，泣血三年。」鄭玄注：「言泣無聲如血出。」孔穎達正義：「凡人涕淚必因悲聲而出，若血出則不由聲也。今子皋悲無聲，其涕亦出如血之出，故云泣血。」

〔二七〕觸事：猶接事。郭璞方言叙：「觸事廣之。」釋慧遠答秦主姚興書：「又體羸多疾，觸事有廢。」

〔二八〕遺孤滿眼：晉書卷七九謝玄傳：「且臣孤遺滿目。」

〔二九〕終天不返：與悲從弟仲德詩「終天不復形」句同意。

〔三〇〕藐藐：爲人忽略之貌。詩大雅抑：「誨爾諄諄，聽我藐藐。」毛傳：「藐藐然，不入也。」朱熹詩集傳：「藐藐，忽略貌。」馬瑞辰毛詩傳箋通釋：「藐與邈同。方言：『邈，離也。』郭注：『離，謂乖離也。』廣雅釋訓：『邈邈，遠也。』高遠謂之邈邈，瞻卬詩『藐藐昊天』是也。疏遠亦謂之藐藐。」逯注：「藐藐，小也。」按，藐固有小義。廣雅釋詁：「藐，小也。」然藐藐無小義。「藐藐孤女」，正言孤女無足輕重，爲人忽略疏遠，故下云「曷依曷恃」。

〔三一〕曷依曷恃：依誰靠誰。詩小雅蓼莪：「無父何怙，無母何恃。」

〔三二〕煢煢遊魂：潘岳悼亡賦：「嗟煢煢兮孤魂。」煢煢，楚辭劉向九歎：「獨煢煢而南行。」王逸注：「煢煢，獨貌也。」李密陳情表：「煢煢孑立，形影相吊。」

〔三三〕蒿里：本山名，在泰山之南，相傳爲死人之里，後轉稱墓地。漢書卷六三廣陵厲王劉胥傳：「蒿里召兮郭門閱，死不得取代庸，身自逝。」顏師古注：「蒿里，死人里。」古樂府蒿里曲：「蒿里誰家地，聚斂魂魄無賢愚。」

祭從弟敬遠文〔一〕

歲在辛亥，月惟仲秋〔二〕，旬有九日〔三〕，從弟敬遠，卜辰云窆〔四〕，永寧后土〔五〕。感平生之遊處，悲一往之不返〔六〕。情惻惻以摧心〔七〕，淚愍愍而盈眼〔八〕。乃以園果時醪，祖其將行〔九〕。嗚呼哀哉！於鑠吾弟〔一〇〕，有操有概。孝發幼齡，友自天愛，少思寡欲，靡執靡介〔一一〕。後己先人，臨財思惠〔一二〕。心遺得失，情不依世。其色能温，其言則厲〔一三〕。樂勝朋高〔一四〕，好是文藝。遥遥帝鄉〔一五〕，爰感奇心，絶粒委務〔一六〕，考槃山陰〔一七〕。淙淙懸溜〔一八〕，曖曖荒林，晨採上藥〔一九〕，夕閑素琴。曰仁者壽，竊獨信之；如何斯言，徒能見欺！年甫過立〔二〇〕，奄與世辭，長歸蒿里，邈無還期。惟我與爾，匪但親友，父則同生〔二一〕，母則從母〔二二〕。相及齠齔〔二三〕，並罹偏咎〔二四〕。斯情實深，斯愛實厚。念彼昔日，同房之歡，冬無緼葛〔二五〕，夏渴瓢簞〔二六〕，相將以道〔二七〕，相開以顔〔二八〕。豈不多乏，忽忘飢寒。余嘗學仕，纏綿人事，流浪無成，懼負素志。斂策歸來，爾知我意，常願攜手，寘彼衆意〔二九〕。每憶有秋，我將其刈。與汝偕行，舫舟同濟〔三〇〕。三宿水濱，樂飲川界〔三一〕，静月澄高，温風始逝〔三二〕。撫杯而言，物久人脆，奈何吾弟，先我離世！事不可尋，思亦何極。日徂月流，寒暑代息。死生異方，存亡有域，候晨永歸〔三三〕，指塗載陟〔三四〕。呱呱遺稚，未能正言〔三五〕；哀哀嫠人〔三六〕，禮儀孔閑〔三七〕。庭樹如故，齋宇廓然。孰云敬遠，何時復還。余惟人斯，昧兹近情，蓍龜有吉〔三八〕，制我祖行〔三九〕。望旐翩翩〔四〇〕，執筆涕盈。神其有知，昭余中誠。嗚呼哀哉！

【校記】

后土　陶本原校：「李本、何本作『右土』，何云：『右』疑當作『吉』。焦本、毛本作『后土』。」按，作「后土」是，參見注〔五〕。

以摧心　「以」，曾本、汲古閣本云，一作「而」。

淚愍愍　「愍愍」，曾本、汲古閣本云，一作「悠悠」。

吾弟　「弟」，曾本、汲古閣本云，一作「子」。按，作「子」非。

考槃　「槃」，曾本、汲古閣本作「盤」。按，作「槃」是，參見注〔一七〕。

徒能見欺　「徒」，藝文類聚作「獨」。「欺」，藝文類聚作「斯」。

匪但親友　「但」，曾本、汲古閣本云，一作「且」，一作「偶」。

相及齠齔　「齠齔」，曾本、李本、汲古閣本作「齠齒」。蘇寫本作「齔齒」。按，作「齠齔」是，參見注〔二四〕。

相開以顔　「顔」，曾本、汲古閣本云，一作「歡」。

寘彼衆意　「意」，陶本作「議」，陶本原校：「從焦本作『議』。諸本作『意』，非。」曾本作「意」，云，一作「宜衆特異」。蘇寫本、汲古閣本同。李本作「意」。按，復覈焦本，亦作「意」。今據各本，改作「意」。

舫舟同濟　「舫」，曾本云，一作「泛」。蘇寫本、汲古閣本同。

何時復還　「還」，藝文類聚作「旋」。

有吉　「吉」，曾本、汲古閣本云，一作「告」。蘇寫本作「告」，云，一作「吉」。

【箋注】

〔一〕敬遠爲淵明從弟，兩人同祖父。見癸卯歲十二月中作與從弟敬遠詩注。本文作於義熙七年辛亥（四一一），敬遠安葬時。

〔二〕仲秋：中秋，指八月。

〔三〕旬有九日：十九日，一旬爲十日。

〔四〕卜辰：占日子。窆：下棺安葬。

〔五〕后土：大地。楚辭九辯：「皇天淫溢而秋霖兮，后土何時而得漧？」皇甫謐篤終論：「形骸與后土同體，魂爽與元氣合靈。」

〔六〕悲一往之不返：曹植文帝誄：「嗟一往之不反兮，痛閟闥之長扃。」文選曹植三良詩：「長夜何冥冥，一往不復還。」李善注：「東觀漢紀：『鄧太后報鄧閶曰：長歸冥冥，往而不反。』」

〔七〕惻惻：哀痛貌。見悲從弟仲德詩注。

〔八〕愍愍：説文：「愍，痛也。」廣雅釋詁一：「愍，傷也。」

〔九〕祖：古人出行時祭祀路神。左傳昭公七年：「公將往，夢襄公祖。」杜預注：「祖，祭道神。」此指祖奠，即出殯前行祭祀路神的儀式。

〔一〇〕於鑠：於，歎辭。鑠，爾雅釋詁：「鑠，美也。」詩周頌酌：「於鑠王師，遵養時晦。」

〔一一〕執：固執。介：介立。此作孤僻解。

〔一二〕臨財思惠：遇到錢財想到施惠別人。

〔一三〕厲：剛直。論語子張：「望之儼然，即之也温，聽其言也厲。」

〔一四〕樂勝朋高：以結識高友爲快樂。朋高，即高朋。

〔一五〕帝鄉：仙鄉。歸去來兮辭：「富貴非我願，帝鄉不可期。」

〔一六〕絶粒：辟穀，道教養身術之一。文選孫綽遊天台山賦：「絶粒茹芝者。」李善注：「列仙傳曰：『赤松子好食松實，絶穀。』孔安國尚書傳曰：『米食曰粒。音立。』列仙傳讚曰：『吞水須，茹芝莖，斷食休糧，以除穀氣。』」棄務：委棄世務。

〔一七〕考槃：詩衛風考槃：「考槃在澗，碩人在寬。」毛傳：「考，成；槃，樂也。」後引申爲隱居之處。陸雲逸民賦：「鄙終南之辱節兮，躡伯陽之考槃。」

〔一八〕懸溜：瀑布。

〔一九〕上藥：嵇康養生論：「故神農曰：『上藥養命，中藥養性。』」

〔二〇〕過立：過了三十歲。孔子云：「三十而立。」故稱三十歲爲而立之年。

〔二一〕父則同生：指淵明父與敬遠父爲同母所生。定山陶氏宗譜載：陶茂生子三，曰淡、敏、實。實字由中，生子敬遠。敏生子淵明。

〔二二〕母則從母，指淵明母與敬遠母爲姊妹。

〔二三〕相及：相互到之謂。及，儀禮燕禮：「賓入及庭。」鄭玄注：「及，至也。」説文：「及，逮也。」齠齔：泛指幼年。曹植靈芝篇：「髫齔無夭齒，黄髮盡其年。」晉書卷七六王廙傳：「爰自齠齔，至于弱冠。」釋道安增一阿含經序：「齠齔出家。」「齠」與「髫」通。文選張協七命：「玄齠巷歌。」李善注：「齠，髮也。髫與齠古字通也。」按，梁譜因主淵明五十六歲説，故訓「相及」爲「相去不遠」。然依梁譜，義熙七年辛亥，淵明四十歲，敬遠「年甫過立」，假定三十一歲，兩人年歲相去九歲，顯與梁氏「知先生與敬遠年歲相去不遠」之説不合。古譜創淵明五十二歲説，「相及齠齔」一語是該譜「自證」的首項。其文云：「説文：『男八歲而齔。』『及齔』則尚未齔，止七歲耳。齠，童子髮也。證以祭程氏妹文，則先生罹偏咎時年止十二，十二正齠年也。詳此，先生與敬遠年齡之差僅爲五歲。」古氏訓「及」爲「尚未」；「及齔」爲「尚未齔」。亦非。因「及」無「尚未」之義。

〔二四〕偏咎：偏喪，此指喪父。國語周語：「目以處義，足以踐德，口以庇信，耳以聽名者也。」「偏喪有咎。」韋昭注：「步、言、視、聽四者而亡其二，爲偏喪。偏喪者有咎，咎及身也。」文選潘岳寡婦賦：「少伶俜而偏孤兮。」李善注：「偏孤，謂喪父也。」偏咎義同偏孤。湯注、李注謂隆安五年淵明母孟氏卒，此偏咎爲失怙。其説是。至于淵明喪父之年，有八歲、十二歲二説。湯注據家語「男子八歲而齔」，謂淵明喪父在八歲時。李注、逯繫年同。陶考肯定偏咎爲失怙，然又云：「惟『齠』乃『髫』之俗字。玉篇：髫，小兒髮，俗作『齠』，不與『齔』通。則先生失怙不定在八歲時。」梁譜謂在淵明十二歲時。古譜略同。按，陶考謂淵明失怙不定在八歲時，其説可取。據祭程氏妹文：「慈妣早世，時尚孺嬰，我年二六，爾才九齡。」「慈妣」當作「慈考」（説見該文注），則此文「偏咎」，指父喪無疑，時淵明十二歲。

〔二五〕緼葛：破舊之粗布衣，貧賤者所服。論語子罕：「衣敝緼袍。」皇疏：「碎麻曰緼，故絮亦曰緼。」葛，通「褐」。晉書卷三九王沈傳：「是則袞龍出於緼褐，卿相起於匹夫，故有朝賤而夕貴，先卷而後舒。」

〔二六〕瓢簞：見癸卯歲十二月中作與從弟敬遠詩注。

〔二七〕相將以道：互相以道義扶持。將，扶持，扶助。詩周南樛木：「樂只君子，福履將之。」鄭玄箋：「將，猶扶助也。」曹植鷂雀賦：「相將入草，共上一樹。」擬古詩其三：「相將還舊居。」

〔二八〕相開以顔：互相開顔解憂。

〔二九〕寘：同「置」。詩周南卷耳：「寘彼周行。」毛傳：「寘，置也。」

〔三〇〕舫舟：即「方舟」。説文：「舫，船也。」文選王粲贈蔡子篤詩：「舫舟翩翩，以泝大江。」

〔三一〕川界：水邊。劉駿遊覆舟山詩：「川界詠游鱗。」

〔三二〕温風：暖風。文選張衡思玄賦：「温風翕其增熱兮。」孫綽三月三日詩：「温風暖暖。」

〔三三〕候晨：即前文「卜辰」。晨，同「辰」。

〔三四〕指塗：上路。文選陸機贈弟士龍詩：「指塗悲有餘。」文選謝宣遠王撫軍庾西陽集別時爲豫章太守庾被徵東還詩：「指塗念出宿。」陟：登程。

〔三五〕未能正言：話還説不清楚。

〔三六〕嫠人：寡婦。

〔三七〕禮儀孔閑：很熟習禮儀。孔，甚。閑，同「嫻」。秦嘉述婚詩：「威儀孔閑。」

〔三八〕蓍龜：蓍草和龜甲，古人用來占卜吉凶。易繫辭上：「探賾索隱，鉤深致遠，以定天下之吉凶，成天下之亹亹者，莫大乎蓍龜。」史記卷一二八龜策列傳：「王者決定諸疑，參以卜筮，斷以蓍龜，不易之道也。」

〔三九〕制：淮南子主術訓：「猶巧工之制木也。」高誘注：「制，裁也。」淮南子氾論訓：「行無專制。」高誘注：「制，斷也。」此謂用蓍龜定其祖奠吉日。祖行：出殯前一天，像生前出行祖祭路神所設的筵席，也稱祖奠。

〔四〇〕旐：靈柩前之旌旗。文選潘岳寡婦賦：「飛旐翩翩以啓路。」李善注：「然旐，喪柩之旌也。」

自祭文〔一〕

歲惟丁卯，律中無射〔二〕。天寒夜長，風氣蕭索，鴻雁于征，草木黄落。陶子將辭逆旅之館〔三〕，永歸於本宅〔四〕。故人悽其相悲，同祖行於今夕。羞以嘉蔬〔五〕，薦以清酌〔六〕。候顔已冥〔七〕，聆音愈漠〔八〕。嗚呼哀哉！茫茫大塊〔九〕，悠悠高旻〔一〇〕，是生萬物，余得爲人〔一一〕。自余爲人，逢運之貧〔一二〕，簞瓢屢罄，絺綌冬陳〔一三〕。含歡谷汲，行歌負薪，翳翳柴門，事我宵晨。春秋代謝，有務中園，載耘載耔，迺育迺繁。欣以素牘〔一四〕，和以七弦〔一五〕。冬曝其日，夏濯其泉。勤靡餘勞，心有常閑〔一六〕。樂天委分，以至百年。惟此百年，夫人愛之。懼彼無成，愒日惜時〔一七〕。存爲世珍，没亦見思。嗟我獨邁〔一八〕，曾是異兹〔一九〕。寵非已榮，涅豈吾緇〔二〇〕？捽兀窮廬〔二一〕，酣飲賦詩。識運知命〔二二〕，疇能罔眷？余今斯化〔二三〕，可以無恨。壽涉百齡，身慕肥遯〔二四〕，從老得終〔二五〕，奚所復戀。寒暑逾邁，亡既異存〔二六〕。外姻晨來〔二七〕，良友宵奔〔二八〕。葬之中野〔二九〕，以安其魂。窅窅我行〔三〇〕，蕭蕭墓門〔三一〕，奢耻宋臣，儉笑王孫〔三二〕。廓兮已滅，慨焉已遐，不封不樹〔三三〕，日月遂過。匪貴前譽〔三四〕，孰重後歌〔三五〕，人生實難，死如之何〔三六〕。嗚呼哀哉！

【校記】

歲惟丁卯　「丁卯」，藝文類聚作「丁未」。按，顔誄謂淵明卒於元嘉四年（丁卯），作「丁卯」是。

風氣蕭索　「風氣」，曾本云，一作「涼風」。蘇寫本、汲古閣本同。

鴻雁于征，草木黄落　陶本原校：「李本、何本俱無此二句。」

永歸於本宅　藝文類聚無「於」字。

悠悠高旻　「高」，蘇寫本作「蒼」。

以至百年　「至」，曾本云，一作「慰」。蘇寫本、汲古閣本同。

愒日惜時　「愒」，曾本、汲古閣本云，一作「渴」。按，作「愒」是，參見注〔一七〕。

没亦見思　「没」，曾本、汲古閣本、蘇寫本作「歿」。

酣飲賦詩　「飲」，曾本云，一作「歌」。蘇寫本、汲古閣本同。

識運知命　藝文類聚作「已達運命」。

從老得終　「從」，曾本云，一作「以」。蘇寫本、汲古閣本同。按，作「從」是，參見注〔二四〕。

窅窅我行　「窅窅」，藝文類聚作「寂寂」。

奢恥宋臣　「恥」，李本作「侈」。

儉笑王孫　「笑」，曾本、汲古閣本云，一作「非」，又作「美」。

慨焉已遐　「遐」，曾本、汲古閣本云，一作「多」。

【箋注】

〔一〕此文作於宋元嘉四年丁卯（四二七）九月，淵明臨終前夕。吴譜元嘉四年丁卯條下云：「將復召命，會先生卒。有自祭文及擬挽歌辭。祭文云：『律中無射。』挽歌云：『嚴霜九月中，送我出遠郊。』其卒當在九月。顔延之誄云：『疢惟痁疾，視化如歸。』則是以痁疾卒也。又云：『藥劑弗嘗，禱祀非恤。』又紀其遺占之言曰：『存不願豐，没無求贍。省訃却賻，輕哀薄斂。遭壤以穿，旋葬而窆。』自祭文亦曰：『奢耻宋臣，儉笑王孫。』又有『不封不植』之語。嗚呼！死生之變亦大矣，而先生病，不藥劑，不禱祀，至自爲祭文、挽歌與夫遺占之言，從容閒暇如此，則先生平生所養，從可知矣。」蘇軾、李公焕、祁寬等皆謂此文作於纊息之際，乃靖節絶筆。鄭文焯陶集鄭批録則據晉人好爲挽歌之風氣，稱「不必靖節自祭文出於纊息」。按，顔誄記淵明卒於元嘉四年，宋傳、蕭傳、南傳記載悉同。元嘉四年爲丁卯，與文中「歲惟丁卯」句相符。故此文乃淵明絶筆爲無可置疑也。

〔二〕律中無射：古時樂律分爲十二律，陰陽各六，與十二月相配。無射爲陽律的第六，與九月相應。禮記月令：「季秋之月，其音商，律中無射。」吕氏春秋音律：「夾鍾生無射。」高誘注：「無射，九月律。」

〔三〕逆旅之館：客居，喻指人生。雜詩其七：「家爲逆旅舍，我如當去客。」

〔四〕本宅：漢書卷六七楊王孫傳：「乃得歸土，就其真宅。」雜詩其七：「去去欲何之？南山有舊宅。」本宅,同舊宅、真宅,指葬地。

〔五〕羞:周禮庖人:「共祭祀之好羞。」鄭玄注:「羞,進也。」

〔六〕薦:獻。論語鄉黨:「君賜腥,必熟而薦之。」清酌:清酒。

〔七〕候顏已冥:謂察視臉色已經暗淡。

〔八〕聆音愈漠:謂聞聲愈覺遼遠。按,上二句寫彌留之狀。

〔九〕大塊:自然。見感士不遇賦注。

〔一〇〕高旻:高天,高空。

〔一一〕「是生」二句:嵇康聖賢高士傳榮啓期:「天生萬物,惟人爲貴,吾得爲人。」

〔一二〕逢運之貧:遇上貧窮的時運。運,時運,年運。此句即有會而作詩「弱年逢家乏」句之意。

〔一三〕絺:細麻布。綌:粗麻布。絺綌本夏天所穿,因無寒衣,冬天仍穿着,故曰「冬陳」。詩周南葛覃:「爲絺爲綌。」毛傳:「精曰絺,粗曰綌。」

〔一四〕素牘:書翰也。

〔一五〕七弦:指琴。嵇康酒會詩:「但當體七弦,寄心在知己。」

〔一六〕「勤靡」二句:言勤于農作而無其他的勞瘁,内心常覺閑静。何注引朱子語録:「陶云『身有餘勞,心有常閑』乃禮記身勞而心閑則爲之也。」

〔一七〕愒日：猶惜時。左傳昭公元年：「主民，翫歲而愒日，其與幾何？」杜預注：「翫，愒，皆貪也。」

〔一八〕獨邁：猶獨行，指與世人不同。

〔一九〕曾是異茲：從來不同於此。

〔二〇〕涅豈吾緇：意謂至白之物，豈能用涅染爲黑色。喻高潔人格不被世俗所污。涅，以黑色染物。緇，黑色。論語陽貨：「不曰白乎？涅而不緇。」何晏集解：「至白者，染之于涅而不黑。」潘岳夏侯常侍誄：「莫涅匪緇。」

〔二一〕捽兀：意氣高傲貌。

〔二二〕識運知命：曉知時運與天命。易繫辭上：「樂天知命，故不憂。」逯注：「知命，指五十歲。」「二句是説如果只活到五十歲，哪能不留戀人世。」按，「識運」二句言即或「識運知命」之人，亦對人世眷戀，意在突出下二句，表現作者委運任化，超凡脱俗之趣。逯注似曲解淵明思想。

〔二三〕化：此指死。莊子刻意：「聖人之生也天行，其死也物化。」漢書卷六七楊王孫傳：「且夫死者，終生之化，而物之歸者也。」

〔二四〕肥遯：高隱。易遯卦：「上九，肥遯無不利。」王弼注：「最處外極，無應於内，超然絶志，心無疑顧。憂患不能累，矰繳不能及，是以肥遯無不利也。」

〔二五〕從老得終：逯注：「嵇康養生論：『積損成衰，從衰得白，從白得老，從老得終。』」又，陸機大暮賦：「知自壯而得老，體自老而得亡。」列子天瑞篇：「人自生至終大化有四：嬰孩也，少壯也，老耄也，死亡也。」

〔二六〕亡既異存：死去與活着異樣。

〔二七〕外姻：指外親。

〔二八〕奔：奔喪。陸機毗陵侯君誄：「同志奔走，戚友相尋。」又挽歌詩：「周親咸奔湊。」

〔二九〕葬之中野：易繫辭下：「古之葬者，厚衣之以薪。葬之中野，不封不樹。」

〔三〇〕窅窅：謂潛晦不見。吕氏春秋論威：「窅窅乎冥冥，莫知其情。」説苑權謀：「將將之台，窅窅其謀。」

〔三一〕蕭蕭墓門：文選潘岳寡婦賦：「墓門兮肅肅。」

〔三二〕「奢恥宋臣」二句：宋臣，宋國桓魋。禮記檀弓上：「昔者夫子居於宋，見桓司馬自爲石槨，三年而不成。夫子曰：『若是其靡也。』」王孫，西漢楊王孫，見飲酒詩其十一注。按，上古之人大樸未虧，死者葬之中野，尚无節制哀樂之禮儀。後情智漸開，有聖人出，緣人情制定葬禮，孝經喪親章所謂「爲之棺槨衣衾而舉之」，設棺槨以蔭庇死者，並封土以爲墳塋，種樹以爲標識，使後人「送終追遠」。后世漸興厚葬之風，棺槨數重，造大冢，廣種松柏，藏金玉珠貝之屬於其中，以奢侈相高，遂與聖人所制葬禮有違。然通達生死之理者多行薄葬。如後漢周磐，遺令曰：「若命終之日，桐棺足以周身，外槨足以周棺，斂形懸封，濯以幅巾。」（後漢書卷三九周磐傳）趙咨遺令，概述聖人之所以制葬禮以及厚葬風氣的由來，命子胤「令容棺槨，棺歸即葬，平地無墳。勿卜時日，葬無設奠，勿留墓側，無起封樹」（後漢書卷三九趙咨傳）。張奂立遺命曰：「通塞命也，始終常也，但地底冥冥，長無曉期，而復纏以纊綿，牢以釘密，爲不喜耳。幸有前窀，朝殞夕下，措屍靈牀，幅巾而已。奢非晉文，儉非王孫，推情從意，庶無咎吝。」（後漢書卷六五張奂傳）魏明帝甄表狀評張奂云：「矯王孫裸形，宋司馬爲石槨，幅巾時服，無棺而葬焉。」（集聖賢羣輔録下）淵明此二語，疑本於張奂之遺命，既矯楊王孫裸形，又矯宋司馬爲石槨，彻悟生死本質，尊重親情人情，集中表達了對儒家葬禮的深刻理解。

〔三三〕不封不樹：不起高墳，不栽墓樹。周易繫辭下：「古之葬者，厚衣之以薪，葬之中野，不封不樹。」

〔三四〕前譽：指生前的稱譽。

〔三五〕後歌：指死後的贊揚。

〔三六〕「人生」二句：左傳成公二年：「人生實難，其有不獲死乎？」陸機猛虎行：「人生誠未易。」錢鍾書管錐編第四册：「陶潛自祭文：『人生實難，死如之何！』按語意本全三國文卷五二嵇康聖賢高士傳尚長：『喟然歎曰：吾知富貴不如貧賤，未知存何如亡爾！』」

【集評】

陳秀明編東坡文談録：「東坡曰：讀淵明自祭文出妙語於纊息之餘，豈涉死生之流哉！」

張自烈輯箋注陶淵明集卷六：「今人畏死戀生，一臨患難，雖義當捐軀，心希苟免，且有纘息將絶，眷眷妻孥田舍，若弗能割者。嗟乎！何其愚哉！淵明非止脱去世情，直能認取故我，如『奚所復戀』，『可以無恨』，此語非淵明不能道。」

陶淵明集卷之八

五孝傳〔一〕

天子孝傳贊

虞舜、夏禹、殷高宗、周文王。

虞舜父頑母嚚，事之於畎畝之間，以孝烝烝〔二〕，是以堯聞而授之。富有天下，貴爲天子。以爲不順於父母，若窮而無歸，惟聞親可以得意。苟違朝夕，若嬰兒之思戀，故稱舜五十而慕。書曰：「戛擊鳴球，搏拊琴瑟以詠，祖考來格。」〔三〕言思其來而訓之。愛敬盡於事親，是以德教加於百姓，刑于四海。

夏禹有天下以奉宗廟，然躬自菲薄以厚其孝。孔子曰：「禹吾無間然矣。菲飲食而致孝乎鬼神，惡衣服而致美乎黻冕。」〔四〕禹之德於是稱聞。聖人之德，無以加於孝敬，孝敬之道，美莫大焉。

殷高宗諒陰〔五〕，三年不言，百官總己而聽於冢宰。三年而後言，天下咸歡，德教大行，殷道以興。詩曰：「一人有慶，兆民賴之。」〔六〕其此之謂乎？周文王之爲世子也，朝於王季日三〔七〕，雞鳴至於寢門，問於内豎，内豎曰安，文王乃喜；不安則色憂，行不能正履。日中、暮亦如之。食上，必視寒温之節；食下，必問所膳而後退。文王孝道光大，其化自近至遠，刑于寡妻，以禦於家邦。故得萬國之歡心，以事其先王矣。

贊曰：至哉后德，聖敬自天。陶漁致養〔八〕，菲薄饗先。親瘠色憂，諒陰寢言，一人有慶，千載賴旃。

【校記】

五孝傳　汲古閣本、李本、焦本、何本，皆是卷七五孝傳，卷八疏祭文，五孝傳編於疏祭文之前。又何孟春本「移置卷次」，將五孝傳與五柳先生傳、孟府君傳編在同一卷，自謂「倫貫」。陶本編五孝傳爲卷八，其卷首例言云：「今諸本以五孝傳編於記傳之後，疏祭文之前，則既違蕭編，亦乖陽録矣。」以爲諸本編次混亂。陶本諸本序録又以爲蕭統本原無五孝傳、四八目，後人疑爲贋作，何本將這些贋作與五柳先生傳、孟府君傳編爲同卷，「殊爲不倫」。按，陶本編次較他本合理，今從陶本，卷八五孝傳，卷九集聖賢羣輔録上，卷十集聖賢羣輔録下。

訓之　「訓」，汲古閣本云：一作「謂」。李本、陶本同。

【箋注】

〔一〕陶集版本衆多，溯其源流，不出於蕭統八卷本和陽休之十卷本兩個系統。兩者最大的差異是蕭統八卷本無五孝傳及集聖賢羣輔録（原名四八目），而陽休之十卷本有之。宋元以來的重要陶集版本如汲古閣本、李本、何本、陶本、毛晉緑君亭本，皆有五孝傳及集聖賢羣輔録。至四庫全書總目提要，始謂此兩篇是託名陶淵明的贋作。陶本從四庫提要之説，斷爲僞作，然又以爲「究爲北齊以前人所依託」（陶本卷九序），「究爲六朝人之書，爲類書之祖，足資考證」（陶本例言），以其有參考價值，故仍予保留，編爲卷八、卷九、卷十。筆者當初校箋陶集，亦從四庫總目提要所謂「贋作」之説，删除五孝傳及集聖賢羣輔録。近幾年來反復思考，以爲四庫總目提要「贋作」説之理由難以信從，故仍從汲古閣等宋元舊本，保留五孝傳及集聖賢羣輔録，其依據與考辨結論置於十卷之末的【集説】。

〔二〕烝烝：王引之經義述聞尚書上：「謂之烝烝者，言孝德之厚美也。」

〔三〕「書曰」數句：出於尚書虞書。孔傳：「戛擊，柷敔所以作止樂。搏拊以韋爲之，實之以糠，所以節樂。球，玉磬。此舜廟堂之樂。民悦其化，神歆其祀，禮備樂和，故以祖考來至。」

〔四〕「孔子曰」數句：見論語泰伯。論語注疏八：「子曰禹吾無間然」，何晏注引孔安國曰：「孔子推禹功德之盛，美言已不能復間厠其間。」「菲飲食而致孝乎鬼神」，何晏注引馬融曰：「菲，薄也，致孝鬼神，祭祀豐潔。」「惡衣服而致美乎黻冕」，何晏注引孔安國曰：「損其常服，以盛祭服。」

〔五〕諒陰：亦作「諒闇」，居喪時所住之室。禮記喪服四制：「書曰：『高宗諒闇，三年不言。』善之也。」鄭玄注：「闇，謂廬也。」

〔六〕「一人」二句：此是書吕刑之辭，「詩曰」當作「書曰」。

〔七〕王季：周太王之子，名季歷，文王之父。

〔八〕陶漁：謂製陶與捕魚。孟子公孫丑上：「自耕稼陶漁以至爲帝，無非取於人者。取諸人以爲善，是與人爲善者也。」

諸侯孝傳贊

周公旦、魯孝公、河間惠王。

周公旦，武王之弟。成王幼少，周公攝政。制禮作樂，郊祀后稷以配天，宗祀文王於明堂，以配上帝。是以四海之内，各以其職來祭。詩曰：「於穆清廟，肅雍顯相。」〔一〕言諸侯樂其位而敬其事也。仲尼曰：「孝莫大於嚴父，嚴父莫大於配天，則周公其人也。」〔二〕貴而不驕，位高彌謙，自承文武之休烈，孝道通於神明，光被四海。武王封之於魯，備其禮樂，以奉宗廟焉。

魯孝公之爲公子，周宣王問公子能道訓諸侯者立之。樊穆仲稱其孝曰：「肅恭明神，而敬事耆老。賦事行刑，必問於遺訓，咨於故實。不干所問，不犯所咨。」王曰：「然則能訓理其民矣。」〔三〕乃命之於夷宫，是爲孝公。夫宗廟致敬，不忘親也，有國不亦宜乎！

漢河間惠王〔四〕，獻王之曾孫也。西京藩臣多驕放之失，其名德者唯獻王，而惠王繼之。漢書稱其能修獻王之行。母薨，服喪盡禮。哀帝下詔書褒揚，以爲宗室儀表，增封萬户。禮，古之人皆然，至於末俗衰薄，固已賢矣。貴而率禮又難，其見褒賞，不亦宜乎。

贊曰：貴驕殊途，不期而會。周公勞謙，乃成光大。二侯承魯，遵儉去泰。河間率禮，漢宗是賴。

【校記】

咨於故實　「故實」，汲古閣本作「固實」，焦本作「故寔」。按，史記卷三三魯周公世家作「固實」。裴駰集解：「徐廣曰：『固一作故』。韋昭曰：『故實，故事之是者。』」「寔」同「實」。

固已賢矣　「已」，汲古閣本作「以」云，「一作已」。

【箋注】

〔一〕「於穆」二句：見詩周頌清廟。

〔二〕「孝莫大」三句：見孝經聖治章。

〔三〕「魯孝公」以下數句：事見史記卷三三魯周公世家。樊穆仲，裴駰集解：「韋昭曰：『穆仲，仲山父之謚也。』」

〔四〕漢河間惠王：漢書卷五三河間獻王傳：「成帝建始元年（前三二），復立元弟上郡庫令良，是爲河間惠王。良脩獻王之行，母太后薨，服喪如禮。哀帝下詔褒揚曰：『河間王良，喪太后三年，爲宗室儀表，其益封萬户。』」

卿大夫孝傳贊

孔子、孟莊子、潁考叔。

孔子，魯人也。入則事父兄，出則事公卿，喪事不敢不勉，故稱曰：「孝乎惟孝，友于兄弟，是亦爲政也。」〔一〕君賜腥，必熟而薦之，雖蔬食而齊，祭如在。鄉人儺，朝服立於阼階，孝之至也。至德要道，莫大於孝。是以曾參受而書之，游、夏之徒，常咨稟焉。許止不嘗藥，書以殺父。宰我暫言減喪，責以不仁。言合訓典，行合世範。德義可尊，作事可法，遺文不朽，揚名千載。

孟莊子，魯人也，孔子稱其孝。其他可能也，其不改父之政與父之臣，是難能也〔二〕。夫孝子之事親也，事亡如事存，故當不義則争之，存所不争，則亡亦不敢改。三年無改父之道，猶謂之孝，況終身乎！

潁考叔〔三〕，鄭人也。莊公以叔段之故，與母誓曰：「不及黄泉，無相見也。」既而悔之。考叔爲封人，聞之，有獻於公。公賜之食，而舍肉。公問之，對曰：「小人有母，未嘗君之羹，請以遺之。」公曰：「汝有母遺，繄我獨無。」考叔曰：「何謂也？」公語之故，且告之悔。考叔曰：「若掘地及泉，隧而相見，其誰曰不然？」公從之，遂爲母子如初。君子曰：「潁考叔，純孝也，愛其母而施及莊公。」詩云：「孝子不匱，永錫爾類。」〔四〕其是之謂乎？

贊曰：仁惟本悌，聖亦基孝。恂恂尼父，固天攸造。二子承親，式禮遵誥。永錫純懿，無改遺操。

【校記】

訓典　汲古閣本云，一作「典訓」。

三年無改父之道　陶本云：「諸本脱『三年無改』四字，從何校宣和本補。」

固天攸造　「造」，陶本原校：一作「導」。汲古閣本、李本同。

【箋注】

〔一〕「孝乎惟孝」三句：見論語爲政。包咸注：「孝乎惟孝，美大孝之辭。友于兄弟，善於兄弟施行也，所行有政，道與爲政同。」

〔二〕「孟莊子」以下數句：論語子張：「曾子曰：『吾聞諸夫子孟莊子之孝也，其他可能也，其不改父之臣與父之政，是難能也。』」何晏集解：「馬融曰：『孟莊子，魯大夫仲孫速也。謂在諒陰之中，父臣及父政雖有不善者，不忍改也。』」

〔三〕潁考叔：潁考叔愛其母而施及莊公事詳載春秋左氏傳隱公元年。

〔四〕「孝子」二句：見詩大雅生民。

士孝傳贊

高柴、樂正子春、孔奮、黄香。

高柴〔一〕，衛人也。喪親，泣血三年，未嘗見齒。所謂哭不偯，言不文也。爲武城宰而化行，民有不服其親者改之，行喪如禮。君子之德風也，以身先之，而民不遺其親。

樂正子春〔二〕，魯人也。下堂傷足，既瘳，數月不出，猶有憂色。曰：「吾聞之曾子，父母全而生之，己全而歸之，可謂孝矣。」故君子一舉足，一出言，不敢忘父母，不敢毀傷，孝之始也。夫能敬慎若斯，而災患及者，未之有也。

孔奮〔三〕，扶風人也。少以孝行著名州里，供養至謹。在官，唯母極甘美，妻息菜食。歷位以清。夫人情莫不欲厚其親，然亦有分焉。奮則難繼，能致儉以全養者，鮮矣。

黄香〔四〕，江夏人也。九歲失母，思慕骨立。事父竭力以致養，冬無被袴，而盡滋味，暑則扇床枕，寒則以身温席。漢和帝嘉之，特加異賜。歷位恭勤，寵禄榮親，可謂夙興夜寐，無忝爾所生者也。

贊曰：顯允羣士，行殊名鈞。咸能夙夜，以義榮親。率彼城邑，用化厥民。忠以悟主，其孝乃純。

【校記】

己全而歸之　汲古閣本作「亦當全而歸之」。「全」，汲古閣本云，一作「己全」。

可謂孝矣　「可」，汲古閣本作「所」，云，一作「可」。

奮則難繼　「奮」，各本原作「奮」。陶本原校：「奮，各本作『奮』，非。從何校宣和本作『奮』。」此從陶本。

思慕骨立　「骨立」，陶本原作「鵠立」。汲古閣本、李本作「骨立」。今據改。

其孝乃純　「其」，汲古閣本云，一作「真」。「乃」，汲古閣本云，一作「力」。

【箋注】

〔一〕「高柴」數句：史記卷六七仲尼弟子列傳：「高柴字子羔，少孔子三十歲。子羔長不盈五尺，受業孔子，孔子以爲愚。」裴駰集解：「鄭玄曰衞人。」張守節正義：「家語云齊人。」禮記檀弓上：「高子皋之執親之喪也，泣血三年。」鄭玄注：「言泣無聲如血出。」「未嘗見齒。」鄭玄注：「言笑之微。」

〔二〕樂正子春：春秋公羊傳注疏昭公十九年：「樂正子春，曾子弟子，以孝名聞。」何休疏解：祭義云：樂正子春下堂而傷其足，數月不出，猶有憂色。門弟子云云，子春曰：「吾聞諸曾子，曾子聞諸夫子，曰：『天之所生，地之所養，唯人爲大。父母全而生之，子全而歸之，可謂孝矣。』云云。今予忘孝之道，予是以有憂色。」

〔三〕孔奮：孔奮字君魚，扶風茂陵人。少從劉歆受春秋左氏傳。漢光武帝建武五年（二九），守姑臧長。八年（三二），賜爵關内侯。奮在職四年，財産無所增。事母孝謹，奉養極求珍膳，自己與妻子食菜。召至京師，爲武都郡丞。後平賊有功，拜武都太守，舉郡莫不改操，郡中稱爲清平。詳見後漢書卷三一孔奮傳。

〔四〕黄香：黄香，字文彊，江夏安陸人。年九歲失母，思慕憔悴，殆不免喪，鄉人稱其至孝。年十二，太守劉護聞而召之，署門下孝子。博學經典，究精道術，能文章，京師號曰「天下無雙，江夏黄童」。歷任尚書令、東郡太守、魏郡太守。所著賦、牋、奏、書、令凡五篇。詳見後漢書卷八〇上黄香傳。

庶人孝傳贊

江革、廉範、汝郁、殷陶。

江革〔一〕，齊人也。漢章帝時，避賊負母而逃。賊賢之，不害而告其生路。竭力傭賃以致甘暖，和顏悦色以盡歡心。欲親之安，自挽車以行。鄉人歸之，號曰江巨孝。位至五官中郎將，天子嘉焉，寵遇甚厚。告歸，詔書褒美，就家禮其終身，以顯異行。

廉範，京兆人也。少孤，十五入蜀迎父喪，遇石船覆，範抱棺而没，船人救之，僅免於死，遂以喪歸。及仕郡，拯太守於危難，送故盡節〔二〕。章帝時爲郡守，百姓歌詠之〔三〕。夫孝者，人之本，教之所由生也。是以範之臨危也勇，宰民也惠，能以義顯也。

汝郁〔四〕，陳郡人也。五歲，母病不食，郁亦不食。母憐之，强食。郁能察色知病，輒復不食，族人號曰異童。年十五，著於鄉里。父母終，思慕致毁，推財與兄弟，隱於草澤。君子以爲難，況童齓孝於自然，可謂天性也。

殷陶〔五〕，汝南人也。年十二，以孝稱。遭父憂，率情合禮。有長蛇帶其門，舉家奔走。陶以喪柩在焉，獨居廬不動。親戚扶持曉喻，莫能移之，啼號益盛。由是顯名，屢辭辟命。夫智者不惑，勇者不懼。陶孝於其親，而智勇並彰乎弱齡，斯又難矣。

贊曰：事親盡歡，其難在色。彼養以禄，我養以力。義在愛敬，榮不假飾。嗟爾衆庶，鑒兹前式。

【校記】

廉範　陶本原校：「後漢書：範作『范』。」

範抱棺　「抱棺」，汲古閣本云，一作「執骸」。

斯又難矣　「又」，汲古閣本云，一作「亦」。

義在愛敬　「在」，汲古閣本云，一作「存」。李本同。

【箋注】

〔一〕江革：江革字次翁，齊國臨淄人。自少失父，獨與母居。遭天下亂，盜賊並起，革負母逃難，備經阻險。數次遇賊，革輒涕泣求哀，言有老母，賊以是不忍犯之，或乃指避兵之方，遂得俱全於難。革轉客下邳，窮貧裸跣，行傭以供母。建武末年，與母歸鄉里，鄉里稱之曰江巨孝。詳見後漢書卷三九江革傳。

〔二〕「及仕郡」三句：指廉範救鄧融及送融死，送葬至南陽之高義。事見後漢書卷三一廉範傳：「永平初，隴西太守鄧融備禮謁範爲功曹，會融爲州所舉案，範知事譴難解，欲以權相濟，乃託病求去，融不達其意，大恨之。範於是東至洛陽，變名姓，求代廷尉獄卒。居無幾，融果徵下獄，範遂得衛侍左右，盡心勤勞。融怪其貌類範而殊不意，乃謂曰：『卿何似我故功曹邪？』範訶之曰：『君困厄瞀亂邪！』語遂絶。融繫出困病，範隨而養視，及死，竟不言，身自將車送喪至南陽，葬畢乃去。」

〔三〕「章帝時」二句：後漢書卷三一廉範傳：章帝建初中，廉範遷蜀郡太守，「百姓爲便，乃歌之曰：『廉叔度，來何暮，不禁火，民安作。平生無襦今五絝。』」

〔四〕汝郁：汝郁事附見後漢書卷三六賈逵傳：「(汝)郁字叔異，性仁孝，及親歿，遂隱處山澤。後累遷爲魯相，以德教化，百姓稱之，流人歸者八九千戶。」章懷注：「東觀記曰：郁年五歲，母病不能食，郁常抱持啼泣，亦不食。母憐之，强爲飯。宗親共異之，因字曰『異』也。」

〔五〕殷陶：何注：「後漢書范滂傳：滂事釋，南歸汝南。南陽士大夫迎之者數千兩。同囚鄉人殷陶、黃穆亦免俱歸，並衛侍於傍，應對賓客。滂顧謂陶等曰：『今子相隨，是重吾禍也。』竊意此殷陶，必是此人。廣五行記載殷仲文事，與此載殷陶事頗同。然仲文乃靖節近時人，其人靖節豈肯取之？陶事范書失載，蔚宗當時殆未見靖節集。若廣五行記所載，或因陶事而誤記爲仲文，亦不可知，蓋晉書仲文本傳無記所載事也。」

陶淵明集卷之九

集聖賢羣輔録上

明由曉升級〔一〕。必育受稅俗〔二〕。成博受古諸〔三〕。隕丘受延嬉〔四〕。

右燧人四佐〔五〕。燧人出天，四佐出洛〔六〕。

【校記】

集聖賢羣輔録上　汲古閣本於篇題下云：「一曰四八目」。陶本原校：「原注，悉照李本。」按，史記卷五五考證：「陶潛四八目即聖賢羣輔録别名。四八目蓋所載如四佐、四凶、八元、八愷之類，四與八居多，後人遂呼之爲『四八目』耳。」

隕丘　「丘」，陶本原校：「一作『立』。」汲古閣本、李本同。

【箋注】

〔一〕宋均曰：「級，等差，政所先後也。」李注、陶注同。按，汲古閣本、李本、陶注集聖賢羣輔録上，皆引宋均注。今徑直作「宋均曰」。宋均，東漢初年經學家，後漢書卷四一有傳。

〔二〕宋均曰：「受賦税及徭役，所宜施爲也。」李注、陶注同。

〔三〕宋均曰：「古諸侯職等也。」李注、陶注同。

〔四〕宋均曰：「延，長。嬉，興也。主受此録也。」李注、陶注同。

〔五〕燧人：司馬貞史記索隱卷三〇：「自人皇已後有五龍氏、燧人氏……按其君鑽燧出火，教人熟食，在伏犧氏前，譙周以爲三皇之首也。」

〔六〕宋均曰：「出天，天所生也。出洛，地所生也。」李注、陶注同。

金提主化俗〔一〕。鳥明主建福〔二〕。視默主災惡〔三〕。紀通爲中職〔四〕。仲起爲海陸〔五〕。陽侯爲江海〔六〕。

右伏羲六佐。六佐出世〔七〕。

【校記】

金提　「提」，陶本原校：「一作『堤』。」汲古閣本同。

陽侯　「侯」，汲古閣本云，一作「使」。

江海　陶本原校：「一本作『江湖』。」汲古閣本云，「一本俱作江湖」。

【箋注】

〔一〕宋均曰：「爲民除災害也。」李注、陶注同。

〔二〕宋均曰：「福，利民也。」李注、陶注同。

〔三〕宋均曰：「爲民除災惡也。」李注、陶注同。

〔四〕宋均曰：「爲田主，主内職也。」李注、陶注同。

〔五〕宋均曰：「主平地兼統海也。」李注、陶注同。

〔六〕宋均曰：「主江海事。」李注、陶注同。

〔七〕宋均曰：「宓戲不及燧人，故增二佐，出世。人所生也。」李注、陶注同。

風后受金法〔一〕。天老受天籙〔二〕。五聖受道級〔三〕。知命受糾俗〔四〕。窺紀受變復〔五〕。地典受州絡〔六〕。力墨受準斥〔七〕。

右黄帝七輔。州選舉翼佐帝德。自燧人四佐至七輔。見論語摘輔象〔八〕。

【箋注】

〔一〕宋均曰：「金法，言能決理是非也。」李注、陶注同。

〔二〕宋均曰：「籙，天教命也。」李注、陶注同。

〔三〕宋均曰：「級，次序也。」李注、陶注同。

〔四〕宋均曰：「糾，正也。」李注、陶注同。

〔五〕宋均曰：「有禍變能補復也。」李注、陶注同。

〔六〕宋均曰：「絡，維絡也。」李注、陶注同。

〔七〕宋均曰：「準斥，凡事也。力墨或作力牧。」李注、陶注同。

〔八〕論語摘輔象：朱彝尊經義考卷二六七謂論語摘輔象宋均注，其文多説聖門儀表，「蓋好事者爲之」。

重〔一〕、該〔二〕、脩、熙〔三〕。

右少昊四叔〔四〕，實能金木及水。使重爲勾芒〔五〕，該爲蓐收〔六〕，脩及熙爲玄冥〔七〕，世不失職，遂濟窮桑〔八〕。見左傳蔡墨辭。

【箋注】

〔一〕重：陶注：「木正。」

〔二〕該：陶注：「金正。」

〔三〕脩熙：陶注：「並水正。」

〔四〕少昊：左傳昭公十七年：「郯子曰：『我高祖少皞，摯之立也，鳳鳥適至，故紀於鳥，爲鳥師而鳥名。』」杜預注：「少皞，金天氏，黄帝之子，己姓之祖也。」

〔五〕勾芒：傳説中主管樹木之神。尚書大傳三：「東方之極，自碣石東至日出榑木之野，帝太皞神勾芒司之。」班固白虎通五行：「其神勾芒者，物之始生，其精青龍。芒之爲言萌也。」

〔六〕蓐收：傳説中的西方之神，司秋。禮記月令：「（孟秋之月）日在翼，昏建星中，旦畢中。其日庚辛，其帝少皞，其神蓐收。」鄭玄注：「蓐收，少皞氏之子，曰該，爲金官。」

〔七〕玄冥：傳説中之水神。左傳昭公十八年：「禳火于玄冥、回禄。」杜預注：「玄冥，水神。」張衡思玄賦：「前長離使拂羽兮，委水衡乎玄冥。」

〔八〕窮桑：傳説中少昊氏所居處。左傳昭公二十九年記少皞氏四子，杜預注：「窮桑，少皞之號也。四子能治其官，使不失職，濟成少皞之功，死皆爲民所祀。窮桑，地在魯北。」

羲仲、羲叔、和仲、和叔。

右羲和四子。孔安國云：「即堯之四岳，分掌四岳諸侯。」〔一〕鄭玄云：「堯既分陰陽爲四時，命羲仲、和仲、羲叔、和叔等爲之官，又主方岳之事，是爲四岳。」見鄭尚書注〔二〕。

【箋注】

〔一〕「孔安國」二句：書堯典：「帝曰：『咨，四岳。』」孔傳：「四岳，即上羲和之四子，分掌四岳之諸侯，故稱焉。」

〔二〕鄭尚書注：此指鄭玄注尚書。隋書卷三二經籍志著録：「尚書九卷，鄭玄注。」「書大傳三卷，鄭玄注。」隋書經籍志又述古文尚書之流傳：「……後漢扶風杜林傳古文尚書，同郡賈逵爲之作訓，馬融作傳，鄭玄爲之注。」淵明所讀，殆是孔安國所傳，鄭玄作注的古文尚書。

伯夷爲陽伯。羲仲之後爲羲伯。棄爲夏伯。羲叔之後爲羲伯。咎繇爲秋伯。和仲之後爲和伯。垂爲冬伯。

右八伯。自羲和死後，分置八伯。舜既即位，元祀，巡狩，每至其方，各貢兩伯之樂〔二〕。大傳，冬伯後闕一人。鄭玄云：「此上下有脱辭，其説未聞。十有五祀後，又百工相和，而歌慶雲，八伯稽首而進者也。」見尚書大傳。

【校記】

陽伯　陶本於此二字下注：「樂舞侏離，歌曰招陽。」汲古閣本、李本同。

羲伯　陶本於此二字下注：「樂舞鼚哉，歌曰南陽。」汲古閣本、李本同。

夏伯　陶本於此二字下注：「樂舞武漫哉，歌曰祁慮。一無『武』字。」汲古閣本、李本同。

羲伯　陶本於此二字下注：「樂舞將陽，歌曰朱華。」汲古閣本、李本同。

秋伯　陶本於此二字下注：「樂舞蔡俶，歌曰零落。」汲古閣本、李本同。

和伯　陶注：「樂舞未詳，歌曰歸來。何校宣和本作『樂舞玄鶴』。」汲古閣本於此二字下注：「樂舞玄鶴，歌曰歸來。」李本注：「樂舞歌曰歸來。」

冬伯　陶本於此二字下注：「樂舞丹鳳，一曰齊落。歌曰齊樂，一曰縵。」汲古閣本、李本注：「樂舞丹鳳，一曰齊落。歌曰齊樂，一曰縵縵。」按，陶注脱一「縵」字，今據他本補。

【箋注】

〔一〕「舜既即位」以下數句：清孫之騄輯尚書大傳一：「樂正定樂名，元祀代泰山，貢兩伯之樂焉。東岳陽伯之樂舞侏（一作株）離，其歌聲比餘謡，名曰晳陽。儀伯之樂舞鼚哉，其歌聲比大謡，名曰南陽。中祀大交霍山，貢兩伯之樂焉。夏伯之樂舞謾哉（一作或），其歌聲比中謡，名曰初慮。羲伯之樂舞將陽，其歌聲比大謡，名曰朱幹（一作於）。秋祀柳谷華山，貢兩伯之樂焉。秋伯之樂舞蔡俶，其歌聲比小謡，名曰芩落。和伯之樂舞玄鶴，其歌聲比中謡，名曰歸來。祀幽都宏山，貢兩伯之樂焉，冬伯之樂舞齊（一作濟）落，歌曰縵縵。」按：孫之騄輯尚書大傳中之「儀伯」，清陳壽祺輯校尚書大傳鄭玄注：「儀當爲羲，羲仲之後也。」

讙兜、共工、鮌、三苗。

右四凶〔一〕。

【箋注】

〔一〕四凶：書舜典「流共工於幽洲（州），放驩兜於崇山，竄三苗于三危，殛鯀於羽山。」

右高陽氏才子八人。齊聖廣淵，明允篤誠，天下之民謂之八凱〔一〕。

蒼舒、隤敳、檮戭、大臨、龙降、庭堅、仲容、叔達。

【校記】

龙降　「龙」，陶本原校：「各本作『龍』。何校宣和本作『龙』。」

【箋注】

〔一〕「右高陽氏」以下數句：左傳文公十八年：「昔高陽氏有才子八人，（杜注：高陽帝，顓頊之號，八人其苗裔。）蒼舒、隤敳、檮戭、大臨、龙降、庭堅、仲容、叔達。（杜注：此即垂、益、禹、皋陶之倫，庭堅即皋陶）。齊聖廣淵，明允篤誠，天下之民謂之八愷。」（杜注：齊，中也。淵，深也。允，信也。篤，厚也。愷，和也。）

伯奮、仲堪、叔獻、季仲、伯虎、仲熊、叔豹、季貍。

右高辛氏才子八人。忠肅恭懿，宣慈惠和，天下之民謂之八元〔一〕。從四凶至此，悉見左傳季文子辭。

【箋注】

〔一〕「右高辛氏」以下數句：左傳文公十八年：「高辛氏有才子八人，（杜注：高辛，帝嚳之號，八人亦其苗裔。）伯奮、仲堪、叔獻、季仲、伯虎、仲熊、叔豹、季貍，（杜注：此即稷、契、朱虎、熊羆之倫。）忠肅共懿，宣慈惠和，天下之民，謂之八元。（杜注：肅，敬也。懿，美也。宣，徧也。元，善也。）」

禹作司空。棄作稷〔一〕。契作司徒。皋陶作士。益作朕虞〔二〕。垂作共工。伯夷作秩宗〔三〕。龍作納言〔四〕。夔作典樂。

右九官。舜登帝位所選命，見尚書〔五〕。

【校記】

朕虞　陶本原校：「汲古閣本無『朕』字。」

【箋注】

〔一〕稷：古代主管農事之官。左傳昭公二十九年：「稷，田正也。」孔穎達疏：「正，長也，稷是田官之長。」

〔二〕朕虞：古官名，管理山澤。書舜典：「帝曰：『俞。咨益，汝作朕虞。』」荀悦漢紀惠帝紀：「益作朕虞，育草木鳥獸。」

〔三〕秩宗：古代掌宗廟祭祀之官。書舜典：「咨伯，汝作秩宗。」孔傳：「秩宗，宗尊也，主郊廟之官。」

〔四〕納言：古官名，主出納王命。書舜典：「命汝作納言，夙夜出納朕命，惟允。」孔傳：「納言，喉舌之官，聽下言納於上，受上言宣於下，必以信。」

〔五〕舜選命九官，見尚書舜典。

雄陶、方回、續牙、伯陽、東不訾、秦不虛、靈甫。

右舜七友。並爲歷山雷澤之遊。戰國策顏歜云：「堯有九佐，舜有七友。」而尸子只載雄陶等六人，不載靈甫。皇甫士安作逸士傳云：「視其友則雄陶、方回、續牙、伯陽、東不訾、秦不空、靈甫之徒，是爲七子。」與戰國策相應。

【校記】

雄陶　「雄」，陶本原校：「一作『雒』。」

柬不訾　「不訾」，陶本原校：「或云『不識』。」汲古閣本、李本同。

秦不虚　「不虚」，陶本原校：「或云『不空』。」汲古閣本、李本同。

禹、稷、契、皋陶、益。

右舜五臣。見論語，已列九官中。

禹、稷、契、皋陶、伯夷、垂、益、夔。

右八師。見楚辭七諫〔一〕。

【箋注】

〔一〕楚辭七諫：「雖有八師，而不可爲。」王逸章句：「八師謂禹、稷、契、皋陶、伯夷、垂、益、夔也。言堯舜有聖賢之臣八人，以爲師傅。」

伯夷、禹、稷。

右三后。伯夷降典，制民惟刑。禹平水土，主名山川。稷降播種，農殖嘉穀。三后成功，惟殷於民。漢太尉楊賜曰：「昔三后成功，皋陶不與焉，蓋吝之也。」〔一〕見尚書甫刑、後漢書。

【校記】

制民惟刑　「制」，尚書甫刑作「折」。

【箋注】

〔一〕「漢太尉楊賜」數句：見後漢書卷五四楊賜傳。

微子、箕子、比干。

右殷三仁。論語曰：「微子去之，箕子爲之奴，比干諫而死。孔子曰：『殷有三仁焉。』」

伯夷、太公。

右二老。尚書大傳曰：「太公避紂，居東海之濱，伯夷居北海之濱，皆率其黨曰：『盍歸乎？吾聞西伯昌善養老。』此二人者蓋天下之大老也，往而歸之，是天下之父歸之也。天下之父歸之，其子曷往。」孔融曰：「西伯以二老開王業。」

【校記】

伯夷居北海之濱　陶本原校：「俗本脱此句。」按，李本脱此句。

閎夭、太公望、南宫适、散宜生〔一〕。

右文王四友。尚書大傳云：「閎夭、南宫适、散宜生三子，學于太公望。望曰：『嗟乎！西伯，賢君也。』四子遂見西伯於羑里。」孔子曰：「文王有四臣，丘亦得四友。」此四人則文王四隣也〔二〕。

【箋注】

〔一〕尚書君奭：「亦惟有若號叔，有若閎夭，有若散宜生，有若泰顛，有若南宫适。」孔傳：「散、泰、南宫皆氏，宜生、顛、适皆名也。」何注：「太公望，左傳釋文作『太顛』。」

〔二〕文王四隣：何注：「孔叢子：『文王有胥附、奔走、先後、禦侮，謂之四鄰。』」

伯達、伯适、仲突、仲忽、叔夜、叔夏、季隨、季騧。

右周八士〔一〕。見論語。賈逵以爲文王時，鄭玄以爲成王時也〔二〕。

【箋注】

〔一〕八士：何注：「國語：『文王詢于八虞。』注：『周八士皆在虞官』，即此。」

〔二〕「賈逵」二句：胡應麟困學紀聞卷七論語：「『周有八士』包氏注云：『四乳生八子。』其說本董仲舒春秋繁露，謂四産得八男，皆君子雄俊，此天所以興周國。周書武寤篇『尹氏八士』，注云：『武王賢臣。』晉語『文王詢八虞』，賈逵云：『周八士皆在虞官。』以仲舒興周之言考之，當在文、武時。」

伯邑考、武王發、管叔鮮、周公旦、蔡叔度、曹叔振鐸、霍叔武、郕叔處、康叔封、聃季載。

右太姒十子。太史公曰：「太姒十子，周以宗强。」見史記〔一〕。

【校記】

霍叔武郕叔處　陶本原校：「史記管蔡列傳、班固古今人表、杜預左傳注，皆作『成叔武、霍叔處』。」又陶注：「一本無郕叔處，有毛叔聃。」汲古閣本、李本同。

【箋注】

〔一〕「太姒十子」數句：何注：「按滕、毛、郜、雍、畢、酆、郇，皆文王子。譜系：文王十七子，原郇不在。列傳以原郇爲文王昭，譜系失傳。」史記卷三五管蔡世家：「武王同母兄弟十人，母曰太姒，文王正妃也。其長子曰伯邑考，次曰武王發，次曰管叔鮮，次曰周公旦，次曰蔡叔度，次曰曹叔振鐸，次曰成叔武，次曰霍叔處，次曰康叔封，次曰冄季載。」張守節正義：列女傳云：「太姒者，武王之母，禹後姒氏之女也。在郃之陽，在渭之涘。仁而明道，文王嘉之，親迎於渭，造舟爲梁。及入，太姒思媚太姜、太任，旦夕勤勞，以進婦道。」

周公旦、邵公奭、太公望、畢公、毛公、閎公、太顛、南宮适、散宜生、文母。

右周十亂。見論語〔一〕。其四人已列四友〔二〕。

【校記】

毛公　陶本原校：「何晏論語集解作『榮公』。」

文母　陶本原校：「太姒也。」李本同。汲古閣本作「太如也」。

【箋注】

〔一〕「十亂」二句：論語泰伯：「武王曰：『予有亂臣十人。』」何晏集解：「馬（融）曰：『亂，治也，治官者十人。謂周公旦、召公奭、太公望、畢公、榮公、大顛、閎夭、散宜生、南宮适。其一人謂文母。』」「孔子曰：『才難不其然乎？唐虞之際，於斯爲盛。有婦人焉，九人而已。』」何晏集解：「孔（安國）曰：『唐者堯號，虞者舜號。際者，堯舜交會之間。斯，此也。言堯舜交會之間比於周，周最盛多賢才，然尚有一婦人，其餘九人而已，大才難得，豈不然乎？』」

〔二〕四人已列四友：指太公望、閎公、南宮适、散宜生。

秦公牙、吴班、孫尤、大夫冉贊、公子麋。

右五王，並能相焉。尸子曰：「古有五王之相，迺謂之王，其貴之也。」

【校記】

古有五王　「古」，汲古閣本作「才」。

狐偃、趙衰、顛頡、魏武子、司空季子。

右晉文公從亡五人。叔向曰：「生十七年，有士五人。」見左傳及晉太尉劉琨詩曰：「重耳憑五臣。」〔一〕

【校記】

生十七年　陶本原校：「何本、緑君亭本作『文公生十七年』。」

【箋注】

〔一〕見左傳：見左傳昭公十三年。劉琨詩見文選劉琨重贈盧諶詩：「重耳任五臣。」

奄息、仲行、鍼虎。

右三良，子車氏之子。秦穆公没，要以從死，詩人悼之，爲賦黄鳥〔一〕。見左傳、毛詩。

【箋注】

〔一〕「秦穆公没」數句：詩秦風黄鳥序：「黄鳥哀三良也，國人刺穆公以人從死，而作是詩也。」

子展賦草蟲〔一〕。子西賦黍苗〔二〕。子産賦隰桑〔三〕。公孫段賦桑扈〔四〕。伯有賦鶉之賁賁〔五〕。子大叔賦野有蔓草〔六〕。印段賦蟋蟀〔七〕。

右鄭七穆，謂之七子。鄭穆公子十有一人，罕、駟、豐、印、遊、國、良七人，子孫並有才名，世任鄭國之政，以免晉、楚之難，謂之「七穆」。叔向曰：「鄭七穆氏，其後亡乎？」及諸侯爲宋之盟，鄭伯享趙武於垂隴〔八〕，七卿皆從。文子曰：「七卿從君，以寵武也，請皆賦詩，以卒君貺，亦以觀七子之志。」見左傳。又吴質書曰：「趙武過鄭，七子賦詩。」〔九〕

【校記】

右鄭七穆　「穆」，陶本原校：「一作『卿』。」

【箋注】

〔一〕子展賦草蟲：汲古閣本注：「子罕子。」李注、陶注同。草蟲，詩召南之詩。

〔二〕子西賦黍苗：汲古閣本注：「子駟子。」李注、陶注同。黍苗，詩小雅之詩。

〔三〕子産賦隰桑：汲古閣本注：「子國子。」李注、陶注同。隰桑，詩小雅之詩。

〔四〕公孫段賦桑扈：汲古閣本注：「子豐子。」李注、陶注同。

〔五〕伯有賦鶉之賁賁：汲古閣本注：「子良孫，子耳子。」李本、陶本同。鶉之賁賁，詩鄘風之詩。今本詩經作鶉之奔奔。

〔六〕子大叔賦野有蔓草：汲古閣本注：「子遊孫，子蟜子。」李本、陶本同。陶本又云：「蟜，當作『蟜』。」野有蔓草，詩鄭風之詩。

〔七〕印段賦蟋蟀：汲古閣本注：「子印孫，子張子。」李注、陶注同。
〔八〕「鄭伯」句：何注：「趙文子會宋，還過鄭。」
〔九〕「趙武過鄭」二句：文選吴質答東阿王書：「昔趙武過鄭，七子賦詩，春秋載列，以爲美談。」

仲孫穀文伯〔一〕。叔孫得臣莊叔〔二〕。季孫行父文子〔三〕。右魯桓公之曾孫，世秉魯政，號曰三桓。孔子曰：「三桓之子孫微矣。」見論語、左傳〔四〕。

【箋注】

〔一〕仲孫穀文伯：汲古閣本注：「獻子、莊子、孝伯、僖子、懿子、武伯。」李注、陶注同。
〔二〕叔孫得臣莊叔：汲古閣本注：「穆子、昭子、成子、武子、文子。」李注、陶注同。
〔三〕季孫行父文子：汲古閣本注：「武子、悼子、平子、桓子、康子。」李注、陶注同。
〔四〕「孔子曰」數句：論語季氏：「禄之去公室五世矣，政逮於大夫四世矣，故夫三桓之子孫微矣。」何晏集解：「鄭玄曰：『文子、武子、悼子、平子也。』」「孔安國曰：『三桓者，謂仲孫、叔孫、季孫也。三卿皆出桓公，故云三桓也。仲孫氏改其氏稱孟氏，至哀公皆衰也。』」

趙無恤襄子〔一〕。范吉射昭子〔二〕。智瑤襄子〔三〕。荀寅文子〔四〕。魏多襄子〔五〕。韓不信簡子〔六〕。

右六族。世爲晉卿，並有功名。此六人實弱晉國〔七〕。淳于越云：「卒有田常六卿之臣。」〔八〕劉向亦曰：「田常復見於今，六卿必起於漢。」見左傳、史記、漢書。

【箋注】

〔一〕趙無恤襄子：汲古閣本注：「趙襄始爲卿，至無恤四世。」李注同。陶注：「李本、汲古閣本作『四世』。何本作『七世』。據世本，成子衰生宣子盾，盾生莊子朔，朔生文子武，武生景子成，成生簡子鞅，鞅生襄子無恤。史記、左傳並同。當從何作『七世』。」

〔二〕范吉射昭子：汲古閣本注：「士會始爲卿，至吉射五世。」李注、陶注同。陶注又云：「世本：武子會生文子燮，燮生宣子匄，匄生獻子鞅，鞅生昭子吉射。凡五世。」

〔三〕智瑤襄子：汲古閣本注：「荀首始爲卿，至瑤六世。」李注、陶注同。陶注又云：「左傳：莊子首生武子罃，罃生朔與悼子盈。襄公十四年傳曰：『於是知朔生而盈死。』杜注：『朔，知罃之長子。盈，朔弟。』是也。盈生文子躒，躒生宣子甲，甲生襄子瑤。首至瑤凡六世。世本則云：罃生莊子朔，朔生悼子盈。是以盈爲朔子。首至瑤凡七世。按首已謚莊子，無緣其孫朔復謚莊。此從杜氏也。」

〔四〕荀寅文子：汲古閣本注：「荀林父始爲卿，至寅四世。」李注、陶注同。陶注又云：「世本：林父生宣子庚，庚生獻子偃，偃生穆子吴，吴生文子寅，凡五世。四，當作『五』。」

〔五〕魏多襄子：汲古閣本注：「魏絳始爲卿，至多四世。」李注、陶注同。陶注又云：「史記魏世家，魏絳生魏嬴，嬴生魏舒，舒生魏襄子，凡四世。魏多，左傳作『魏曼多』，公羊傳哀十三年作『魏多』，史記作『魏侈』。索隱曰：一本作『魏哆』。」

〔六〕韓不信簡子：汲古閣本注：「韓厥始爲卿，至不信四世。」李本、陶注同。陶注又云：「左傳：厥生宣子起，起生須，須生簡子不信，凡四世。」

〔七〕「此六人」：謂六卿强，公室卑。史記卷三九晉世家載：晉平公「十四年，吴延陵季子來使，與趙文子、韓宣子、魏獻子語，曰：『晉國之政，卒歸此三家矣。』十九年，齊使晏嬰如晉，與叔嚮語。叔嚮曰：『晉，季世也，公厚賦爲臺池而不恤政，政在私門，其可久乎！』晏子然之。」「静公二年，魏武侯、韓哀侯、趙敬侯滅晉侯而三分其地。」

〔八〕「淳于越」句：史記卷六秦始皇本紀：「博士齊人淳于越進曰：『臣聞殷周之王千餘歲，封子弟功臣自爲枝輔。今陛下有海内而子弟爲匹夫，卒有田常六卿之臣，無輔拂何以相救哉！』」

儀封人、荷蕢、晨門、楚狂接輿、長沮、桀溺、荷篠丈人。

右作者七人。論語曰：「賢者避世，其次避地，其次避色，其次避言。」孔子曰：

「作者七人。」見包氏注。董威輦詩曰：「洋洋乎盈耳哉，而作者七人。」〔一〕

【校記】

儀封人、荷蕢、晨門、楚狂接輿、長沮、桀溺、荷篠丈人　汲古閣本：「一作『伯夷、叔齊、虞仲、夷逸、朱張、柳下惠、少連』。」李本、陶本同。

【箋注】

〔一〕「董威輦」句：何注：「威輦，名京。晉書載其詩：『便便君子，顧望而逝，洋洋乎滿目，而作者七。』」沈炳巽水經注集釋訂訛卷一六：「昔孫子荆會董威輦于白社謂此矣，以同載爲榮，故有威輦圖。朱（謀㙔）箋晉書隱逸傳：董京字威輦，初與隴西計吏俱至洛陽，被髮行吟，常宿白社中。時乞於市，得殘碎繒絮，結以自覆。或見推排罵辱，曾無怒色。時孫楚爲著作郎，數就中與語，遂載與俱歸，勸之仕，京答以詩。」

德行：顔淵、閔子騫、冉伯牛、仲弓。

言語：宰我、子貢。

政事：冉有、季路。

文學：子游、子夏。

右四科。見論語〔二〕。

【箋注】

〔二〕見論語：論語先進皇侃義疏：「言若任用德行，則有顏淵、閔子騫、冉伯牛、仲弓四人。若用其言語辯説，以爲行人，使適四方，則有宰我、子貢二人。若治理政事，決斷不疑，則有冉有、季路二人。若文章博學，則有子游、子夏二人也。然夫子門徒三千，達者七十有二，而此四科唯舉十人者，但言其翹楚者。」

顏回、子貢、子路、子張。

右孔子四友。文王有胥附、奔奏、先後、禦侮，謂之四隣。孟懿子曰：「夫子亦有四隣乎？」子曰：「吾有四友焉。自吾得回，門人益親，是非胥附乎？自吾得賜，遠方之士日至，是非奔奏乎？自吾得師，前有光，後有輝，是非先後乎？自吾得由，惡言不至於門，是非禦侮乎？」見孔叢子。

【校記】

日至　「至」，汲古閣本云，一作「盈」。

顔回、冉伯牛、子路、宰我、子貢、公西華。

右六侍。仲尼志意不立，子路侍。儀服不修，公西華侍。禮不習，子貢侍。辭不辯，宰我侍。亡忽古今，顔回侍。節小物，冉伯牛侍。曰：「吾以夫六子自厲也。」見尸子〔一〕。

【箋注】

〔一〕隋書卷三四經籍志：「尸子二十卷，目一卷。梁十九卷，秦相衞鞅上客尸佼撰。其九篇亡，魏黄初中續。」廣博物志引晏子：「景公問晏子曰：『吾欲善治齊國之政，以干霸王之諸侯。』晏子作色對曰：『官未具也。臣數以聞，而君不肯聽也。故臣聞仲尼居處惰倦，廉隅不正，則季次、原憲侍；氣郁而疾，志意不通，則仲由、卜商侍；德不盛，行不厚，則顔回、騫雍侍。』」所載與尸子異。

檀子、盼子、黔夫、種首。

右齊威王疆場四臣。齊威王與魏惠王會，田於郊。魏王問威王曰：「王有寶乎？」威王曰：「無有。」魏王曰：「若寡人，國雖小，猶有徑寸之珠，照前後車各十二乘者十枚。奈何爲萬乘之國而無寶乎？」威王曰：「寡人之所以爲寶與王異。吾臣有檀子者，使守南城，則楚人不敢爲寇東取，泗上十二諸侯皆來朝。吾臣有盼子者，使守高唐，則魏人不敢東漁於河。吾臣有黔夫者，使守徐，則燕人祭北門，趙人祭西門，徙而從之者七十餘家。吾臣有種首者，使備盜賊，則道不拾遺。以此爲寶，將以照千乘，豈直十二乘哉！」魏惠王慚，不懌而去。見史記及春秋後語〔一〕。

【校記】

使守徐　「徐」，史記卷四六田敬仲完世家作「徐州」。

趙人祭西門　「西門」，汲古閣本云，一作「東門」。

將以照千乘　「乘」，汲古閣本云，一作「里」。按，作「里」是。

豈直　「直」，汲古閣本云，一作「特」。

【箋注】

〔一〕春秋後語：春秋左傳注釋考證「春秋三傳注釋傳述人」，其中春秋公羊傳有孔衍集解十四卷。新唐書卷八藝文志著録孔衍春秋時國語十卷，又春秋後國語十卷。孔衍事蹟見晉書卷九一儒林傳，稱「衍雖不以文才著稱，而博覽過於賀循，凡所撰述百餘萬言」。

齊孟嘗君田文、魏信陵君无忌、趙平原君趙勝、楚春申君黄歇。

右戰國四豪。見史記。

太子少傅留文成侯張良、相國酇文終侯沛蕭何、楚王淮陰侯韓信。

右三傑。漢高祖曰：「此三人，人之傑也。」見漢書。

園公〔一〕、綺里季、夏黄公〔二〕、角里先生。

右商山四皓。當秦之末，俱隱上洛商山。皇甫士安云：「並河内軹人。」見漢書及皇甫謐高士傳〔三〕。

【箋注】

〔一〕園公：汲古閣本注：「姓園名秉，字宣明，陳留襄邑人。常居園中，號園公。見陳留志。」李注、陶注同。

〔二〕夏黄公：汲古閣本注：「姓崔名郭，名少通，齊人，隱居修道，號夏黄公。見崔氏譜。」李注、陶注同。

〔三〕「見漢書」句：何注：「四皓名載史記。其序：東園公、角里先生、綺里季、夏黄公。諸家讀綺里季夏一人，黄公一人。高士傳作『東園公、夏黄公、綺里季、角里先生』，又以『夏』字屬黄公。陳留志亦然……而四明志又云：『黄公，鄞人。避秦，與東園公、綺里季夏、角里先生，隱于商山。』又云：『鄞之大隱山，有黄公墓，公所葬地。』按，今商山有四皓墓，真僞不可知。史記留侯傳曰：『上有不能致者，天下有四人，逃匿山中云云，於是吕后令吕隆使人奉太子書，卑辭厚禮，迎此四人。』初不言匿何山及迎於何處也。然則商山後人所記，未足據。史稱天下有四人，則彼四人者，不宜皆在一處，先輩論漢庭置酒時，太子所從四人，皆假衣冠耳。嗟乎！四皓其生，真僞且不可知，其死，葬地與誰詰之？」按，四皓載于史、漢兩書，當不必懷疑有其人。然四人名字讀法有異。漢書卷七二王貢兩龔鮑傳云：「漢興，有園公、綺里季、夏黄公、甪里先生。」顔師古注：「四皓稱號本起於此，更無姓名可稱知。此蓋隱居之人，匿跡遠害，不自標顯，祕其氏族，故史傳無得而詳。」前漢書卷七二考證謂四皓讀法應「綺里季夏」一句，「黄公」一句。然漢末孔融稱「綺里季」、「夏黄公」。後漢書卷三五鄭玄傳載：國相孔融深敬於鄭玄，告高密縣爲玄特立一鄉，舉前代史事説：「又南山四皓，有園公、夏黄公，潛光隱耀，世加其高，皆悉稱公。」可證孔融讀作「夏黄公」，不作「黄公」，與漢書同。皇甫謐高士傳、陳留志皆作「東園公、夏黄公、綺里季、甪里先生」，以「夏」字屬黄公，乃自班固以來就有的讀法。漢書考證不足采信也。又，「甪里先生」之「甪」亦作「角」，音路。

太子太傅疏廣，字仲翁〔一〕。太子少傅疏受，字公子〔二〕。右二疏，東海人。宣帝時並爲太子師傅，每朝，太傅在前，少傅在後，朝廷以爲榮。授太子論語、孝經，各以老疾告退，時人謂之二疏。見漢書。

【箋注】

〔一〕疏廣：汲古閣本注：「宣帝本始四年，魏相爲御史大夫，薦廣於霍光，時年六十，以元康三年告退，年六十七。」李注、陶注同。

〔二〕疏受：汲古閣本注：「廣兄子也。」李注、陶注同。

重合令子輿〔一〕、櫟陽令子羽〔二〕、東海太守子仲〔三〕、兗州刺史子明〔四〕、潁陽令子良〔五〕。

右郡決曹掾汝南周燕少卿之五子〔六〕，號曰「五龍」，各居一里，子孫並以儒素退讓爲業，天下著姓。見周氏譜及汝南先賢傳〔七〕。

【箋注】

〔一〕子輿：汲古閣本注：「居宋里。」李注、陶注同。

〔二〕子羽：汲古閣本注：「居東觀里。」李注、陶注同。

〔三〕子仲：汲古閣本注：「居宜唐里。」李注、陶注同。

〔四〕子明：汲古閣本注：「居西商里。」李注、陶注同。

〔五〕子良：汲古閣本注：「居遂興里。」李注、陶注同。

〔六〕周燕少卿：後漢書卷八一周嘉傳：「高祖父燕，宣帝時爲郡決曹掾。太守欲枉殺人，燕諫不聽，遂殺囚而黜燕。囚家守闕稱冤，詔遣覆考，燕見太守曰：『願謹定文書，皆著燕名，府君但言時病而已。』……使者乃收燕繫獄。屢被掠楚，辭無屈撓。當下蠶室，乃嘆曰：『我平王之後，正公玄孫，豈可以刀鋸之餘下見先君？』遂不食而死。燕有五子，皆至刺史、太守。」章懷注：謝承書曰：「燕字少卿，其先出自周平王之後。漢興，紹嗣封爲正公，食采於汝墳也。」

〔七〕汝南先賢傳：隋書卷三三經籍志：「汝南先賢傳五卷，魏周斐撰。」

龔勝，字君賓。龔舍，字君倩〔一〕。

右並楚人，皆治清節，世號二龔。見漢書。

【箋注】

〔一〕龔舍字君倩：汲古閣本注：「或曰長倩。」李本、陶本同。按，荀悅前漢紀卷三〇謂龔舍字長倩，與漢書不同。

唐林，字子高。唐尊，字伯高。

右並沛人，亦以絜履著名於成哀之世，號爲二唐，比楚二龔。後皆仕王莽。見漢書。左思曰：「二唐絜已，乃點反汙。」

【校記】

乃點反汙　「反汙」，陶本原作「乃汙」，云：「何校宣和本、汲古閣本作『反汙』。」按，今從汲古閣本、李本。

平阿侯王譚、成都侯王商、紅陽侯王章、曲陽侯王根、高平侯王逢時。右並以元后弟同日受封，京師號曰「五侯」〔一〕。並奢豪富侈，招賢下士。谷永、樓護，皆爲賓客。時人爲之語曰：「谷子雲之筆札，樓君卿之脣舌。」〔二〕言出其門也。見漢書。張載詩曰：「富侈擬五侯。」

【箋注】

〔一〕「並以元后」二句：元后，指西漢宣帝王皇后，字政君，成帝母。漢書卷九八元后傳：「河平二年，上悉封舅譚爲平阿侯，商成都侯，章紅陽侯，根曲陽侯，逢時高平侯。五人同日封，故世謂之『五侯』，太后同産唯曼蚤卒，餘畢侯矣。」

〔二〕「谷永」數句：漢書卷九二樓護傳：「時王氏方盛，賓客滿門，五侯兄弟争名，其客各有所厚，不得左右。唯護盡入其門，咸得其驩心。結士大夫，無所不傾，其交長者，尤見親而敬，衆以是服。爲人短小精辯，論議常依名節，聽之者皆竦。與谷永俱爲『五侯』上客，長安號曰『谷子雲筆札，樓君卿脣舌』，言其見信用也。」

北海逢萌〔一〕，字子康。北海徐房，字平原。李曇，字子雲。平原王遵，字君公〔二〕。

右皆懷德穢行，不仕亂世，相與爲友，時人號之「四子」。見後漢書、嵇康高士傳。

【校記】

子康　何注：「後漢書作『子慶』。」

【箋注】

〔一〕逢萌：後漢書卷八三逢萌傳：「萌素明陰陽，知莽將敗，有頃，乃首戴瓦盎，哭於市曰：『新乎新乎！』因遂潛藏。及光武即位，乃之琅邪勞山，養志脩道，人皆化其德。」「初，萌與同郡徐房、平原李子雲、王君公相友善，並曉陰陽，懷德穢行。房與子雲養徒各千人，君公遭亂獨不去，儈牛自隱。時人謂之論曰：『避世牆東王君公』。」

〔二〕「北海徐房」數句：何注：「逢萌傳：『萌與同郡徐房、平原李子雲、王君公相友善。』此言徐房字平原，而李子雲不言何郡。李蓋平原人，以平原爲房字者，殆傳聞之誤也。」楊注引潘石禪聖賢羣輔録新箋：「徐房字下，疑脱二字。平原當下屬，李曇、王遵皆平原人。」按，潘氏之説可從。

求仲、羊仲。

右二人不知何許人，皆治車爲業，挫廉逃名。蔣元卿之去兗州，還杜陵，荆棘塞門。舍中有三逕，不出，惟二人從之遊〔一〕。時人謂之二仲。見嵇康高士傳。

【校記】

挫廉逃名　「名」，汲古閣本云，一作「出」。李本、陶本同。

【箋注】

〔一〕「舍中」二句：文選陶淵明歸去來兮辭李善注：「三輔決録曰：『蔣詡字元卿，舍中三徑，唯羊仲、求仲從之遊，皆挫廉逃名不出。』」

太傅高密元侯南陽鄧禹，字仲華〔一〕。大司馬廣平忠侯南陽吴漢，字子顔〔二〕。左將軍膠東剛侯南陽賈復，字君文〔三〕。建威大將軍好畤愍侯扶風耿弇，字伯昭〔四〕。執金吾雍奴威侯上谷寇恂，字子翼〔五〕。征西大將軍陽夏節侯潁川馮異，字公孫〔六〕。

征南大將軍舞陽壯侯南陽岑彭，字君然〔七〕。征虜將軍潁陽成侯潁川祭遵，字弟孫〔八〕。太常靈壽侯信都邳彤，字偉君〔九〕。東郡太守東莞成侯鉅鹿耿純，字伯山〔一〇〕。上谷太守淮陰侯潁川王霸，字元伯〔一一〕。左中郎將朗陵愍侯潁川臧宮，字君翁〔一二〕。驃騎大將軍櫟陽侯馮翊景丹，字孫卿〔一三〕。驃騎大將軍參遽侯南陽杜茂，字諸公〔一四〕。建議大將軍鬲侯南陽朱祐，字仲先〔一五〕。驃騎將軍慎靖侯南陽劉隆，字元伯〔一六〕。揚武將軍全椒侯南陽馬成，字君遷〔一七〕。大司空阜城侯漁陽王梁，字君嚴〔一八〕。衛尉安城忠侯潁川銚期，字次元〔一九〕。左馮翊安平侯漁陽蓋延，字巨卿〔二〇〕。捕虜將軍揚虛侯南陽馬武，字子張〔二一〕。驍騎將軍昌城侯鉅鹿劉植，字伯先〔二二〕。左將軍阿陵侯南陽任光，字伯卿〔二三〕。豫章太守中水侯東萊李忠，字仲都〔二四〕。左將軍槐里侯扶風萬脩，字君游〔二五〕。琅邪太守祝阿侯南陽陳俊，字子昭〔二六〕。積弩將軍昆陽威侯潁川傅俊，字子衛〔二七〕。楊化將軍合肥侯潁川堅鐔，字子伋〔二八〕。

右河北二十八將，光武所與定天下。見後漢書〔二九〕。張衡東京賦云：「受鉞四七，共工以除。」

【校記】

上谷太守淮陰侯　「淮陰侯」，陶本原作「淮陰」，脱一「侯」字。今據他本補。

南陽杜茂　陶本無「南陽」二字，據汲古閣本、李本補。

【箋注】

〔一〕鄧禹：見後漢書卷一六鄧禹傳。

〔二〕吴漢：見後漢書卷一八吴漢傳。

〔三〕賈復：見後漢書卷一七賈復傳。

〔四〕耿弇：見後漢書卷一九耿弇傳。伯昭：陶注：「惠棟云：水經注作『昭伯』。」

〔五〕寇恂：見後漢書卷一六寇恂傳。

〔六〕馮異：見後漢書卷一七馮異傳。

〔七〕岑彭：見後漢書卷一七岑彭傳。舞陽壯侯：陶注：「范書岑彭傳作『舞陰侯』，三十二人題名作『舞陽侯』，未知孰是？此從題名也。」

〔八〕祭遵：見後漢書卷二〇祭遵傳。

〔九〕邳彤：見後漢書卷二一邳彤傳。

〔一〇〕耿純：見後漢書卷二一耿純傳。東莞：陶注：「後漢書：純封東光侯。章懷注：『東光，今滄州。』此作『東莞』，疑誤。」

〔一一〕王霸：見後漢書卷二〇王霸傳。淮陰侯：陶注：「後漢書：霸封淮陵侯。章懷注：『淮陵縣，屬臨淮郡。』此作『淮陰』，疑誤。」

〔一二〕臧宫：見後漢書卷一八臧宫傳。

〔一三〕景丹：見後漢書卷二二景丹傳。

〔一四〕杜茂：見後漢書卷二二杜茂傳。

〔一五〕朱祐：見後漢書卷二二朱祐傳。建議：陶注：「後漢書作『建義』。」

〔一六〕劉隆：見後漢書卷二二劉隆傳。

〔一七〕馬成：見後漢書卷二二馬成傳。

〔一八〕王梁：見後漢書卷二二王梁傳。

〔一九〕銚期：見後漢書卷二〇銚期傳。「衛尉安城」陶注：「後漢書：期字次況，封安成侯。章懷注：『安成縣，屬汝南郡。』此成作『城』，況作『元』，疑誤。」

〔二〇〕蓋延：見後漢書卷一七蓋延傳。

〔二一〕馬武：見後漢書卷二二馬武傳。

〔二二〕劉植：見後漢書卷二一劉植傳。

〔二三〕任光：見後漢書卷二一任光傳。左將軍：陶注：「後漢書作『左大將軍』。惠棟曰：水經注作『左將軍』，無『大』字。『右大將軍李忠』，東觀漢紀無『大』字。」

〔二四〕李忠：見後漢書卷二一李忠傳。仲都：陶注：「惠棟曰：『袁宏紀云，字仲卿。』」

〔二五〕萬脩：見後漢書卷二一萬脩傳。

〔二六〕陳俊：見後漢書卷一八陳俊傳。

〔二七〕傅俊：見後漢書卷二二傅俊傳。

〔二八〕堅鐔：見後漢書卷二二堅鐔傳。子伋：章懷注：「東觀記『伋』作『皮』。」

〔二九〕見後漢書：後漢書卷二二范曄論曰：「中興二十八將，前世以爲上應二十八宿，未之詳也。然咸能感會風雲，奮其智勇，稱爲佐命，亦風雲已具，亦各志能之士也……永平中，顯宗追感前世功臣，乃圖畫二十八將於南宫雲臺，其外又有王常、李通、竇融、卓茂，合三十二人。」

武威太守梁統，字仲寧。金城太守庫鈞，字巨公。張掖太守史苞，字叔文。酒泉太守竺曾，字巨公。燉煌太守辛彤，字大房。

右河西五守。是時更始已爲赤眉所害，隗囂密有異志，統等五人，共推竇融爲河西大將軍，内撫吏民，外禦寇戎，東伐隗囂，歸心世祖，克建功業〔一〕。見後漢書及善文〔二〕。

【校記】

庫鈞　「鈞」，汲古閣本云，一作「鉅」。

【箋注】

〔一〕「統等五人」以下數句：後漢書卷二三竇融傳載：王莽敗，更始新立，竇融求爲張掖屬國都尉，交結雄傑，河西翕然歸之。及更始敗，竇融與梁統等計議，推一人爲大將軍，以觀時變。「乃推融行河西五郡大將軍事。是時武威太守馬期、張掖太守任仲並孤立無黨，乃共移書告示之，二人即解印綬去。於是以梁統爲武威太守，史苞爲張掖太守，竺曾爲酒泉太守，辛肜爲敦煌太守，庫鈞爲金城太守」。

〔二〕善文：隋書卷三五經籍志著録善文五十卷，杜預撰。

大鴻臚韋孟達、上党太守公孫伯達、河陽長魏仲達。

右並扶風平陵人，同時齊名，世號三達。孟達名彪，丞相賢五世孫，明帝時人〔一〕。見漢書及決録〔二〕。

【箋注】

〔一〕「孟達」三句：後漢書卷二六韋彪傳：「韋彪字孟達，扶風平陵人也，高祖賢，宣帝時爲丞相。」據此，孟達爲賢之四世孫，疑「五世孫」誤。

〔二〕決録：楊注引潘重規聖賢羣輔録新箋：「隋志史部雜傳類：『三輔決録七卷，漢太僕趙岐撰，摯虞注。』據岐自序曰：『近代建武以來，曁於斯，今其人既亡，行乃可書，玉石朱紫，由此定矣。故謂之「決録」。』是決録所記，皆後漢人物。四八目云『見漢書及決録，疑當作後漢書，蓋脱「後」字』。」

光禄大夫周舉〔一〕、光禄大夫杜喬〔二〕、光禄大夫周栩、尚書欒巴〔三〕、青州刺史馮羨、兗州刺史郭遵、太尉長史劉班、侍御史張綱。

右八使。漢順帝時，政在權宦，官以賄成。周舉等議遣八使，循行風俗，同日俱發，天下號曰「八使」〔四〕。見張璠漢紀。

【箋注】

〔一〕周舉：汝南先賢傳：「周舉字宣光，姿貌短陋，有晏子之風。」（陶宗儀撰説郛五八上）

〔二〕杜喬：杜喬字叔榮，河内林慮人。後漢順帝漢安元年（一四二）以喬守光禄大夫。剛正不屈于梁冀，爲冀陷害至死。事見後漢書卷六三杜喬傳。

〔三〕欒巴：欒巴生平見後漢書卷五七欒巴傳。

〔四〕「周舉」以下數句：後漢書卷六一周舉傳：「時詔遣八使巡行風俗，皆選素有威名者，乃拜舉爲侍中，與侍中杜喬、守光禄大夫周栩、前青州刺史馮羨、尚書欒巴、侍御史張綱、兗州刺史郭遵、大尉長史劉班並守光禄大夫，分行天下……於是八使同時俱拜，天下號曰『八俊』。」按，後漢書卷六順帝紀謂周舉等分行天下，時在漢安元年（一四二）八月。

平輿令韋順，字叔文〔一〕。順弟武陽令豹，字季明〔二〕。豹弟廣都長義，字季節〔三〕。

右清河太守韋文高之三子，皆以學行知名，時人號韋氏三君〔四〕。見京兆舊事。

【箋注】

〔一〕韋順：汲古閣本注：「歷位樂平相，去官，以琴書自娱，不應三公之命，後爲平輿令，吏民立祠社中。」李本、陶本同。

〔二〕武陽令豹：汲古閣本注：「友人羅陵犍爲縣丞，卒官，喪柩流離，豹棄官致喪歸。比辟公府，輒棄去，司徒劉愷尤敬之。」李本、陶本同。

〔三〕豹弟廣都長義：汲古閣本注：「少好學，不求榮利，四十乃仕。三爲令長，皆有惠化。以兄喪去官，比辟公府，不就。廣都爲立生祠焉。」李本、陶本同。

〔四〕「右清河」三句：何注：「後漢書韋彪傳載：義即彪族子，少與二兄齊名，而不載其名。非此，不知其父之爲清河守也。」陶注：「前漢書表及韋氏世系，文高嘗名浚。」

楊震，字伯起〔一〕。震子秉，字叔節〔二〕。秉子賜，字伯獻〔三〕。賜子彪，字文先〔四〕。右楊氏四公。弘農華陰人。自孝安至獻帝七世，父子以德業相繼爲三公〔五〕。見續漢書。

【箋注】

〔一〕楊震：汲古閣本注：「以太常爲司徒，遷太尉。」李本、陶本同。

〔二〕震子秉：汲古閣本注：「以太常爲太尉。」李本、陶本同。

〔三〕秉子賜：汲古閣本注：「以光禄勳爲公，再司徒，一太尉。」李本、陶本同。

〔四〕賜子彪：汲古閣本注：「以太中大夫爲公，一司徒，一太尉。」李本、陶本同。

〔五〕相繼爲三公：後漢書卷五四楊震傳：「自震至彪，四世太尉，德業相繼，與袁氏俱爲東京名族云。」章懷注：「華嶠書曰：東京楊氏、袁氏，累世宰相，爲漢名族。然袁氏車馬衣服極爲奢僭，能守家風，爲世所貴，不及楊氏也。」

袁安，字邵公〔一〕。安子敞，字叔平〔二〕。敞子湯，字仲河〔三〕。湯子逢，字周陽〔四〕。逢弟隗，〔五〕字次陽。右袁氏四世五公。見續漢書。

【箋注】

〔一〕袁安：汲古閣本注：「以太僕爲司空，遷司徒。」李本、陶本同。

〔二〕安子敞：汲古閣本注：「以光禄勳爲司空。」李本、陶本同。

〔三〕敞子湯：汲古閣本注：「以太僕爲司空遷司徒。」李本、陶本同。

〔四〕湯子逢：汲古閣本注：「以屯騎校尉爲司空。」李本、陶本同。

〔五〕逢弟隗：汲古閣本注：「以太常爲司空太尉。」李本、陶本同。

處士豫章徐稚，字孺子。京兆韋著，字休明。汝南袁閎，字夏甫〔一〕。彭城姜肱，字伯淮〔二〕。潁川李曇，字子雲〔三〕。

右太傅汝南陳公，時爲尚書令，與諸尚書悉名士也，共薦此五人，時號「五處士」〔四〕。見續漢書及善文。

【箋注】

〔一〕袁閎：袁宏後漢紀卷二二：「閎字夏甫，太傅安之玄孫。自安至閎四世三公，貴傾天下，閎玄静履貞，不慕榮宦，身安茅茨，妻子御糟糠。」

〔二〕姜肱：後漢書卷五三姜肱傳：「桓帝乃下彭城使畫工圖其形狀，肱卧於幽闇，以被韜面，言患眩疾，不欲出風。工竟不得見之。」後朝廷徵肱爲太守，不就；詔書再至，「肱使家人對云『久病就醫』。遂羸服閒行，竄伏青州界中，賣卜給食，召命得斷，家亦不知其處，歷年乃還。」

〔三〕李曇：陶注：「後漢書徐穉傳：『李曇，字子雲。』惠棟曰：續漢書、嵇康高士傳及善文俱云『曇字子雲』。袁宏紀：『子雲，潁川陽翟人。』」

〔四〕「汝南陳公」以下數句：後漢書卷五三徐穉傳：「延熹二年尚書令陳蕃、僕射胡廣等上疏薦穉等曰：『……伏見處士豫章徐穉、彭城姜肱、汝南袁閎、京兆韋著、潁川李曇，德行純備，著於人聽。若使擢登三事，協亮天工，必能翼宣盛美，增光日月矣。』桓帝乃以安車玄纁，備禮徵之，並不至。」章懷注：「閎見袁安傳。謝承書曰：『閎少脩志節，矯俗高厲。』著見韋彪傳。謝承書曰：『爲三輔冠族。著少脩節操，持京氏易、韓詩，博通術藝。』」

周子居〔一〕、黄叔度〔二〕、艾伯堅、郅伯向、封武興、盛孔叔。

右汝南六孝廉。太守李倀選此六人以應歲舉，受版未行。倀死，子居等遂駐行喪。倀妻於柩側下帷見之，厲以宜行。子居歎曰：「不有行者，莫宣公；不有止者，莫卹居。」於是與伯堅即日辭行，封、黄四人留隨柩車。見杜元凱女誡〔三〕。

【箋注】

〔一〕周子居：世説新語賞譽一：「陳仲舉嘗歎曰：『若周子居者，真治國之器，譬諸寶劍，則世之干將。』」劉孝標注引汝南先賢傳曰：「周乘字子居，汝南安城人，天資聰朗，高峙嶽立，非陳仲舉、黄叔度之儔則不交也。仲舉嘗歎曰：『周子居者，真治國之器也。』爲太山太守，甚有惠政。」

〔二〕黄叔度：後漢書卷五三有傳。袁宏後漢紀卷二三：「黄憲字叔度，汝南慎陽人，父爲牛醫。憲識度淵深，時人莫得而測。年十四，潁川荀季和見而歎曰：『足下吾之師也。』汝南周子居常曰：『吾旬月之間不見黄叔度，則鄙吝之心生矣。』」

〔三〕汝南六孝廉：四八目謂見杜元凱女誡。潘重規聖賢羣輔録新箋云：「四八目所引杜元凱女誡，疑在隋志七録所載婦人訓誡集或衆賢誡中。目又引善文，疑亦隋志著録之杜預善文。規又按：隋志雜類有女記十卷，杜預撰。張妻事或在女記中。誡，或『記』之誤也。」按，「汝南六孝廉」事，最早見於應劭風俗通義卷五，叙事詳細，足資參考：「豫章太守汝南封祈武興、泰山太守周乘子居，爲太守張所舉。函封未發，張病物故。夫人於柩側下帷見六孝廉，曰：李氏『蒙國厚恩，據重任咨嘉休懿，相授歲貢，上欲報稱聖朝，下欲流惠氓隸。今李氏獲保首領，以天年終，而諸君各懷進退，未肯發引。妾幸有三孤，足統喪紀，正相追隨。蓬户墳柏，何若曜德王室，昭顯亡者。亡者有靈，實寵賴之。殁而不朽，此其然乎？』於是周乘顧謂左右：『諸君欲行，周乘當止者，莫逮郎君，盡其哀惻。』乘與鄭伯堅即日辭行，祈與黄叔度、郅伯向、盛孔叔留隨輴柩。乘拜郎，遷陵長，治無異稱，意亦薄之，乃棄官去。祈後爲侍御史、公車令，享相位焉。」

大將軍槐里侯扶風平陵竇武，字游平〔一〕。太傅高陽鄉侯汝南平輿陳蕃，字仲舉〔二〕。侍中河間樂城劉淑，字仲承〔三〕。

右三君〔四〕。

【箋注】

〔一〕竇武：汲古閣本注：「天下忠誠竇游平。」李注、陶注同。竇武，見後漢書卷六九竇武傳。

〔二〕陳蕃：汲古閣本注：「天下義府陳仲舉。」李注、陶注同。陶注又云：「後漢書作『不畏强禦陳仲舉』。」陳蕃，見後漢書卷六六陳蕃傳。

〔三〕劉淑：汲古閣本注：「天下德弘劉仲承。」李注、陶注同。劉淑，見後漢書卷六七劉淑傳。

〔四〕三君：後漢書卷六七黨錮列傳：「竇武、劉淑、陳蕃爲三君，君者，言一世之所宗也。」

少傅潁川襄城李膺，字元禮〔一〕。司空山陽高平王暢，字叔茂〔二〕。太僕潁川城陽杜密，字周甫〔三〕。司隸校尉沛國朱寓，字季陵〔四〕。尚書會稽上虞魏朗，字少英〔五〕。沛相潁陰荀昱，字伯條〔六〕。大司農博陵安平劉祐，字伯祖〔七〕。太常蜀郡成都趙典，字仲經〔八〕。

右八俊〔九〕。

【校記】

潁陰荀昱　「昱」，汲古閣本、李本並作「翌」。按，文淵閣四庫全書本作「昱」。中華書局點校本後漢書卷六七黨錮列傳作「翌」，校勘記：「荀翌，按：殿本『翌』作『昱』。下同。按，『翌』字經史多假爲『昱』字。」

【箋注】

〔一〕李膺：汲古閣本注：「天下模楷李元禮。」李注、陶注同。按，李膺後漢書卷六七黨錮列傳有傳。

〔二〕王暢：汲古閣本注：「天下英秀王叔茂。」李注、陶注同。陶注又云：「後漢書黨錮傳：英秀，作『俊秀』。」

〔三〕杜密：汲古閣本注：「天下良輔杜周甫。」李注、陶注同。按，杜密後漢書卷六七黨錮列傳有傳。

〔四〕朱寓：汲古閣本注：「天下冰凌朱季陵。」李注、陶注同。陶注又云：「惠棟曰：薛瑩後漢書，『寓』，作『禹』。」

〔五〕魏朗：汲古閣本注：「天下忠貞魏少英。」李注、陶注同。陶注又云：「惠棟曰：三君八俊録作『天下忠平魏少英』。」按，魏朗，後漢書卷六七黨錮列傳有傳。

〔六〕荀昱：汲古閣本注：「天下好交荀伯條。」李注、陶注同。按，荀昱，附見後漢書卷六二荀淑傳。

〔七〕劉祐：汲古閣本注：「天下稽古劉伯祖。」李注、陶注同。按，劉祐，後漢書卷六七黨錮列傳有傳。

〔八〕趙典：汲古閣本注：「天下才英趙仲經。」李注、陶注同。陶注又云：「何注：後漢書謂趙典名見而已，蓋未考也。惠棟曰：『顧炎武以爲兩趙典。』棟按華陽國志曰：「典與潁川李膺等，並號八俊。」羣輔録載當時語曰：「天下才英趙仲經。」顧氏説非也。』澍按：范書趙典有專傳。黨錮列傳乃謂僅以名見，似自相矛盾。詳究范意，蓋言典但名列八俊而已，實不在逮捕書名之數。故桓帝崩，典以藩國諸侯解印綬符策付縣，馳到京師，公卿百僚嘉典之義，表典篤學博聞，宜備國師。會病卒。不列于鉤黨可知也。典傳無一語及黨事，讀者可參考而得矣。」按：顧炎武以爲有兩趙典，何注以典與李膺並號「八俊」爲由，稱顧氏之説非。陶注以爲范曄後漢書趙典傳與黨錮列傳似相矛盾，典但名列「八俊」而已，實不是「鉤黨」，趙典傳「無一語及黨事」。洪亮吉四史發伏考證當時無兩趙典：「今案十七卷（指范曄後漢書）中有趙典傳，注引謝承後漢書：靈帝即位，典與竇武、王暢、陳蕃等謀共誅中常侍曹節等，皆下獄自殺。校其行事，則十七卷中之趙典，與此斷非兩人。且下卷郭泰傳即云太常趙典舉泰有道，則八俊中之著名者，李、杜、王、趙爲最，范史何憒之耶！又昆山顧氏謂有兩趙典，蓋因典傳言病卒於家，而注引謝承書下獄自殺，故疑兩人……」綜合以上諸家之説，有幾個疑點亟須考索：一、趙典是否「鉤黨」？陶注以爲趙典不列於「鉤黨」。其説未免武斷。范曄後漢書黨錮列傳謂趙典爲「八俊」之一。而「八俊」是黨人中的中堅力量。「八俊」及天下善士，悉離禍毒，幾乎被一網打盡。趙典豈能幸免？後漢書趙典傳章懷注引謝承後漢書云「靈帝即位，典與竇武、王暢、陳蕃等謀共誅滅宦官」。又後漢書卷六五皇甫規傳載：桓帝永康元年（一六七），「其夏日食，詔公卿舉賢良方正，下問得失。規對曰：……前太尉陳蕃、劉矩，忠謀高世，廢在里巷；劉祐、馮緄、趙典、尹勳，正直多怨，流放家門。」所言鉤黨之禍對賢能正直之士的傷害。由此可見，趙典是黨人中的主要人物，陶澍之説不合歷史事實。二、趙典之死的真相。范曄後漢書趙典傳謂典「病卒」，即死於家。然章懷注引謝承後漢書稱「下獄誅」。章懷之注，其實是糾正范書「會病卒」的説法。考袁宏後漢紀卷二三：「於是故司空王暢、太常趙典、大司空劉祐、長樂少府李膺、太僕杜密、尚書荀緄、朱寓、魏朗、侍中劉淑、劉瑜，左中郎將丁栩、潁川太守巴肅、沛相荀昱、議郎劉儒、故掾范滂，皆下獄誅。」所記與謝承書完全一致。故袁宏紀、謝承書確鑿證明，趙典誅於獄中，且是著名黨人。范曄後漢書黨錮列傳謂杜密、李膺等百餘人皆死獄中，宦官又一切指爲黨人，死徙廢禁者又六七百人。趙典爲黨人中的佼佼者，豈能享其天年？三、爲何趙典傳中「無一語及黨事」？此可能是范曄當年撰趙典傳，所見材料或經趙典後人刪改之故。洪亮吉稱范史糊塗，趙典傳果憒憒也。四、當時是否有兩趙典？趙典傳云：「趙典字仲經，蜀郡成都人也。」四八目亦云「蜀郡成都趙典」。同是桓、靈之際，豈有兩趙典，並同字仲經、同爲蜀郡成都人此等事耶？

〔九〕八俊：後漢書卷六七黨錮列傳：「李膺、荀昱、杜密、王暢、劉祐、魏朗、趙典、朱寓爲八俊。俊者，言人之英也。」

有道太原介休郭泰，字林宗〔一〕。太常陳留圉夏馥，字子治〔二〕。尚書令河南鞏尹勳，字伯元〔三〕。河南尹太山平陽羊陟，字嗣祖〔四〕。議郎東郡陽發劉儒，字叔林〔五〕。冀州刺史陳國項蔡衍，字孟喜〔六〕。潁川太守渤海東城巴肅，字恭祖〔七〕。議郎南陽安衆宗慈，字孝初〔八〕。

右八顧〔九〕。

【校記】

東郡陽發　「陽發」，汲古閣本、李本作「發」，脱「陽」字。陶注：「陽發，李本、何本、汲古閣本俱作『陽平』。何校宣和本作『陽發』。」按，漢書卷二八上地理志上：東郡有縣陽平，無「陽發」。查後漢書卷六七劉儒傳，儒爲東郡陽平人。故作「陽平」是。

東城巴肅　「巴肅」，汲古閣本作「巴蕭」。按，作「巴肅」是。巴肅，後漢書卷六七有傳。

【箋注】

〔一〕郭泰：汲古閣本注：「天下和雍郭林宗。」李注、陶注同。按，郭泰，後漢書卷六八有傳。

〔二〕夏馥：汲古閣本注：「天下慕恃夏子治。」李注、陶注同。陶注又云：「後漢書：馥未仕。此云太常，疑誤。」按，夏馥，後漢書卷六七有傳。

〔三〕尹勳：汲古閣本注：「天下英藩尹伯元。」李注、陶注同。按，尹勳，後漢書卷六七有傳。

〔四〕羊陟：汲古閣本注：「天下清苦羊嗣祖。」李注、陶注同。陶注又云：「後漢書：陟，太山梁武人。此作『平陽』，太山郡屬無平陽，疑誤。」按，羊陟，後漢書卷六七有傳。

〔五〕劉儒：汲古閣本注：「天下瑤金劉叔林。」按，劉儒，後漢書卷六七有傳。

〔六〕蔡衍：汲古閣本注：「天下雅志蔡孟喜。」李注、陶注同。按，蔡衍，後漢書卷六七有傳。

〔七〕巴肅：汲古閣本注：「天下卧虎巴恭祖。」李注、陶注同。陶注又云：「後漢書：肅，渤海高城人。此作『東城』，誤。又肅歷慎令、貝丘長，稍遷，拜議郎，亦無爲潁川太守事。」按，巴肅，後漢書卷六七有傳。

〔八〕宗慈：汲古閣本注：「天下通儒宗孝初。」李注、陶注同。按，宗慈，後漢書卷六七有傳。

〔九〕八顧：汲古閣本注：「後漢書無劉儒，有范滂。」李注、陶注同。

御史中丞汝南召陵陳翔，字子麟〔一〕。衛尉山陽高平張儉，字元節〔二〕。太尉掾汝南細陽范滂，字孟博〔三〕。蒙令山陽高平檀敷，字文友〔四〕。洛陽令魯國孔昱，字世元〔五〕。太山太守渤海重合范康，字仲真〔六〕。太尉掾南陽棘陽岑晊，字公孝〔七〕。鎮南將軍荆州牧武城侯山陽高平劉表，字景升〔八〕。

右八及〔九〕。

【校記】

范康　汲古閣本、李本皆作「苑康」。陶注：「惠棟曰：『范，當作苑。』澍按：范書荀淑傳作『渤海苑康』。」按，集聖賢羣輔録下「八龍」云「渤海苑康」，又後漢書卷六七有苑康傳，可證作「苑康」是。

八及　汲古閣本誤作「八友」。

【箋注】

〔一〕陳翔：汲古閣本注：「海内貴珍陳子麟。」李注、陶注同。陶本又云：「後漢書作『子麟』。」

〔二〕張儉：汲古閣本注：「海内忠烈張元節。」李注、陶注同。

〔三〕范滂：汲古閣本注：「海内謇諤范孟博。」李注、陶注同。陶注又云：「何注：後漢書作

『征羌人』。澍按：章懷注引謝承後漢書作『汝南細陽人』。此用謝書也。」

〔四〕檀敷：汲古閣本注：「海内通士檀文友。」李注、陶注同。

〔五〕孔昱：汲古閣本注：「海内才珍孔世元。後漢書云字元世。」李注、陶注同。

〔六〕范康：汲古閣本注：「海内彬彬范仲真。」李注、陶注同。

〔七〕岑晊：汲古閣本注：「海内珍好岑公孝。」李注、陶注同。

〔八〕劉表：汲古閣本注：「海内所稱劉景州。」李注、陶注同。

〔九〕八及：汲古閣本注：「後漢書無范滂，有翟超。」李注、陶注同。

少府東萊曲城王商，字伯義〔一〕。郎中魯國蕃嚮，字嘉景〔二〕。北海相陳留己吾秦周，字平王〔三〕。侍御史太山奉高胡母班，字季皮〔四〕。太尉掾潁川［潁］陰劉翊，字子相〔五〕。冀州刺史東平壽張王孝，字文祖〔六〕。陳留相東平壽張張邈，字孟卓〔七〕。荆州刺史山陽湖陸度尚，字博平〔八〕。

右皆傾財竭已，解釋怨結，拯救危急，謂之「八廚」〔九〕。從三君至此並見三君八俊録〔一〇〕。

【箋注】

〔一〕王商：汲古閣本注：「海内賢智王伯義。後漢書作王章。」李注、陶注同。陶注又云：「今范書黨錮傳，八廚有王章。又云：『郎中王璋，字伯儀。』惠棟曰：『蔡邕王子喬碑有相國東萊王章，字伯義。水經注引作王璋。然則章當作璋。儀當作義。義同誼，與儀異。』澍按：古文璋、章通，見管子。至義與智爲韻，作儀誤也。」

〔二〕蕃嚮：汲古閣本注：「海内修整蕃嘉景。」李注、陶注同。陶注又云：「章懷注：『蕃音皮。』顧炎武曰：『皮，古音婆。漢人讀鄱音婆，不知皮之爲婆，遂讀蕃爲毗矣。胡三省以爲皮字乃傳寫反字之誤，亦非。』」

〔三〕秦周：汲古閣本注：「海内貞良秦平王。」李注、陶注同。

〔四〕胡母班：汲古閣本注：「海内珍奇胡母季皮。」李注、陶注同。

〔五〕劉翊：汲古閣本注：「海内光光劉子相。」李注、陶注同。陶注又云：「後漢書獨行傳：劉翊，潁川潁陰人。此疑脱一『潁』字。」

〔六〕王考：汲古閣本注：「海内依怙王文祖。」李注、陶注同。陶注又云：「後漢書黨錮傳作『王考』。」

〔七〕張邈：汲古閣本注：「海内嚴恪張孟卓。」李注、陶注同。

〔八〕度尚：汲古閣本注：「海内清明度博平。」李注、陶注同。陶注又云：「三君八俊録：清明，作『清平』。」

〔九〕八廚：汲古閣本注：「後漢書無劉翊，有劉儒。」李注、陶注同。後漢書卷六七黨錮列傳：「廚者言能以財救人者也。」

〔一〇〕三君八俊録：姚振宗後漢藝文志卷二：「按陶淵明四八目載竇武、陳蕃、劉淑三君而下三十五人，並云見三君八俊録。其中『八及』作『八友』，又『八顧』中有劉儒，無范滂。『八友』中有范滂，無翟超。『八廚』中有劉翊，無劉儒，並與黨錮傳所載異。據袁、范兩書，知是録起於太學諸生，或亦編入漢末名士傳、海内士品録諸書中。」

太丘長潁川陳寔，字仲弓。寔子大鴻臚紀，字元方。紀弟司空掾諶，字季方〔一〕。

右並以高名，號曰「三君」。見甄表狀及邯鄲淳紀碑〔二〕。

【箋注】

〔一〕「陳寔」以下數句：陳寔與子元方、季方，見後漢書卷六二陳寔傳。

〔二〕甄表狀：魏明帝撰。邯鄲淳紀碑：即邯鄲淳撰陳紀碑。略曰：「顯考以茂行，崇冠先儔，弟亦以英才知名當世。孝靈之初，並遭黨錮，俱處於家，號曰『三君』。」（古文苑一九）

陶淵明集卷之十

集聖賢羣輔録下

太尉河南杜喬，字叔榮〔一〕。太常燉煌張奂，字然明〔二〕。侍中河内向詡，字甫興〔三〕。太傅汝南陳蕃，字仲舉〔四〕。太尉沛國施延，字君子〔五〕。少府潁川李膺，字元禮〔六〕。司隸沛國朱寓，字季陵〔七〕。太僕潁川杜密，字周甫〔八〕。大鴻臚潁川韓融，字元長〔九〕。司空潁川荀爽，字慈明〔一〇〕。司空清河房植，字伯武〔一一〕。聘士彭城姜肱，字伯淮〔一二〕。太尉下邳陳球，字伯真〔一三〕。司空山陽王暢，字叔茂〔一四〕。徵士陳留申屠蟠，字子龍〔一五〕。衛尉山陽張儉，字元節〔一六〕。大司農北海鄭玄，字康成〔一七〕。徵士樂安冉璆，字孟玉〔一八〕。太尉漢中李固，字子堅〔一九〕。有道太原郭泰，字林宗〔二〇〕。益州刺史南陽朱穆，字公叔〔二一〕。尚書會稽魏朗，字少英〔二二〕。聘士豫章徐穉，字孺子〔二三〕。度遼將軍安定皇甫規，字威明〔二四〕。

右魏文帝初爲丞相魏王所旌表二十四賢。後，明帝乃述撰其狀。見文帝令及甄表狀。

【箋注】

〔一〕杜喬：汲古閣本注：「狀：喬治易、尚書、禮記、春秋，晚好老子，隱居不仕。年四十爲郡功曹，立朝正色，有孔父之風。」李注、陶注同。

〔二〕張奐：汲古閣本注：「狀：奐廉方亮直，學該羣籍。前後七徵十要，三爲邊將，財貨珍寶，一無所取。矯王孫裸形，宋司馬爲石槨，幅巾時服，無棺而葬焉。」李注、陶注同。陶注又云：「李公焕本、汲古閣本作『前後七徵十要』。何孟春本作『前後仕進，十要銀艾』。惠棟後漢書補注引甄表狀作『七徵十要』。此何據後漢書『十要銀艾』改耳。孔平仲曰：『銀，即印；艾，即緑綬。課之十要者，一官一佩之也。』」

〔三〕向詡：汲古閣本注：「狀：詡博覽羣籍，兼好黄老玄虚，泊然肆志，不慕時倫，積三十年。」李注、陶注同。陶注又云：「後漢書獨行傳作『向栩』。」

〔四〕陳蕃：汲古閣本注：狀：「蕃瓌偉秀出，雅亮絶倫。學該墳典，忠壯謇諤。」又曰：「明允貞亮，與大將軍竇武，志匡社稷，機事不密，爲羣邪所害。」李注、陶注同。

〔五〕施延：汲古閣本注：「狀：延清公絜白，進士許國，臨難不顧，名著漢朝。」李注、陶注同。陶注又云：「惠棟曰：延以選舉貪汙策罷。甄表狀似非實録，故范書無傳。」

〔六〕李膺：汲古閣本注：「狀：膺承三公之後，生高絜之門，少履清節，非法不言。英聲宣於華夏，高名冠於搢紳。」李注、陶注同。

〔七〕朱寓：汲古閣本注：「一名詡，右一人訪其中正，無識知行狀者，告本郡訪問，耆老識寓云：『桓帝時遭難，無後。』」李注、陶注同。

〔八〕杜密：汲古閣本注：「狀：密清高雅達，名播四海，歷統五郡，恩惠化民。」李注、陶注同。

〔九〕韓融：汲古閣本注：「狀：融聰識知機，發於岐嶷，時人名之曰『窮神知化』。兄弟同居，至於没齒。處卿佐之位且二十年，奉身守約，不隕厥問。」李注、陶注同。

〔一〇〕荀爽：汲古閣本注：「狀：爽年十二，隨父在公府，羣公卿校，咸丈人也。或遣進奏，或親候從，儒林歸服，究極篇籍。」李注、陶注同。

〔一一〕房植：汲古閣本注：「狀：植少履清苦，孝友忠正，歷位州郡，政成化行。既登三事，靖恭袞職，雖季文相魯，晏嬰在齊，清風高節，不是過也。」李注、陶注同。

〔一二〕姜肱：汲古閣本注：「狀：肱禀履玄知，立性純固，事親至孝。五十而慕，學綜六藝，窮通究微，行隆華夏，名播四海。」李注、陶注同。

陶注同。

〔一三〕陳球：汲古閣本注：「狀：球清高忠直，孝靈中年，欲誅黄門常侍，以此遇害。」李注、陶注同。

〔一四〕王暢：汲古閣本注：「狀：暢雅性貞實，以禮文身，居家在朝，節行異倫。」李注、陶注同。

〔一五〕申屠蟠：汲古閣本注：「狀：蟠年九歲喪父，號泣過於成人，未嘗見齒。每至父母亡日，三日不食，在家側致甘露、白雉，以孝稱。州郡表其門閭，徵聘不就，年七十二終於家。」李注、陶注同。

〔一六〕張儉：汲古閣本注：「狀：儉體性忠直，閨門孝友，臨官賞罰，清亮絶俗。」李注、陶注同。

〔一七〕鄭玄：汲古閣本注：「狀：玄含海岱之純靈，體大雅之洪則。學無常師，講求道奥，敷宣聖範，錯綜其數。作五經注義，窮理盡性也。」李注、陶注同。

〔一八〕冉璆：汲古閣本注：「狀：璆體清純之性，蹈高絜之行，前後十五辟，皆不就。除高唐令，色斯而舉。時陳仲舉、李元禮、陳仲弓，皆歎其高風。」李注、陶注同。陶注又云：「後漢書陳蕃傳：周璆，子孟玉。此作『冉』，誤。」

〔一九〕李固：汲古閣本注：「狀：固當順、桓之際，號稱名臣。大將軍梁冀惡直醜正，害其道。桓帝即位，遂死於讒。」李注、陶注同。

〔二〇〕郭泰：汲古閣本注：「狀：泰器量弘深，孝友貞固，名布華夏，學冠羣儒，州郡禮命，曾不旋軌。辟司徒，徵有道，並不屈。」李注、陶注同。

〔二一〕朱穆：汲古閣本注：「狀：穆中正嚴恪，有才數明見。初補豐令，政平民和，有處子賤之風。上書陳損益，辭切情至。」李注、陶注同。

〔二二〕魏朗：汲古閣本注：「狀：朗資純美之高亮，幹輔國朝，忠謇正直之節，播於京師。」李注、陶注同。

〔二三〕徐稺：汲古閣本注：「狀：稺妙德高偉，清英超世，前後三徵，未嘗降志。抗名山棲，養志浩然，有夷齊之高，蘧伯玉卷舒之術。」李注、陶注同。

〔二四〕皇甫規：汲古閣本注：「狀：規少有歧嶷正直之節，對策指刺黄門。梁冀不能用，退隱山谷，敦樂詩書。」李注、陶注同。

太常燉煌張奐，字然明〔一〕。度遼將軍安定皇甫規，字威明。太尉武威段熲，字紀明。

右涼州三明，並著威名於桓、靈之世，悉名士也〔二〕。見續漢書。

【箋注】

〔一〕張奐：汲古閣本注：「爲度遼將軍，幽、并清静，吏民歌之。徵拜大司農，賜錢，除家一人爲郎，辭不受。願徙居華陰，故始爲弘農人。」李注、陶注同。

〔二〕「涼州三明」數句：張奐、皇甫規、段熲三人生平同載於後漢書卷六五。段熲傳云：「初，熲與皇甫威明、張然明，並知名顯達，京師稱爲『涼州三明』云。贊曰：山西多猛，『三明』儷蹤，戎驂糾結，塵斥河潼。規、奐審策，亟遏囂凶。文會志比，更相爲容。段追兩狄，束馬縣鋒。紛紜騰突，谷静山空。」讚美「涼州三明」抗擊諸羌，立功邊塞。

韋權，字孔衡。權弟瓚，字孔玉。瓚弟矩，字孔規。

右太尉韋子才之三子。皆修仁義，兄弟孝友。逢盜賊，一人病不能去。兄弟相慕，兵至俱死，時人稱之，號「韋三義」。見三輔決録。

【校記】

權弟瓚　汲古閣本無「權」字。

兄弟相慕　「慕」，陶本原校：「汲古閣本作『保』。」

荀儉，字伯慈〔一〕。儉弟緄，字仲慈〔二〕。緄弟靖，字叔慈〔三〕。靖弟燾，字慈光〔四〕。燾弟汪，字孟慈〔五〕。汪弟爽，字慈明〔六〕。爽弟肅，字敬慈〔七〕。肅弟旉，字幼慈〔八〕。

右朗陵令潁川荀季和之八子，並有德業，時人號之「八龍」。居西豪里。渤海宛康，知名士也〔九〕，時爲潁陰令，美之曰「高陽氏有才子八人」。遂改所居爲高陽里。見張璠漢紀及荀氏譜。

【校記】

靖弟燾　「燾」，汲古閣本作「壽」。

燾弟汪　「燾」，汲古閣本作「壽」。

號之八龍　汲古閣本無「之」字。

潁陰令　「令」，汲古閣本作「今」，非。

【箋注】

〔一〕荀儉：汲古閣本注：「漢侍中悦之父。」李注、陶注同。

〔二〕儉弟緄：汲古閣本注：「濟南相漢光禄大夫；彧之父，年六十六。」李注、陶注同。

〔三〕緄弟靖：汲古閣本注：「或問汝南許劭：『靖、爽孰賢？』劭曰：『二人皆玉也。慈明外朗，叔慈内潤。』靖隱身修學，動必以禮。太尉辟，不就。年五十五。」李注、陶注同。

〔四〕靖弟壽：汲古閣本注：「舉孝廉，年七十。」李注、陶注同。

〔五〕壽弟汪：汲古閣本注：「昆陽令，年六十。」李注、陶注同。

〔六〕汪弟爽：汲古閣本注：「公車徵爲平原相，遷光禄勳、司空。出自巖藪，九十三日，遂登臺司。年六十三。」李注、陶注同。

〔七〕爽弟肅：汲古閣本注：「守舞陽令，年五十。」李注、陶注同。

〔八〕肅弟旉：汲古閣本注：「司徒掾，年七十。」李注、陶注同。陶注又云：「後漢書章懷注：『旉』，本作『敷』。」

〔九〕宛康：陶注：「後漢書荀淑傳作『苑康』。宛、苑通，作『范』則非也。」按，陶注謂宛、苑通，是也。詩唐風山有樞：「宛其死矣，他人是愉。」馬瑞辰通釋：「宛即苑之假借。」

公沙紹，字子起。紹弟孚，字允慈〔一〕。孚弟恪，字允讓。恪弟逵，字義則。逵弟樊，字義起。

右北海公沙穆之五子。並有令名，京師號曰「公沙五龍，天下無雙。」穆亦名士也〔二〕。見魏明帝甄表狀及後漢書。

【箋注】

〔一〕紹弟孚：汲古閣本注：「北海耆舊傳稱：孚與荀爽共約，出不得事貴勢。而爽當董卓時，脱巾未百日，位至司空。後相見，以爽違約，割席而坐。」後漢書卷八二下公沙穆傳章懷注：

「謝承書曰：『穆子孚，字允慈，亦爲善士。舉孝廉、尚書侍郎、召陵令，上谷太守也。』」

〔二〕「公沙穆之五子」以下數句：陶注：「惠棟後漢書補注：『袁山松書曰：「公沙六龍，天下無雙。」范書公沙穆傳亦云「六龍皆知名」。』與此異。」按，公沙穆之奇由後漢書卷八二下公沙穆傳略知：公沙穆字文乂，北海膠東人，長習韓詩、公羊春秋，尤鋭思河洛推步之術。後遂隱居東萊山，學者自遠而至。還弘農令，縣界有螟蟲食稼，穆乃設壇禱，暴雨後螟蟲自銷，百姓稱曰神明。永壽元年，霖雨大水，三輔以東莫不湮没，穆明曉占候，乃豫告令百姓徙居高地，弘農人獨得免害。年六十六卒官。六子，皆知名。

膠東令盧汜昭，字興先。樂城令剛戴祁，字子陵。潁陰令剛徐晏，字孟平。涇令盧夏隱，字叔世。州別駕蛇丘劉彬，字文曜〔一〕。

右濟北五龍。少並有異才，皆稱神童。當桓、靈之世，時人號爲「五龍」。見濟北英賢傳。

【校記】

戴祁　陶本原校：「各本作『戴祈』，何校宣和本作『戴祁』。」

【箋注】

〔一〕文曜：汲古閣本注：「一作世州。」李注、陶注同。

孝廉杜陵金敞，字元休〔一〕。上計掾長陵第五巡，字文休〔二〕。上計掾杜陵韋端，字甫休〔三〕。

右同郡齊名，時人號之「京兆三休」，並以光和元年察舉。見三輔決録。

【箋注】

〔一〕金敞：汲古閣本注：「位至兗州刺史。」李注、陶注同。

〔二〕第五巡：汲古閣本注：「興先之子。興先名種，司空伯魚之孫，名士也。不詳巡位所至，時辟太尉掾。」李注、陶注同。

〔三〕韋端：汲古閣本注：「位至涼州牧、太尉。」李注、陶注同。陶注又云：「章懷後漢書荀彧傳注：『端從涼州牧徵爲太僕。』此作『太尉』，疑誤。」

晉宣帝河南司馬懿，字仲達。魏司空潁川陳羣，字長文。中領軍譙朱鑠，字彦才。侍中濟陰吴質，字季重。

右魏文帝四友。見晉紀。

魏步兵校尉陳留阮籍，字嗣宗。中散大夫譙嵇康，字叔夜。晉司徒河内山濤，字巨源。建威參軍沛劉伶，字伯倫。始平太守陳留阮咸，字仲容〔一〕。散騎常侍河内向秀，字子期。司徒琅邪王戎，字濬仲。

右魏嘉平中，並居河内山陽，共爲竹林之遊，世號「竹林七賢」。見晉書、魏書，袁宏、戴逵爲傳，孫統又爲讚〔二〕。

【校記】

濬仲　汲古閣本、李本作「濬沖」，陶本原校作「濬仲」，云：「各本作『濬沖』，何校宣和本作『濬仲』。」澍按：諸書皆作『濬沖』，惟嵇康别傳作『濬仲』，與此合。」

【箋注】

〔一〕仲容：汲古閣本注：「籍兄子。」

〔二〕「見晉書」以下數句：竹林七賢之軼事，江左著于史傳者甚多。各家晉書之外，又有戴逵竹林七賢論二卷、袁宏名士傳三卷、孟仲暉七賢傳七卷。餘如謝萬七賢嵇中散傳、顧愷之畫讚。孫統曾作七賢讚，惜早佚不可得見。

吴範相風〔一〕，劉惇占氣〔二〕，趙達筭〔三〕，皇象書〔四〕，嚴子卿棋〔五〕，宋壽占夢〔六〕，曹不興畫〔七〕，孤城鄭姥相〔八〕。

右吴「八絶」。見張勃吴録〔九〕。

【箋注】

〔一〕吴範相風：汲古閣本注：「吴人。」李注、陶注同。按，吴範字文則，會稽上虞人，以治曆數、知風氣聞於郡中。會孫權起於東南，範委身服事，每有災祥，輒推數言狀，其術多效，遂以顯名。黄武五年（二二六），病卒。（詳見三國志吴書吴範傳）

〔二〕劉惇占氣：汲古閣本注：「河内人。」李注、陶注同。按，劉惇字子仁，平原人，避亂至吴，事孫輔，以明天官達占數顯于南土。每有水旱寇賊，皆先時處期，無不中者。輔異焉，以爲軍師，軍中咸敬事之，號曰神明。惇於諸術皆善，尤明太乙，皆能推演其事，窮盡要妙，著書百餘篇，名儒刁玄稱以爲奇。（詳見三國志吴書劉惇傳）

〔三〕趙達筭：汲古閣本注：「河内人。」李注、陶注同。按，趙達，河南人。謂東南有王者氣，避難渡江至吴。治九宫一算之術，究其微旨，是以能應機立成，對問若神，至計飛蝗，射隱伏，無不中效。達寶愛其術，秘而不告他人。以至孫權問其法，亦終不語，由此見薄，禄位不至。自算死期，後如期死。孫權聞達有書，求之不得，乃録問其女，及發達棺無所得，法術絶焉。（詳見三國志吴書趙達傳）

〔四〕皇象書：汲古閣本注：「廣陵人。」李注、陶注同。按，三國志吴書趙達傳裴松之注引吴録：「皇象字休明，廣陵江都人。幼工書。時有張子並、陳梁甫能書。甫恨逋，並恨峻，象斟酌其間，甚得其妙。中國善書者不能及也。」

〔五〕嚴子卿棋：汲古閣本注：「名昭武，衛尉畯從子。」李注、陶注同。陶注又云：「三國志注作『嚴武』」。按，三國志吴書趙達傳裴松之注引吴録：「嚴武字子卿，衛尉畯再從子也，圍棋莫與爲輩。」

〔六〕宋壽占夢：汲古閣本注：「十不失一。」李注、陶注同。

〔七〕曹不興畫：汲古閣本注：「爲孫權畫屏風，筆墨悮點，因以爲蠅。後張御坐，權以爲真蠅，手彈不去，方知其非也。」李注、陶注同。

〔八〕孤城鄭姥相：汲古閣本注：「見王粲於童賦。」李本、陶本注：「見王粲於童賤。謂仕必至師傅。後爲太子太傅。」按，李注、陶注是。「童賦」乃「童賤」之訛。鄭姥「見王粲於童賤」，謂識王粲於年幼貧賤時，將來必至師傅。此所謂善相者也。

〔九〕張勃吴録：新唐書卷五八藝文志著録張勃吴録三十卷。三國志吴書裴松之注引吴録特多。諸本注四八目「吴八絶」條，皆引自三國志吴書趙達傳裴松之注引吴録。

陳留董昶，字仲道。琅邪王澄，字平子〔一〕。陳留阮瞻，字千里〔二〕。潁川庾敳，字子嵩〔三〕。陳留謝鯤，字幼輿〔四〕。太山胡毋輔之，字彦國〔五〕。沙門于法龍〔六〕。樂安光逸，字孟祖〔七〕。

右晉中朝八達，近世聞之於故老。

【校記】

董昶　李本云：「晉書隱逸傳作『董養』。」陶本同。按，作「董養」是。世説新語賞譽三六劉孝標注引王隱晉書、謝鯤元化論序，皆稱董養字仲道。

庾敳　「敳」，汲古閣本作「凱」。

【箋注】

〔一〕王澄：晉書卷四三王澄傳載：「時王敦、謝鯤、庾敳、阮脩，皆爲衍所親善，號爲『四友』，而亦與澄狎。又有光逸、胡毋輔之等亦豫焉，酣讌縱誕，窮懽極娱。」同卷樂廣傳：「時王澄、胡毋輔之等，皆亦任放爲達，或至裸體者。」世説新語任誕六劉孝標注引鄧粲晉紀：「澄，放蕩不拘，時謂之達。」

〔二〕阮瞻：汲古閣本注：「一云『阮八百』，『八百』即瞻弟孚，字遥集，朗率多通，故大將軍王敦云：『方瞻有減，故云八百。』」李注、陶注同，唯「瞻弟孚」前少「八百」二字。按，由晉書卷四九阮瞻傳觀之，瞻「性清虚寡欲，自得於懷」，善名理，似非任誕放達之流。而阮孚「爲安東參軍，蓬髮飲酒不以王務嬰心」，「轉丞相從事中郎，終日酣縱，恒爲有司所按」，故有人懷疑阮瞻或爲阮孚。其然世説新語德行二三劉孝標注引王隱晉書曰：「魏末阮籍，嗜酒荒放，露頭散髮，裸袒箕踞。其後貴游子弟阮瞻、王澄、謝鯤、胡毋輔之之徒，皆祖述於籍，謂得大道之本。故去巾幘，脱衣服，露醜惡，同禽獸。甚者名之爲通，次者名之爲達也。」據此，阮瞻爲著名通達者也，未可輕易懷疑。

〔三〕庾敳：晉書卷五〇庾敳傳：「長不滿七尺，而腰帶十圍。雅有遠韻，爲陳留相，未嘗以事嬰心，從容酣暢寄通而已。」

〔四〕謝鯤：晉書卷四九謝鯤傳：「鯤少知名，通簡有高識，不修威儀，好老易，能歌善鼓琴，王衍、嵇紹並奇之。」「鄰家高氏女有美色，鯤嘗挑之，女投梭折其兩齒。時人爲之語曰：『任達不已，幼輿折齒。』鯤聞之，慠然長嘯曰：『猶不廢我嘯歌。』……每與畢卓、王尼、阮放、羊曼、桓彝、阮孚等縱酒。」中朝任達之士，謝鯤最得「竹林七賢」風韻。

〔五〕胡毋輔之：詳見晉書卷四九胡毋輔之傳。

〔六〕于法龍：當是支孝龍。高僧傳卷四支孝龍傳：「淮陽人。少以風姿見重，加復神彩卓犖，高論適時，常披味小品以爲心要。陳留阮瞻、潁川庾凱，並結知音之交，世人呼爲『八達』」。

〔七〕光逸：晉書卷四九光逸傳：「逸渡江依胡毋輔之。初至，屬輔之與謝鯤、阮放、畢卓、羊曼、桓彝、阮孚散髮裸裎，閉室酣飲已累日。逸將排户入，守者不聽。逸便於户外脱衣露頭，於狗竇中窺之而大叫。輔之驚曰：『他人決不能爾，必我孟祖也。』遽呼入，遂與飲，不舍晝夜，時人謂之『八達』。」

裴徽，字文秀〔一〕。裴楷，字叔則〔二〕。裴綽，字季舒〔三〕。裴瓚，字國寶〔四〕。裴邈，字景初〔五〕。裴遐，字叔道〔六〕。裴康，字仲豫〔七〕。裴頠，字逸民〔八〕。王祥，字休徵〔九〕。王戎，字濬仲〔一〇〕。王澄，字平子〔一一〕。王導，字茂弘〔一二〕。王綏，字萬子〔一三〕。王衍，字夷甫〔一四〕。王敦，字處沖〔一五〕。王玄，字眉子〔一六〕。

右河東八裴，琅邪八王〔一七〕，聞之於故老。

【箋注】

〔一〕裴徽：汲古閣本注：「魏冀州刺史。」李注、陶注同。陶注又云：「裴松之魏志裴潛傳注：『潛少弟徽，字文季。』此作『秀』，疑誤。」按，世説新語文學八劉孝標注引永嘉流人名：「徽字文季，河東聞喜人，太常潛之少弟也。仕至冀州刺史。」陶注是。

〔二〕裴楷：汲古閣本注：「徽第三子，晉光禄大夫。」李注、陶注同。

〔三〕裴綽：汲古閣本注：「楷弟，長水校尉。」李注、陶注同。按，世説新語品藻六劉孝標注引王朝目録：「綽字仲舒，楷弟也，名亞於楷，歷中書黄門侍郎。」三國志魏書裴潛傳裴松之注：綽字季舒。河東聞喜裴氏譜亦作「季舒」。

〔四〕裴瓚：汲古閣本注：「楷子，中書郎。」李注、陶注同。

〔五〕裴邈：汲古閣本注：「楷孫，欽子，太傅左司馬。」李注、陶注同。陶注又云：「景初，裴志作『景聲』。」按，世説新語雅量一一：「王夷甫與裴景聲志好不同。」劉孝標注引晉諸公贊曰：

「邈字景聲，河東聞喜人。少有通才，從兄頠器賞之。」作「景聲」是。

〔六〕裴遐：汲古閣本注：「瓚子，太傅主簿。」李注、陶注同。陶注又云：「裴松之三國志注及晉書，皆以遐爲裴綽子。此作『瓚子』，疑誤。」按，河東聞喜裴氏譜：「遐，綽子。」「瓚，楷子。」而綽、楷皆裴徽子，則遐、瓚爲從父兄弟。此作「瓚子」實誤。

〔七〕裴康：汲古閣本注：「徽第二子，太子左率。」李注、陶注同。

〔八〕裴頠：汲古閣本注：「楷孫，季子，晉尚書僕射。」李注、陶注同。陶注又云：「裴注：頠乃潛孫，秀子，楷其從父行。此云楷孫，當是『潛』之誤字。又誤『秀』爲『季』也。」

〔九〕王祥：汲古閣本注：「晉太保。」李注、陶注同。

〔一〇〕王戎：汲古閣本注：「父渾，涼州刺史，祥族子，司徒。」李注、陶注同。

〔一一〕王澄：汲古閣本注：「衍弟，裴綽女壻，荆州刺史。」李注、陶注同。

〔一二〕王導：汲古閣本注：「覽孫，裁子，敦從弟，丞相。」李注、陶注同。

〔一三〕王綏：汲古閣本注：「戎子，早亡，裴康女壻。」李注、陶注同。

〔一四〕王衍：汲古閣本注：「父乂，平北將軍，戎從弟，太尉。」李注、陶注同。

〔一五〕王敦：汲古閣本注：「覽孫，基第二子，大將軍。」李注、陶注同。

〔一六〕王玄：汲古閣本注：「衍子，陳留内史。」李注、陶注同。

〔一七〕「右八裴」二句：世説新語品藻六：「正始中人士比論，以五荀方五陳……又以八裴方八王：裴徽方王祥，裴楷方王夷甫，裴康方王綏，裴綽方王澄，裴瓚方王敦，裴遐方王導，裴頠方王戎，裴邈方王玄。」

魏司空王昶，字文舒〔一〕。昶子汝南太守湛，字處仲〔二〕。湛子東海内史承，字安期〔三〕。承子驃騎將軍述，字懷祖〔四〕。述子安北將軍坦之，字文度〔五〕。

魏尚書僕射杜畿，字伯侯〔六〕。畿子幽州刺史恕，字務伯〔七〕。恕子鎮南將軍預，字元凱〔八〕。預子散騎常侍錫，字世嘏〔九〕。錫子光禄大夫乂，字弘治〔一〇〕。

右太原王、京兆杜，各稱五世盛德，聞之於故老。凡書籍所載及故老所傳，善惡聞於世者，蓋盡於此矣。漢稱田叔、孟舒等十人及田横兩客、魯八儒，史並失其名。夫操行之難，而姓名翳然，所以撫卷長慨，不能已已者也。

【箋注】

〔一〕王昶：王昶，魏志有傳。

〔二〕王湛：何注：「太守，當作『内史』。」陶注：「裴松之魏志王昶傳注亦作太守。」按，魏志裴松之注引晉書云「昶諸子中湛最有德譽」。又世説新語賞譽一七記王湛事甚詳。劉孝標注引鄧粲晉紀曰：「（王湛）隱德人莫之知，雖兄弟宗族亦以爲癡。唯父昶異焉。昶喪，居墓次。兄子濟往省湛，見牀頭有周易，謂湛曰：『叔父用此何爲？頗曾看不？』湛笑曰：『體中佳時，脱復看耳。今日當與汝言。』因共談易，剖析入微，妙言奇趣，濟所未聞，歎不能測。」又注引晉陽秋曰：「濟有人倫鑒識，其雅俗是非，少所優潤。見湛，歎服其德宇。時人謂湛上方山濤不足，下比魏舒有餘。」

〔三〕王承：何注：「内史，當作『太守』。」陶注：「沈約宋書州郡志有太守、有内史。東海稱太守，不稱内史。晉書百官志：『諸王國以内史掌太守之任。』宋志亦云：『漢初，王國置太傅，掌輔導；内史，主治民；丞相，統衆官。成帝更令相治民，如郡太守，省内史。東漢亦置相一人，主治民。晉武帝改太守爲内史，省相，是治王國者稱内史，他郡稱太守，其職一也。』時東海王越，國東海，故承稱東海内史，不稱太守也。」按，晉書卷七五王承傳謂東海王越鎮許，承作其記室參軍，在府數年。承似未至東海國作内史也。「久之，遷東海太守」。言王承由記室參軍遷東海太守。世説新語言語七二劉孝標注引王中郎傳云：「祖東海太守承。」而時人或稱王承爲「王東海」，東海，即東海太守之官號也。

〔四〕王述：何注：「述歷尚書令。此驃騎將軍，贈官也。」

〔五〕王坦之：何注：「坦之官中書令。此安北將軍，亦贈官。」按，晉書卷七五王坦之傳：坦之卒，贈安北將軍，謚曰獻。

〔六〕杜畿：曹操時領西平太守、拜河東太守。曹丕即王位，賜爵關内侯，徵爲尚書，進封豐樂亭侯。追贈太僕，謚曰戴侯。（詳見魏志杜畿傳）

〔七〕杜恕：魏太和中爲散騎黄門侍郎，後爲幽州、荆州刺史。（見魏志杜畿傳、世説新語方正一二劉孝標注引王隱晉書）

〔八〕杜預：杜預智謀淵博，明於治亂，號曰「杜武庫」。起家拜尚書郎，襲祖爵豐樂亭侯。賈充定律令，杜預爲之注解。累遷河南尹、鎮南將軍，都督荆州諸軍事，鎮襄陽。以平吴功封當陽侯。預身不跨馬，射不穿札，而每任大事，輒居將率之列。立功之後，耽思經籍，爲春秋左氏經傳集解，自稱有「左傳癖」，成一家之學，影響後世深遠。（詳見晉書卷三四杜預傳）

〔九〕杜錫：少有盛名，起家長沙王乂文學，累遷太子中舍人。趙王倫篡位，以爲治書御史。惠帝反政，遷吏部郎、城陽太守，不拜。年四十八卒，贈散騎常侍。（附見晉書卷三四杜預傳）

〔一〇〕杜乂：東晉成帝恭皇后之父。性純和，美姿容，有盛名於江左。襲封當陽侯，辟公府掾，爲丹陽丞，早卒。咸康初，追贈金紫光禄大夫，謚曰穆。（詳見晉書卷九三杜乂傳）

八　儒〔一〕

夫子没後，散於天下，設於中國，成百氏之源，爲綱紀之儒〔二〕。居環堵之室，蓽門圭竇，甕牖繩樞，併日而食，以道自居者，有道之儒，子思氏之所行也〔三〕。衣冠中，動作順，大讓如慢，小讓如僞者，子張氏之所行也〔四〕。顔氏傳詩爲道，爲諷諫之儒〔五〕。孟氏傳書爲道，爲疏通致遠之儒〔六〕。漆雕氏傳禮爲道，爲恭儉莊敬之儒〔七〕。仲梁氏傳樂爲道，以和陰陽，爲移風易俗之儒〔八〕。樂正氏傳春秋爲道，爲屬辭比事之儒〔九〕。公孫氏傳易爲道，爲潔浄精微之儒〔一〇〕。

【箋注】

〔一〕宋庠私記説：「八儒、三墨二條，似後人妄加，非陶公本意。四八目之末，陶自爲説曰：『書籍所載及故老所傳，善惡聞於世者，蓋盡於此。』即知其後無餘事矣。」宋庠據淵明之言，疑心八儒、三墨二條似後人妄加，不無道理。方宗誠陶詩真詮則以爲八儒、三墨與集聖賢羣輔録同，仍爲淵明所記「以示諸子」，「後人輯之以附集後耳」。楊勇注非宋庠「陶公本意」説，稱「陶公所謂『盡於此』者，實指四八目而言，不兼及於八儒、三墨可知」；又以今本陶集非陶公手定，陽休之當年所見陶集舊本「編比顛倒，兼復闕少」爲由，以爲此二條仍是陶公所録。然審察四八目與八儒、三墨，兩者有顯著區別二：四八目皆品目人物，雖是抄録書籍所載及聞之故老，但體例統一；八儒、三墨分述儒、墨流派，主旨不在品目人物。此其一。四八目每條後注明材料來源，而八儒出於韓非子，三墨出於莊子，卻不注明材料來源。此其二。由此判斷，八儒、三墨恐非出陶公之手。八儒、三墨之説，始見於韓非子顯學第五十：「世之顯學，儒墨也。儒之所至，孔丘也；墨之所至，墨翟也。自孔子之死也，有子張之儒，有子思之儒，有顔氏之儒，有孟氏之儒，有漆雕氏之儒，有仲良氏之儒，有公孫氏之儒，有樂正氏之儒。自墨子之死也，有相里氏之墨，有相夫氏之墨，有鄧陵氏之墨。故孔、墨之後，儒分爲八，墨離爲三。取舍相反不同，而皆自謂真孔、墨。」

〔二〕「夫子」以下數句：夫子：孔子。綱紀：大綱，法度。荀子勸學：「禮者，法之大分、類之綱紀也。」韓詩外傳卷四：「説皆不足合大道，美風俗，治綱紀。」此謂孔子之學傳於後世，爲各派儒學的綱紀和法度。

〔三〕「居環堵」以下數句：環堵，四周環著每面一方丈的土牆。形容居室狹小簡陋。禮記儒行：「儒者有一畝之宫，環堵之室。」鄭玄注：「環堵，面一堵也。五版爲堵，五堵爲雉。」蓽門：用竹荆編織的門。常指房屋簡陋破舊。孔叢子抗志：「亟臨蓽門，其榮多矣。」圭竇：形狀如圭的牆洞。借指微賤之家的門户。左傳襄公十年：「篳門圭竇之人，而皆陵其上，其難爲上矣！」杜預注：「圭竇，小户，穿壁爲户，上鋭下方，狀如圭也。」子思氏：孔子生鯉字伯魚，伯魚生伋，字子思，作中庸。子思學於曾子，而孟子受業子思之門人。漢書卷三〇藝文志著録子思二十三篇，列儒家，今亡。

〔四〕「衣冠中」以下數句：「衣冠中，動作順，大讓如慢，小讓如僞者」，出於禮記儒行（此節録，文字稍異）。鄭玄注：「中，中間，謂不嚴厲也。如慢如僞，言之不愊怛也。」孔穎達正義：「儒有衣冠中者，中間，言儒者所服衣冠在尋常人之中間，不嚴勵自異也。動作慎者，謂舉動興作，恒謹慎也。其大讓如慢，謂有人以大物與己，己之讓此大物之時，辭貌寬緩如傲慢然。小讓如僞者，言讓其小物，如似詐僞，亦謂寬緩不急切也。」子張氏，論語爲政：「子張學干禄。」鄭玄注：「子張，弟子也。姓顓孫，名師，字子張。」

〔五〕「顔氏」二句：顔氏不知何人。皮錫瑞經學歷史第二篇經學流傳時代説：「韓非子言八儒有顔氏。孔門弟子，顔氏有八，未必即是子淵。」子淵，孔子弟子顔回之字。史記卷六七仲尼弟子列傳記孔門弟子有八：顔回、顔無繇、顔幸、顔高、顔祖、顔之僕、顔噲、顔何。故皮氏説，「未必是子淵」。諷諫，指詩有婉言隱約之語勸諫之功用。

〔六〕「孟氏」二句：史記卷七六孟軻傳：「鄒人也，受業子思之門人。」漢書卷三〇藝文志著録有孟子十一篇。皮錫瑞經學歷史第二篇經學流傳時代説：「趙岐謂孟子通五經，尤長於詩、書之類。今考其書，實與春秋之學尤深。」

〔七〕「漆雕氏」二句：漢書卷三〇藝文志著録有漆雕子十三篇。原注：「孔子弟子漆雕啓後。」按，漆雕啓，論語作漆雕開。開即「啓」也。

〔八〕「仲梁氏」三句：王應麟困學紀聞卷三：「定之方中傳引仲梁子曰：『初立楚宫也。』鄭志：『張逸問仲梁子何時人，答曰仲梁子先師魯人，當六國時，在毛公前。』韓非子『八儒』有仲良氏之儒。」按梁、良通。孔子曰：「移風易俗，莫善於樂。」仲梁氏傳樂，故稱其爲移風易俗之儒。

〔九〕樂正氏：通志卷五八氏族略第四：「樂正氏。」注：「周禮樂正，因官氏焉。孟子魯有樂正子春，曾子弟子。」春秋叙事，文辭雅潔，故稱樂正氏爲屬辭比事之儒。

〔一〇〕「公孫氏」二句：漢書卷三〇藝文志：「公孫尼子二十八篇。注：七十子之弟子。」以爲公孫尼子是孔子弟子。皮錫瑞經學歷史第二篇經學流傳時代説：「沈約以樂記取公孫尼子，或即八儒之公孫氏歟？」易道精微，故稱公孫氏爲潔浄精微之儒。然禮記緇衣篇孔穎達正義説：「劉獻云：公孫尼子所作也。」據此，公孫尼子善説詩，似非傳易者也。

三　墨〔一〕

不累於俗，不飾於物，不尊於名，不忮於衆，此宋銒、尹文之墨〔二〕。裘褐爲衣，跂蹻爲服，日夜不休，以自苦爲極者，相里勤、五侯子之墨〔三〕。俱誦經而背譎不同，相謂別墨以堅白，此苦獲、已齒、鄧陵子之墨〔四〕。

【校記】

不尊於名　「名」，汲古閣本作「人」。

別墨以堅白　「堅白」，李本、陶本作「黑白」，汲古閣本作「堅白」。按，莊子天下篇作「堅白」。今從莊子改爲「堅白」。

已齒　陶本原作「以齒」。按，莊子天下篇作「已齒」，各本亦作「已齒」，今據改。

【箋注】

〔一〕三墨篇内容出於莊子天下篇：「相里勤之弟子五侯之徒，南方之墨者苦獲、已齒、鄧陵子之屬，俱誦墨經，而倍譎不同，相謂別墨。以堅白同異之辯相訾，以觭偶不仵之辭相應，以鉅子爲聖人。」關於墨子死後其學説之流傳，韓非子顯學第五十以爲墨分爲三派。近人梁啓超子墨子學説述墨子學説的傳授，謂有四派：「荀子非十二子篇，以墨翟、宋鈃並舉，莊子天下篇則以墨翟、禽滑釐與宋鈃、尹文對舉各論。然則宋鈃殆一種之別墨也。今據諸説，以推究墨派，可分爲四：一、相里勤、五侯子之徒。得力于勤儉力行者多。二、苦獲、已齒、鄧陵子之徒，得力於論理學者多。三、相夫氏一派，不詳。四、宋鈃、尹文一派，得力於非攻寬恕者多。」（飲冰室專集）

〔二〕「不累於俗」以下數句：莊子天下篇：「不累於俗，不飾於物，不苟於人，不忮於衆，願天下之安寧以活民命，人我之養畢足而止，以此白心，古之道術有在於是者。宋鈃、尹文聞其風而悦之。」成玄英疏：「於俗無患累，於物無矯飾，於人無苟且，與衆無逆忮，立於名行以養蒼生也。」宋鈃、尹文：成玄英疏：「姓宋，名鈃；姓尹，名文。並齊宣王時人，同遊稷下。」宋鈃，即宋榮子。莊子逍遥遊：「而宋榮子猶然笑之。」陸德明釋文：「司馬云：『宋國人也。』崔云：『賢者也。』」韓非子顯學：「宋榮子之議，設不鬬争，取不隨仇，不羞囹圄，見侮不辱，世主以爲寬而禮之。」漢書卷三〇藝文志著録有宋子十八篇。

〔三〕「裘褐爲衣」以下數句：莊子天下篇：「使後世之墨者，多以裘褐爲衣，以跂蹻爲服，日夜不休，以自苦爲極。」跂蹻：成玄英疏：「木曰跂，草曰蹻也。」陸德明釋文：「李云：麻曰屩，木曰屐。屐與跂同，屩與蹻同。一云鞋類也。」相里勤，成玄英疏：「姓相里，名勤，南方之墨師也。」

〔四〕「俱誦經」以下數句：背譎，譎，異。莊子天下篇成玄英疏：「俱誦墨經而更相倍異，相呼爲別墨。」「苦獲、五侯之屬，並是學墨人也。」堅白：謂各墨派互相争論，作堅白之辯。林希逸莊子口義卷一〇：「苦獲、已齒、鄧陵子，三人名也。此三人皆居南方，亦讀墨書，而其譎怪尤倍於墨子。又且其説皆不同，故自名以別墨，言墨之別派也。」

【集説】

陶集流行千年，至清乾隆時編四庫全書，館臣紀昀等作四庫總目提要，始黜北齊陽休之所編陶集十卷本，而是梁蕭統八卷本，説：「昭明太子去潛世近，已不見五孝傳、四八目，不以入集，陽休之何由續得？且五孝傳及四八目所引尚書，自相矛盾，決不出於一手，當必依託之文，休之誤信而增之。以後諸本雖卷帙多少、次第先後各有不同，其竄入僞作，則同一轍，實自休之所編始。庠私記但疑八儒、三墨二條之誤，亦考之不審矣。四八目已經睿鑒指示，灼知其贋，別著録於子部類書而詳辨之，其五孝傳文義庸淺，決非潛作，既與四八目一時同出，其贋亦不待言，今並删除。惟編潛詩文，仍從昭明太子爲八卷。雖梁時舊第，今不可考，而黜僞存真，庶幾猶爲近古焉。」（四庫總目提要卷一四八集部別集類一）紀昀等又舉陶集與集聖賢羣輔録矛盾之處及五孝傳所引經籍句讀的不同，證明五孝傳及四八目是僞作：「且集中與子儼等疏稱子夏爲孔子四友，而此録四友乃爲顔回、子貢、子路、子張。又五孝傳引『孝乎惟孝友于兄弟』之文，句讀尚從包咸注，知未見古文尚書。而此録『四岳』一條，乃引孔安國傳，其出兩手，尤自顯然。」（四庫總目提要卷一三七子部類書類存目一）

四庫總目提要説五孝傳及四八目是僞作，頗有人信從之。例如郭紹虞陶集考辨説：「此五孝傳、四八目二種，原非陶氏所選，四庫全書提要辨之甚明。」（燕京學報，一九三六年十二月第二十期）至逯欽立陶淵明集校注例言，又舉陶集中例子作證：「又集中稱『商山四皓』，率舉黄公和綺里季夏爲代表（飲酒詩云：「咄咄俗中愚，且當從黄綺。」桃花源詩云：「黄綺之商山，伊人亦云逝。」）而此録四皓，乃斷綺里季與夏黄公爲名，並于夏黄公下注云：『姓崔，名廓，字少通，齊人。隱居修道，號夏黄公。見崔氏譜。』四友、四皓均與陶集大相徑庭，所以宋人定八儒、三墨二條爲『後人妄加』（宋庠語）是對的。」

然亦有人以爲集聖賢羣輔録非僞作。陳澧東塾讀書記上卷一云：「陶淵明有五孝傳，或疑後人依託，澧謂不必疑也。蓋陶公於家庭鄉里，以孝經爲教，稱引古實以教之。故其庶人孝傳贊云：『嗟爾衆庶，鑒兹前式。』」方宗誠陶詩真銓云：「集聖賢羣輔録此卷前人有文辨之，以爲非淵明作。予謂此或淵明偶以書籍所載，故老所傳，集録之以示諸子，識故實、廣見聞，非著述也。八儒、三墨，大抵亦記故事以示諸子，後人輯之以附集後耳。謂爲著述則淺之乎視淵明矣。謂非淵明書，亦似不然。陸象山稱淵明知道，陸桴亭稱淵明可以從祀于文廟，予深以爲然。」以爲集聖賢羣輔録非著述，集録前代故實以示諸子。方氏之見，可備一説。

以下重點辨析四庫提要以爲五孝傳及集聖賢羣輔録是僞作的幾條證據。

一、陶集編輯的最初面貌，保存在蕭統陶淵明集序及陽休之陶集序録之中，而尤以後者更有價值。陽休之説：「余覽陶潛之文，辭采雖未優，而往往有奇絶異語，放逸之致，棲托仍高。其集先有兩本行於世，一本八卷，無序；一本六卷，并序目，編比顛亂，兼復闕少。蕭統所撰八卷，合序目誄傳，而少五孝傳及四八目，然編録有體，次第可尋。余頗賞潛文，以爲三本不同，恐終至亡失，今録統所闕并序目等，合爲一帙，十卷，以遺好事君子。」（陶澍靖節先生集注卷首諸本序録）這段文字，保存着陶集問世之初的多重密碼。一是可知陽休之之前陶集有三本，先前行世有八卷本、六卷本兩本，八卷本無序，六卷本「編比顛亂」，且不全。蕭統八卷本少五孝傳及四八目，但「編録有體，次第可尋」，品質較高。二是陽休之十卷本是合先前的三卷本爲一本，録蕭統所闕，即是録蕭統八卷本所闕的五孝傳及四八目。

再讀蕭統陶淵明集序：「余愛嗜其文，不能釋手，尚想其德，恨不同時，故更加搜求，粗爲區目。」由「更加搜求」一語推斷，蕭統曾搜求過淵明遺文。須知大凡著名作家的作品，從收集到整理一般多須較長的歲月，何況在古代，傳播途徑單一，速度又慢。陶淵明詩文在劉宋初已開始流傳，至梁初雖已有百年，但遺落人間者尚有，否者蕭統不會「更加搜求」。然雖廣加搜求，卻仍少五孝傳及四八目。由此産生一個疑問：依常理推測，陶淵明詩文必由江南漸漸流傳至江北。五孝傳、四八目存於天壤之間，應當最有可能在江南，然後纔是江北。何以北方的陽休之能見到五孝傳及四八目，江南的蕭統却反而搜求未見？此疑問有兩種解釋：一、蕭統確實搜求未見。蕭統短命，剛過而立之年即告别人世，編輯陶淵明集時，大概二十多歲。陽休之壽長，于隋開皇二年（五八二）卒，年七十四。雖年少蕭統僅十年，卻在蕭統死後有五十年時間閲世、讀書、著述。蕭統當年未見五孝傳、四八目，陽休之却見到了，這並非不合情理。二、蕭統搜求已見，但不編入陶集。鄙意以爲這種解釋更爲合理。據陽休之陶集序録，「先有兩本行於世」。此兩本陶集成於何人，編於何時，皆不可考。然體會其叙述次序，兩本陶集當先于蕭統八卷本。據鮑照有學陶彭澤體詩，而鮑照生活年代稍後於陶淵明，則説明淵明故世不久，他的詩文就開始流傳，並引起作家的仿效。至南齊，著名詩人江淹模擬陶詩，作擬陶徵君田居，風格逼近陶詩，幾可亂真。江淹距淵明之卒，不過數十年間事，亦説明陶詩流布漸廣，深受時人喜愛。由此種文學現象推測，陽休之見到的先行於世的兩本陶集，當編成於淵明逝世不久。既然陽休之見到此兩本陶集，蕭統必定也會見到。

然則蕭統八卷本不編入五孝傳及集聖賢羣輔録，當有其他原因。鄙意以爲同蕭統對陶淵明作品的審美評價有關。蕭統高度讚美淵明之文，説：「其文章不羣，詞采精拔，跌盪昭章，獨超衆類，抑揚爽朗，莫之與京。横素波而傍流，干青雲而直上。語時事則指而可想，論懷抱則曠而且真。」綜觀蕭統選録前代文學作品，歷來注重作品本身的文學價值。特出的例子是他編輯文選，選録作品的重要標準是「事出於沉思，義歸乎翰藻」，即既有精心構思，又文采斐然。反觀五孝傳及集聖賢羣輔録，純是抄録古書，既非「事出於沉思」，亦非「義歸乎翰藻」。讀之乏味，與「文章不羣，辭采精拔」相去太遠。蓋蕭統以爲此兩篇不美，與淵明其他文章不倫不類，故删而去之。

宋人曾集抄録陶淵明詩文爲一編，作序説：「去其卷第與夫五孝傳以下四八目雜著，所爲犯是不韙，非敢有所去取，直欲嚅嚌真淳，吟詠情性，以自適其適，尚庶幾所謂遺馳競之情，袪鄙吝之心者，雖以是獲罪世之君子，亦不辭也。」曾集刻陶集，删去五孝傳、四八目，乃出於「直欲嚅嚌真淳，吟詠情性，以自適其適」的原因。蓋五孝傳、四八目這些雜著，不具有美感，不能使人獲得情性上的適意，故曾集甘冒天下之大不韙，去除五孝傳、四八目，雖獲罪世之君子亦不辭。若以曾集之言，可以很好地解釋蕭統爲什麽不收五孝傳、四八目的原因。

蕭統陶淵明集序又説「更加搜求，粗爲區目，白璧微瑕，惟在閒情一賦」。可見蕭統對於淵明作品作過嚴格審視。陽休之陶集序録稱蕭統八卷本「編録有體，次第可尋」。有體之「體」，義指區分，分别。墨子經上：「體，分於兼也。」孫詒上閒詁：「蓋並衆體則爲兼，分之則爲體。」故從整體中區分稱爲體。蕭統編陶集剔除五孝傳及四八目，若從文體區分來看，確實「編録有體，次第可尋」。

四庫總目提要稱五孝傳及四八目是僞作，最主要依據是蕭統早于陽休之，已不見五孝傳、四八目，不以入集，陽休之何由續得？遂斷然説這兩篇是陽休之所增。此疑問的答案，仍然藏在陽休之序録中。陽休之十卷本是合先前行世的兩本陶集與蕭統八卷本合爲一帙，則五孝傳、四八目必在先前行世的兩本中或其中一本中。陽休之又説「恐終至亡失，今録統所闕并序目」。他所擔憂的「亡失」，其中就包括蕭統不録的五孝傳及四八目。他所説「録統所闕」之「闕」，同樣也包括五孝傳、四八目。細讀陽休之陶集序録，可得出結論：五孝傳、四八目在蕭統編八卷本之前就已存在，即在先前行世的兩本陶集中，或某一本中。因蕭統舊本無五孝傳、四八目，就下結論稱此兩篇乃陽休之所增的僞作，這不合邏輯。

陽休之十卷本收録五孝傳及四八目，這同他「恐終至亡失」的編輯宗旨密切相關。他編輯陶集的主要目的是文獻的保存，而蕭統以審美尺度衡量陶淵明詩文。兩人編輯宗旨迥異，這是造成蕭統八卷本與陽休之十卷本差異的主要原因。

二、四庫總目提要以爲四八目是贋作，另外的依據是陶集内部出現的兩處矛盾。矛盾之一謂與子儼等疏説：「子夏有言：『死生有命，富貴在天。』四友之人，親受音旨。」而集聖賢羣輔録上記：「顔回、子貢、子路、子張。右孔子四友。」矛盾之二謂五孝傳卿大夫孝傳贊引「孝乎惟孝友于兄弟，是亦爲政也」，句讀尚從包咸注，知未見古文尚書。而此録「四岳」一條，乃孔安國傳，其出兩手，尤自顯然。下面逐一考辨之：

「子夏有言」的典故出於論語顔淵：「司馬牛憂曰：『人皆有兄弟，我獨無。』子夏曰：『商聞之矣，死生有命，富貴在天。』」皇侃義疏：「不敢言出己，故云『聞之』。云『死生有命，富貴在天』者，此是我所聞説，不須憂之事也。言死生富貴，皆秉天所得，應至不可逆擾，亦不至不可逆就。」按，孔子四友之中，確實無子夏。孔叢子論書說孔子四友，與集聖賢羣輔録相同，皆指顔回、子貢、子路、子張。子夏雖亦爲孔子高足，但確實不在孔子四友之列。四庫館臣稱淵明與子儼等疏中的子夏爲孔子四友，乃是誤解。「四友之人，親受音旨」，非謂孔子四友親受子夏「死生有命，富貴在天」之音旨。此處「四友之人」，泛指親善之人，以「四友」比況儼等五子，當親受己之音旨也。四庫總目提要先誤解與子儼等疏中的子夏爲孔子四友，然後據此稱與集聖賢羣輔録中的孔子四友相矛盾，進而論證集聖賢羣輔録不出淵明之手。其論據非是，結論自不能成立。再者，「四友之人」一句有異文。曾集刻本、汲古閣本云：一曰「四方之友」。若作「四方之友」，文意亦通。考慮到「四友之人」句有異文，仍稱「四友」爲孔子四友，子夏不在四友之内云云，結論就更靠不住了。

四庫總目提要謂五孝傳引「孝乎惟孝友于兄弟」，是句讀未從包咸注，由此知未見古文尚書；而集聖賢羣輔録上引孔安國古文尚書，由此可見此篇出自他人之手，非淵明作。如此推論，其實並無説服力。「孝乎惟孝友于兄弟」，見於論語爲政，何晏論語集解引包咸注：「孝乎惟孝，美大孝之辭。友于兄弟，善於兄弟。」後夏侯湛昆弟誥曰：「古人有言，孝乎惟孝，友于兄弟。」潘岳閒居賦序：「孝乎惟孝，友于兄弟。」可知兩晉皆從包咸注。書君陳：「王若曰：『君陳！惟爾令德孝恭，惟孝友于兄弟，克施有政。』」按，五孝傳引「孝乎惟孝，友于兄弟」，確實從包咸句讀。此記孔子事，引論語爲政孔子語，從包咸注，有何不可？且自西晉以來，包咸論語注已流行，夏侯湛等文士多用之。若引書君陳，反倒不切合。僅僅因爲五孝傳用包咸論語注，集聖賢羣輔録「四岳」引用古文尚書，便稱五孝傳與集聖賢羣輔録不出於一人之手，這完全不合邏輯。至於四庫館臣説「今四八目已經睿鑒指示，灼知其贋」，以帝王一人之是非定是非，更不足辨矣。

三、逯欽立證五孝傳、四八目之僞，證據多同四庫館臣。新證僅一條，即陶集中商山四皓指黄公和綺里季夏，而四八目斷爲綺里季與夏黄公爲名，「與陶集大相徑庭」。按，飲酒詩説「且當從黄綺」，桃花源詩説「黄綺之商山」，作者並無注明是黄公和綺里季。四八目則記爲：園公、綺里季、夏黄公、角里先生。既然陶詩中「黄綺」並未注明具體名字，逯先生何以見出一定就是「黄公」和「綺里季夏」，與四八目所記的「綺里季」、「夏黄公」，「大相徑庭」？四八目注明商山四皓曰「見漢書及皇甫謐高士傳」。考淵明贈羊長史詩説：「多謝綺與角，精爽今何如？紫芝誰復采，深谷久應蕪。駟馬無貰患，貧賤有交娱。清謡結心曲，人乖運見疎。」所用商山四皓的典故，正來自漢書七二王貢兩龔鮑傳和皇甫謐高士傳。漢書云：「漢興，有園公、綺里季、夏黄公、角里先生。」高士傳云：「一曰東園公，二曰角里先生，三曰綺里季，四曰夏黄公。」贈羊長史詩中「紫芝」、「清謡」，即是高士傳所記四皓避秦，退入藍田山所作歌。由此可證贈羊長史詩中的「綺」是綺里季，不稱「綺里季夏」。更加有力的證據是後漢書卷三五鄭玄傳：孔融特敬重鄭玄，告高密縣特爲玄立一鄉，理由之一是「南山四皓，有園公、夏黄公，潛光隱耀，世加其高，皆悉稱公」。可證漢晉間讀作「夏黄公」、「綺里季」，非讀作「黄公」、「綺里季夏」。如此，飲酒、桃花源詩中的「黄綺」，自然應該是夏黄公和綺里季，這與四八目所記完全相符。

集聖賢羣輔録記叙人物由古至今。兩晉人物「晉中朝八達」、「河東八裴，琅琊八王」、「太原王，京兆杜」數條，或稱「近世聞之故老」，或稱「聞之於故老」。考所記最晚近者，乃東晉安北將軍王坦之。據晉書，坦之卒于東晉孝武帝寧康三年（三七五），陶淵明年幼雖不及見坦之，但日后聞之于故老完全可能。集聖賢羣輔録之末云：「凡書籍所載及故老所傳，善惡聞於世者，蓋盡於此矣。」細味「故老所傳」一語，非親聞故老者不能道也。假若集聖賢羣輔録確是託名淵明之僞作，則此作僞者既然能「聞之於故老」，年紀必定與淵明相當。託名當世人物而作僞，時人必皆知其僞，造作贋品有何意義？假若作僞者在淵明卒後作假，則熟知東晉人物軼事者已不復存在，又何以解釋「聞之於故老」？故鄙意以爲淵明叙兩晉人物，必定親自訪問過故老，此是四八目出於淵明之手的又一依據。

仰慕前賢，爲之立傳或作頌，是漢代以降的一種文化現象，盛行不衰，成爲中國史學的重要方面。隋書卷三三經籍説：「劉向典校經籍，始作列仙、列士、列女之傳，皆因其志尚，率爾而作，不在正史。後漢光武，始詔南陽，撰作風俗，故沛、三輔有耆舊節士之序，魯、廬江有名德先賢之讚。」後漢書卷七三梁鴻傳説：「仰慕前世高士，而爲四皓以來二十四人作頌。」至漢末魏晉，先賢高士的傳記漸多。如海内先賢傳、諸國清賢傳、魯國先賢傳、陳留先賢像讚、聖賢高士傳讚（嵇康撰）、高士傳（皇甫謐撰）、吴先賢傳（陸凱撰）至人高士傳讚（孫綽撰）……其中，「嵇康作高士傳，以叙聖賢之風」（隋書經籍志），影響後世非常深遠。陶淵明集聖賢羣輔録，是漢代以來爲前世高士立傳、作讚風氣的產物，與嵇康高士傳「以叙聖賢之風」的旨趣一脈相承。

淵明終生仰慕古賢，情不能已，屢見乎吟咏。例如詠貧士其二：「何以慰吾懷，賴古多此賢。」其七：「誰云固窮難，邈哉此前修。」詠二疏：「誰云其人亡，久而道彌著。」詠三良：「良人不可贖，泫然沾我衣。」詠荆軻：「其人雖已没，千載有餘情。」至於感士不遇賦遍詠古賢之不遇，「病奇名之不立」，真可謂與古賢惺惺相惜。若比對集聖賢羣輔録與陶詩詠歎古賢的篇章，不難發現兩者之間的聯繫及寫作旨趣的一致。如前者三記伯夷，後者詠夷齊（讀史述九章、飲酒其二）；前者記三良奄息、仲行、鍼虎，後者有詠三良；前者三記顏回，後者詠「顏生稱爲仁」（飲酒十一）；前者記長沮、桀溺、荷條丈人，後者情寄古賢：「遥遥沮溺心，千載乃相關」（庚戌歲九月中於西田獲早稻）；前者記商山四皓，後者寄意四皓：「多謝綺與角，精爽今何如？」（贈羊長史）……其他詠箕子、孔子七十二弟子、二疏（疏廣、疏受）、二仲（求仲、羊仲）、袁安。

詠史即是詠懷。集聖賢羣輔録最後以四語感歎作結：「夫操行之難，而姓名翳然，所以撫卷長慨，不能已已者也。」莫友芝批校陶本於此處説：「觀末四語是靖節懷抱，此四八目二卷決非僞託也。」集聖賢羣輔録之末的深沉感慨，顯然與淵明詩文借詠古賢以抒懷若合符契。因此，實在不能輕易斷定五孝傳和集聖賢羣輔録是贋作。

附録一

誄傳序跋

陶徵士誄 并序

顔延之

夫璿玉致美，不爲池隍之寶；桂椒信芳，而非園林之實。豈期深而好遠哉，蓋云殊性而已。故無足而至者，物之藉也；隨踵而立者，人之薄也。若乃巢、高之抗行，夷、皓之峻節，故已父老堯、禹，錙銖周、漢。而緜世浸遠，光靈不屬，至使菁華隱没，芳流歇絶，不其惜乎！雖今之作者，人自爲量，而首路同塵，輟塗殊軌者多矣。豈所以昭末景，泛餘波？有晉徵士尋陽陶淵明，南岳之幽居者也。弱不好弄，長實素心。學非稱師，文取指達。在衆不失其寡，處言逾見其默。少而貧病，居無僕妾。井臼不任，藜菽不給。母老子幼，就養勤匱。遠惟田生致親之議，追悟毛子捧檄之懷。初辭州府三命，後爲彭澤令。道不偶物，棄官從好，遂乃解體世紛，結志區外，定跡深棲於是乎遠。灌畦鬻蔬，爲供魚菽之祭；織絇緯蕭，以充糧粒之費。心好異書，性樂酒德。簡棄煩促，就成省曠。殆所謂國爵屏貴，家人忘貧者歟！有詔徵著作郎，稱疾不到。春秋若干，元嘉四年月日，卒于尋陽縣之某里。近識悲悼，遠士傷情，冥默福應，嗚呼淑貞。夫實以誄華，名由謚高，苟允德義，貴賤何筭焉。若其寬樂令終之美，好廉克己之操，有合謚典，無愆前志。故詢諸友好，宜謚曰靖節徵士。其詞曰：

物尚孤生，人固介立。豈伊時遘，曷云世及！嗟乎若士，望古遥集。韜此洪族，蔑彼名級。睦親之行，至自非敦。然諾之信，重於布言。廉深簡絜，貞夷粹温。和而能峻，博而不繁。依世尚同，詭時則異。有一於此，兩非默置。豈若夫子，因心違事。畏榮好古，薄身厚志。世霸虚禮，州壤推風。孝惟義養，道必懷邦。人之秉彝，不隘不恭。爵同下士，禄等上農。度量難鈞，進退可限。長卿棄官，稚賓自免。子之悟之，何悟之辯。賦詩歸來，高蹈獨善。亦既超曠，無適非心。汲流舊巘，葺宇家林。晨煙暮靄，春煦秋陰。陳書綴卷，置酒絃琴。居備勤儉，躬兼貧病。人否其憂，子然其命。隱約就閑，遷延辭聘。非直也明，是惟道性。糾纆斡流，冥漠報施，孰云與仁，實疑明智。謂天蓋高，胡諐斯義！履信曷憑，思順何寘？年在中身，疢維痁疾。視死如歸，臨凶若吉。藥劑弗嘗，禱祠非恤。傃幽告終，懷和長畢。嗚呼哀哉！敬述靖節，式遵遺占。存不願豐，没無求贍。省訃却賻，輕哀薄斂。遭壤以穿，旋葬而窆。嗚呼哀哉！深心追往，遠情逐化。自爾介居，及我多暇。伊好之洽，接閻鄰舍。宵盤晝憩，非舟非駕。念昔宴私，舉觴相誨。獨正者危，至方則閡。哲人卷舒，布在前載。取鑒不遠，吾規子佩。爾實愀然，中言而發。違衆速尤，迕風先蹷。身才非實，榮聲有歇。叡音永矣，誰箴余闕。嗚呼哀哉！仁焉而終，智焉而斃。黔婁既没，展禽亦逝。其在先生，同塵往世。旌此靖節，加彼康惠。嗚呼哀哉！

（文選卷五七，中華書局影印胡刻本）

宋書陶潛傳

沈　約

陶潛字淵明，或云淵明字元亮，尋陽柴桑人也。曾祖侃，晉大司馬。潛少有高趣，嘗著五柳先生傳以自況，曰：「先生不知何許人，不詳姓字，宅邊有五柳樹，因以爲號焉。閑静少言，不慕榮利，好讀書，不求甚解，每有會意，欣然忘食。性嗜酒，而家貧不能恒得。親舊知其如此，或置酒招之，造飲輒盡，期在必醉。既醉而退，曾不吝情去留。環堵蕭然，不蔽風日，裋褐穿結，簞瓢屢空，晏如也。嘗著文章自娱，頗示己志，忘懷得失，以此自終。」其自序如此，時人謂之實録。親老家貧，起爲州祭酒，不堪吏職，少日，自解歸。州召主簿，不就。躬耕自資，遂抱羸疾。復爲鎮軍、建威參軍，謂親朋曰：「聊欲弦歌，以爲三逕之資，可乎？」執事者聞之，以爲彭澤令。公田悉令吏種秫稻，妻子固請種秔，乃使二頃五十畝種秫，五十畝種秔。郡遣督郵至，縣吏白應束帶見之，潛嘆曰：「我不能爲五斗米，折腰向鄉里小人！」即日解印綬去職，賦歸去來，其詞曰：「歸去來兮，園田荒蕪胡不歸。既自以心爲形役，奚惆悵而獨悲。悟已往之不諫，知來者之可追。實迷塗其未遠，覺今是而昨非。舟超遥以輕颺，風飄飄而吹衣。問征夫以前路，恨晨光之希微。乃瞻衡宇，載欣載奔。僮僕歡迎，稚子候門。三徑就荒，松菊猶存。攜幼入室，有酒停尊。引壺觴而自酌，眄庭柯以怡顔。倚南窗而寄傲，審容膝之易安。園日涉而成趣，門雖設而常關。策扶老以流憩，時矯首而遐觀。雲無心以出岫，鳥勌飛而知還。景翳翳其将入，撫孤松以盤桓。歸去來兮，請息交而絶遊。世與我以相遺，復駕言兮焉求。説親戚之情話，樂琴書以消憂。農人告余以上春，将有事於西疇。或命巾車，或棹扁舟。既窈窕以窮壑，亦崎嶇而經丘。木欣欣以向榮，泉涓涓而始流。善萬物之得時，感吾生之行休。已矣乎，寓形宇内復幾時，奚不委心任去留，胡爲遑遑欲何之？富貴非吾願，帝鄉不可期。懷良辰以孤往，或植杖而耘耔。登東皋以舒嘯，臨清流而賦詩。聊乘化以歸盡，樂夫天命復奚疑。」義熙末，徵著作佐郎，不就。江州刺史王弘欲識之，不能致也。潛嘗往廬山，弘令潛故人龐通之齎酒具，於半道栗里要之。潛有脚疾，使一門生二兒轝籃輿，既至，欣然便共飲酌。俄頃弘至，亦無忤也。先是，顔延之爲劉柳後軍功曹，在尋陽與潛情欵，後爲始安郡，經過，日日造潛，每往必酣飲致醉。臨去，留二萬錢與潛，潛悉送酒家，稍就取酒。嘗九月九日無酒，出宅邊菊叢中坐久，值弘送酒至，即便就酌，醉而後歸。潛不解音聲，而畜素琴一張，無絃，每有酒適，輒撫弄以寄其意。貴賤造之者，有酒輒設。潛若先醉，便語客：「我醉欲眠，卿可去。」其真率如此。郡将候潛，值其酒熟，取頭上葛巾漉酒，畢，還復著之。潛弱年薄宦，不潔去就之迹，自以曾祖晉世宰輔，恥復屈身後代，自高祖王業漸隆，不復肯仕。所著文章，皆題其年月，義熙以前，則書晉氏年號，自永初以來，唯云甲子而已。與子書以言其志，并爲訓戒曰：「天地賦命，有往必終，自古賢聖，誰能獨免。子夏言曰：『死生有命，富貴在天。』四友之人，親受音旨，發斯談者，豈非窮達不可妄求，壽夭永無外請故邪？吾年過五十，而窮苦荼毒，以家貧弊，東西遊走。性剛才拙，與物多忤，自量爲己，必貽俗患，僶俛辭世，使汝幼而飢寒耳。常感孺仲賢妻之言，敗絮自擁，何慙兒子。此既一事矣。但恨隣靡二仲，室無萊婦，抱兹苦心，良獨罔罔。少年來好書，偶愛閑静，開卷有得，便欣然忘食。見樹木交蔭，時鳥變聲，亦復歡爾有喜。嘗言五六月北窗下卧，遇涼風暫至，自謂是羲皇上人。意淺識陋，日月遂往，緬求在昔，眇然如何。疾患以來，漸就衰損，親舊不遺，每以藥石見救，自恐大分將有限也。恨汝輩稚小，家貧無役，柴水之勞，何時可免？念之在心，若何可言。然雖不同生，當思四海皆弟兄之義。鮑叔、敬仲，分財無猜；歸生、伍舉，班荆道舊。遂能以敗爲成，因喪立功。他人尚爾，況共父之人哉。潁川韓元長，漢末名士，身處卿佐，八十而終，兄弟同居，至於没齒。濟北氾稚春，晉時操行人也，七世同財，家人無怨色。詩云：『高山仰止，景行行止。』汝其慎哉！吾復何言。」又爲命子詩以貽之曰：「悠悠我祖，爰自陶唐。邈爲虞賓，歷世垂光。御龍勤夏，豕韋翼商。穆穆司徒，厥族以昌。紛紜戰國，漠漠衰周。鳳隐于林，幽人在丘。逸虬撓雲，奔鯨駭流。天集有漢，眷予愍侯。於赫愍侯，運當攀龍。撫劍夙邁，顯兹武功。參誓山河，啓土開封。亹亹丞相，允廸前蹤。渾渾長源，蔚蔚洪柯。羣川載導，衆條載羅。時有默語，運固隆汙。在我中晉，業融長沙。桓桓長沙，伊勳伊德。天子疇我，專征南國。功遂辭歸，臨寵不惑。孰謂斯心，而可近得。肅矣我祖，慎終如始。直方二臺，惠和千里。於皇仁考，淡焉虚止。寄迹夙運，冥茲慍喜。嗟余寡陋，瞻望靡及。顧慙華鬢，負景隻立。三千之罪，無後其急。我誠念哉，呱聞爾泣。卜云嘉日，占爾良時。名爾曰儼，字爾求思。温恭朝夕，念茲在茲。尚想孔伋，庶其企而。厲夜生子，遽而求火。凡百有心，奚待于我。既見其生，實欲其可。人亦有言，斯情無假。日居月諸，漸免于孩。福不虚至，禍亦易來。夙興夜寐，願爾斯才。爾之不才，亦已焉哉。」潛元嘉四年卒，時年六十三。（宋書卷九三，中華書局排印本）

陶淵明傳

蕭統

陶淵明字元亮，或云潛字淵明，潯陽柴桑人也。曾祖侃，晉大司馬。淵明少有高趣，博學善屬文，穎脱不羣，任真自得，嘗著五柳先生傳以自況，曰：「先生不知何許人也，亦不詳姓字，宅邊有五柳樹，因以爲號焉。閒静少言，不慕榮利，好讀書，不求甚解，每有會意，欣然忘食。性嗜酒，而家貧不能恒得，親舊知其如此，或置酒招之。造飲輒盡，期在必醉。既醉而退，曾不悋情去留。環堵蕭然，不蔽風日，短褐穿結，簞瓢屢空，晏如也。嘗著文章自娱，頗示己志，忘懷得失，以此自終。」時人謂之實録。親老家貧，起爲州祭酒，不堪吏職，少日自解歸。州召主簿，不就。躬耕自資，遂抱羸疾。江州刺史檀道濟往候之，偃卧瘠餒有日矣。道濟謂曰：「賢者處世，天下無道則隱，有道則仕。今子生文明之世，奈何自苦如此？」對曰：「潛也何敢望賢，志不及也。」道濟饋以粱肉，麾而去之。後爲鎮軍、建威參軍，謂親朋曰：「聊欲絃歌以爲三徑之資，可乎？」執事者聞之，以爲彭澤令。不以家累自隨，送一力給其子，書曰：「汝旦夕之費，自給爲難，今遣此力，助汝薪水之勞。此亦人子也，可善遇之。」公田悉令吏種秫，曰：「吾常得醉於酒足矣！」妻子固請種秔，乃使二頃五十畝種秫，五十畝種粳。歲終，會郡遣督郵至，縣吏請曰：「應束帶見之。」淵明嘆曰：「我豈能爲五斗米折腰，向鄉里小兒！」即日解綬去職，賦歸去來。徵著作郎，不就。江州刺史王弘欲識之，不能致也。淵明嘗往廬山，弘命淵明故人龐通之齎酒具，於半道栗里之間邀之。淵明有脚疾，使一門生二兒舁籃輿，既至，欣然便共飲酌。俄頃弘至，亦無迕也。先是，顔延之爲劉柳後軍功曹，在潯陽與淵明情款，後爲始安郡，經過潯陽，日造淵明飲焉。每往，必酣飲致醉。弘又邀延之坐，彌日不得。延之臨去，留二萬錢與淵明。淵明悉遣送酒家，稍就取酒。嘗九月九日出宅邊菊叢中坐，久之，滿手把菊，忽值弘送酒至，即便就酌，醉而歸。淵明不解音律，而蓄無絃琴一張，每酒適，輒撫弄以寄其意。貴賤造之者，有酒輒設。淵明若先醉，便語客：「我醉欲眠，卿可去。」其真率如此。郡將常候之，值其釀熟，取頭上葛巾漉酒，漉畢，還復著之。時周續之入廬山事釋惠遠，彭城劉遺民亦遁迹匡山，淵明又不應徵命，謂之「潯陽三隱」。後刺史檀韶苦請續之出州，與學士祖企、謝景夷三人共在城北講禮，加以讐校，所住公廨，近於馬隊。是故淵明示其詩云：「周生述孔業，祖、謝響然臻。馬隊非講肆，校書亦已勤。」其妻翟氏亦能安勤苦，與其同志。自以曾祖晉世宰輔，恥復屈身後代，自宋高祖王業漸隆，不復肯仕。元嘉四年將復徵命，會卒，時年六十三。世號靖節先生。（李公焕箋注陶淵明集，四部叢刊影宋本）

南史陶潛傳

李延壽

陶潛字淵明，或云字深明，名元亮。尋陽柴桑人，晉大司馬侃之曾孫也。少有高趣，宅邊有五柳樹，故嘗著五柳先生傳云：「先生不知何許人，不詳姓字。閑静少言，不慕榮利。好讀書，不求甚解，每有會意，欣然忘食。性嗜酒，而家貧不能恒得，親舊知其如此，或置酒招之，造飲輒盡，期在必醉。既醉而退，曾不吝情去留。環堵蕭然，不蔽風日，短褐穿結，簞瓢屢空，晏如也。常著文章自娱，頗示己志，忘懷得失，以此自終。」其自序如此，蓋以自況，時人謂之實録。親老家貧，起爲州祭酒，不堪吏職，少日自解而歸。州召主簿，不就。躬耕自資，遂抱羸疾。江州刺史檀道濟往候之，偃卧瘠餒有日矣，道濟謂曰：「夫賢者處世，天下無道則隱，有道則至。今子生文明之世，奈何自苦如此？」對曰：「潛也何敢望賢，志不及也。」道濟饋以粱肉，麾而去之。後爲鎮軍、建威參軍，謂親朋曰：「聊欲絃歌，以爲三徑之資，可乎？」執事者聞之，以爲彭澤令。不以家累自隨，送一力給其子，書曰：「汝旦夕之費，自給爲難，今遣此力，助汝薪水之勞。此亦人子也，可善遇之。」公田悉令吏種秫稻，妻子固請種粳，乃使二頃五十畝種秫，五十畝種粳。郡遣督郵至，縣吏白應束帶見之。潛歎曰：「我不能爲五斗米，折腰向鄉里小人。」即日解印綬去職，賦歸去來，以遂其志，曰：「歸去來兮，田園將蕪胡不歸？既自以心爲形役，奚惆悵而獨悲。悟已往之不諫，知來者之可追。實迷塗其未遠，覺今是而昨非。舟遥遥以輕颺，風飄飄而吹衣。問征夫以前路，恨晨光之熹微。乃瞻衡宇，載欣載奔，僮僕歡迎，弱子候門。三徑就荒，松菊猶存。攜幼入室，有酒盈罇。引壺觴而自酌，眄庭柯以怡顏，倚南牕而寄傲，審容膝之易安。園日涉而成趣，門雖設而常關。策扶老以流憩，時矯首而遐觀。雲無心以出岫，鳥倦飛而知還。景翳翳其將入，撫孤松而盤桓。歸去來兮，請息交而絶遊。世與我而相遺，復駕言兮焉求。悦親戚之情話，樂琴書以消憂。農人告余以春及，將有事於西疇。或命巾車，或棹扁舟。既窈窕以窮壑，亦崎嶇而經丘。木欣欣以向榮，泉涓涓而始流。善萬物之得時，感吾生之行休。已矣乎，寓形宇内復幾時，曷不委心任去留，胡爲遑遑欲何之？富貴非吾願，帝鄉不可期。懷良辰以孤往，或植杖而芸耔。登東皋以舒嘯，臨清流而賦詩。聊乘化以歸盡，樂夫天命復奚疑。」義熙末，徵爲著作佐郎，不就。江州刺史王弘欲識之，不能致也。潛嘗往廬山，弘令潛故人龐通之齎酒具，於半道栗里要之。潛有脚疾，使一門生二兒舉籃轝，及至，欣然便共飲酌。俄頃弘至，亦無忤也。先是顔延之爲劉柳後軍功曹，在尋陽與潛情款。後爲始安郡，經過潛，每往必酣飲至醉。弘欲要延之一坐，彌日不得。延之臨去，留二萬錢與潛，潛悉送酒家，稍就取酒。嘗九月九日無酒，出宅邊菊叢中坐，久之，逢弘送酒至，即便就酌，醉而後歸。潛不解音聲，而畜素琴一張，每有酒適，輒撫弄以寄其意。貴賤造之者，有酒輒設，潛若先醉，便語客：「我醉欲眠，卿可去。」其真率如此。郡將候潛，逢其酒熟，取頭上葛巾漉酒，畢，還復著之。潛弱年薄宦，不潔去就之迹，自以曾祖晉世宰輔，恥復屈身後代，自宋武帝王業漸隆，不復肯仕。所著文章，皆題其年月，義熙以前，明書晉氏年號，自永初以來，唯云甲子而已。與子書以言其志，并爲訓戒曰：「吾年過五十，而窮苦荼毒。性剛才拙，與物多忤，自量爲己，必貽俗患。僶俛辭事，使汝幼而飢寒耳。常感孺仲賢妻之言，敗絮自擁，何慚兒子。此既一事矣。但恨隣靡二仲，室無萊婦，抱兹苦心，良獨罔罔。少來好書，偶愛閑靖，開卷有得，便欣然忘食。見樹木交蔭，時鳥變聲，亦復歡爾有喜。嘗言五六月北窗下卧，遇涼風暫至，自謂是羲皇上人。意淺識陋，日月遂往，疾患以來，漸就衰損。親舊不遺，每有藥石見救，自恐大分將有限也。汝輩幼小，家貧無役，柴水之勞，何時可免？念之在心，若何可言。然雖不同生，當思四海皆兄弟之義。鮑叔、敬仲，分財無猜；歸生、伍舉，班荆道舊。遂能以敗爲成，因喪立功。他人尚爾，況共父之人哉。潁川韓元長，漢末名士，身處卿佐，八十而終，兄弟同居，至於没齒。濟北氾幼春，晉時操行人也，七世同財，家人無怨色。詩云『高山景行』，汝其慎哉。」又爲命子詩以貽之。元嘉四年，將復徵命，會卒。世號靖節先生。其妻翟氏，志趣亦同，能安苦節，夫耕於前，妻鋤於後云。（南史卷七五，中華書局排印本）

晉書陶潛傳

令狐德棻等

陶潛字元亮，大司馬侃之曾孫也。祖茂，武昌太守。潛少懷高尚，博學善屬文，穎脱不羈，任真自得，爲鄉鄰之所貴。嘗著五柳先生傳以自況，曰：「先生不知何許人，不詳姓字，宅邊有五柳樹，因以爲號焉。閑静少言，不慕榮利，好讀書，不求甚解。每有會意，欣然忘食。性嗜酒，而家貧不能恒得。親舊知其如此，或置酒招之，造飲必盡，期在必醉，既醉而退，曾不吝情。環堵蕭然，不蔽風日，短褐穿結，簞瓢屢空，晏如也。常著文章自娱，頗示己志。忘懷得失，以此自終。」其自序如此，時人謂之實録。以親老家貧，起爲州祭酒，不堪吏職，少日自解歸。州召主簿，不就，躬耕自資，遂抱羸疾。復爲鎮軍、建威參軍，謂親朋曰：「聊欲絃歌，以爲三徑之資，可乎？」執事者聞之，以爲彭澤令。在縣公田悉令種秫穀，曰：「令吾常醉於酒足矣。」妻子固請種秔，乃使一頃五十畝種秫，五十畝種秔。素簡貴，不私事上官。郡遣督郵至，縣吏白應束帶見之。潛歎曰：「吾不能爲五斗米，折腰拳拳事鄉里小人邪！」義熙二年，解印去縣，乃賦歸去來。其辭曰：「歸去來兮，田園將蕪胡不歸？既自以心爲形役，奚惆悵而獨悲。悟已往之不諫，知來者之可追。實迷途其未遠，覺今是而昨非。舟遥遥以輕颺，風飄飄而吹衣，問征夫以前路，恨晨光之希微。乃瞻衡宇，載欣載奔。僮僕來迎，稚子候門。三逕就荒，松菊猶存。携幼入室，有酒盈樽。引壺觴以自酌，眄庭柯以怡顏。倚南窗以寄傲，審容膝之易安。園日涉而成趣，門雖設而常關。策扶老而流憩，時矯首而遐觀。雲無心而出岫，鳥倦飛而知還。景翳翳其將入，撫孤松而盤桓。歸去來兮，請息交以絶游。世與我而相遺，復駕言兮焉求。悦親戚之情話，樂琴書以消憂。農人告余以暮春，將有事乎西疇。或命巾車，或棹孤舟。既窈窕以尋壑，亦崎嶇而經丘。木欣欣以向榮，泉涓涓而始流。善萬物之得時，感吾生之行休。已矣乎！寓形宇内復幾時，曷不委心任去留，胡爲乎遑遑欲何之？富貴非吾願，帝鄉不可期。懷良晨以孤往，或植杖而芸耔，登東皋以舒嘯，臨清流而賦詩。聊乘化而歸盡，樂夫天命復奚疑。」頃之，徵著作郎，不就。既絶州郡覲謁，其鄉親張野及周旋人羊松齡、寵遵等或有酒要之，或要之共至酒坐，雖不識主人，亦欣然無忤，酣醉便反，未嘗有所造詣。所之唯至田舍及廬山游觀而已。刺史王弘以元熙中臨州，甚欽遲之，後自造焉。潛稱疾不見，既而語人云：「我性不狎世，因疾守閑，幸非潔志慕聲，豈敢以王公紆軫爲榮邪？夫謬以不賢，此劉公幹所以招謗君子，其罪不細也。」弘每令人候之，密知當往廬山，乃遣其故人龐通之等齎酒，先於半道要之。潛既遇酒，便引酌野亭，欣然忘進。弘乃出與相見，遂歡宴窮日。潛無履，弘顧左右爲之造履。左右請履度，潛便於坐申脚令度焉。弘要之還州，問其所乘，答云：「素有脚疾，向乘籃輿，亦足自反。」乃令一門生二兒共轝之至州，而言笑賞適，不覺有羨於華軒也。弘後欲見，輒於林澤間候之。至於酒米乏絶，亦時相贍。其親朋好事，或載酒肴而往，潛亦無所辭焉。每一醉，則大適融然。又不營生業，家務悉委之兒僕，未嘗有喜愠之色。唯遇酒則飲，時或無酒，亦雅詠不輟。嘗言夏月虚閑，高卧北窗之下，清風颯至，自謂羲皇上人。性不解音，而畜素琴一張，絃徽不具，每朋酒之會，則撫而和之，曰：「但識琴中趣，何勞絃上聲。」以宋元嘉中卒，時年六十三，所有文集並行於世。（晉書卷九四，中華書局排印本）

蓮社高賢傳

佚　名

陶潛字淵明，晉大司馬侃之曾孫。少懷高尚，著五柳先生傳以自況，時人以爲實録。初爲建威將軍，謂親朋曰：「聊欲絃歌，爲三徑之資。」執事者聞之，以爲彭澤令。郡遣督郵至，縣吏白應束帶見之。潛歎曰：「吾不能爲五斗米，折腰拳拳事鄉里小兒。」即解印去縣，乃賦歸去來。及宋受禪，自以晉世宰輔之後，恥復屈身異代。居潯陽柴桑，與周續之、劉遺民並不應辟命，世號「潯陽三隱」。嘗言夏月虚閑，高卧北窗之下，清風颯至，自謂羲皇上人。性不解音，畜素琴一張，絃徽不具。每朋酒之會，則撫而扣之，曰：「但識琴中趣，何勞絃上聲。」嘗往來廬山，使一門生二兒舁籃輿以行。時遠法師與諸賢結蓮社，以書招淵明。淵明曰：「若許飲則往。」許之，遂造焉。忽攢眉而去。宋元嘉四年卒，世號靖節先生。（説郛卷五七下，文淵閣四庫全書本）

陶淵明集序

蕭　統

夫自衒自媒者，士女之醜行；不忮不求者，明達之用心。是以聖人韜光，賢人遁世。其故何也？含德之至，莫踰於道；親己之切，無重於身。故道存而身安，道亡而身害。處百齡之内，居一世之中，倏忽比之白駒，寄寓謂之逆旅，宜乎與大塊而榮枯，隨中和而任放，豈能戚戚勞於憂畏，汲汲役於人間。齊謳趙舞之娱，八珍九鼎之食，結駟連鑣之遊，侈袂執圭之貴，樂則樂矣，憂亦隨之。何倚伏之難量，亦慶弔之相及。智者賢人居之，甚履薄冰；愚夫貪士競此，若泄尾閭。玉之在山，以見珍而招破；蘭之生谷，雖無人而猶芳。莊周垂釣於濠，伯成躬耕於野，或貨海東之藥草，或紡江南之落毛。譬彼鴛雛，豈競鳶鴟之肉；猶斯雜縣，寧勞文仲之牲！至如子常、甯喜之倫，蘇秦、衛鞅之匹，死之而不疑，甘之而不悔。主父偃曰：「生不五鼎食，死即五鼎亨。」卒如其言，亦可痛矣！又有楚子觀周，受折於孫滿；霍侯驂乘，禍起於負芒。饕餮之徒，其流甚衆。唐堯四海之主，而有汾陽之心；子晉天下之儲，而有洛濱之志。輕之若脱屣，視之若鴻毛，而況於他乎！是以聖人達士，因以晦跡，或懷玉而謁帝，或披裘而負薪，鼓楫清潭，棄機漢曲。情不在於衆事，寄衆事以忘情者也。有疑陶淵明之詩，篇篇有酒。吾觀其意不在酒，亦寄酒爲跡也。其文章不羣，詞采精拔，跌蕩昭章，獨起衆類，抑揚爽朗，莫之與京。横素波而傍流，干青雲而直上。語時事則指而可想，論懷抱則曠而且真。加以貞志不休，安道苦節，不以躬耕爲恥，不以無財爲病，自非大賢篤志，與道汙隆，孰能如此者乎！余愛嗜其文，不能釋手，尚想其德，恨不同時，故更加搜求，粗爲區目。白璧微瑕者，惟在閑情一賦，揚雄所謂勸百而諷一者，卒無諷諫，何必摇其筆端？惜哉，亡是可也。并粗點定其傳，編之于録。嘗謂有能讀淵明之文者，馳競之情遣，鄙吝之意祛，貪夫可以廉，懦夫可以立，豈止仁義可蹈，爵禄可辭！不勞復傍游太華，遠求柱史，此亦有助於風教爾。（梁昭明太子文集卷四，四部叢刊影印宋刻本）

陶集序録

陽休之

余覽陶潛之文，辭采雖未優，而往往有奇絶異語，放逸之致，棲託仍高。其集先有兩本行於世，一本八卷，無序；一本六卷，並序目，編比顛亂，兼復闕少。蕭統所撰八卷，合序目誄傳，而少五孝傳及四八目，然編録有體，次第可尋。余頗賞潛文，以爲三本不同，恐終至亡失，今録統所闕并序目等，合爲一帙，十卷，以遺好事君子。（陶澍注靖節先生集卷首諸本序録）

私記

宋庠

右集，按隋經籍志，宋徵士陶潛集九卷，又云，梁有五卷，録一卷。唐志陶泉明集五卷。今官私所行本凡數種，與二志不同。有八卷者，即梁昭明太子所撰，合序傳誄等在集前，爲一卷，正集次之，亡其録。有十卷者，即陽僕射所撰。按吴氏西齋録，有宋彭澤令陶潛集十卷，疑即此也。其序並昭明舊序誄傳合爲一卷，或題曰第一，或題曰第十，或不署於集端，别分四八目，自甄表狀杜喬以下爲第十卷，然亦無録。余前後所得本，僅數十家，卒不知何者爲是。晚獲此本，云出於江左舊書，其次第最若倫貫。又五孝傳以下至四八目，子注詳密，廣於他集，惟篇後八儒、三墨二條，此似後人妄加，非陶公本意。且四八目之末，陶自爲説曰：「書籍所載及故老所傳，善惡聞於此者，蓋盡於此。」即知其後無餘事矣。故今不著，輒别存之，以俟博聞者。廣平宋庠私記。（陶澍注靖節先生集卷首諸本序録）

書陶集後

思悦

梁鍾記室嶸評先生之詩，爲古今隱逸詩人之宗。今觀其風致孤邁，蹈厲淳源，又非晉宋間作者所能造也。昭明太子舊所纂録，且傳寫寖訛，復多脱落。後人雖加綜輯，曾未見其完正。愚嘗採拾衆本，以事讎校，詩賦傳記贊述雜文，凡一百五十有一首，洎四八目上下二篇，重條理編次爲一十卷。近永嘉周仲章太守，枉駕東嶺，示以宋朝宋丞相刊定之本，於疑闕處甚有所補。其陽僕射序録、宋丞相私記存於正集外，以見前後記録之不同也。時皇宋治平三年五月望日，思悦書。（陶澍注靖節先生集卷首諸本序録）

陶淵明集序

曾集

淵明集行於世尚矣。校讎卷第，其詳見於宋宣徽私記、北齊陽休之論載。南康蓋淵明舊游處也，栗里上京，東西不能二十里，世變推移，不復可識。獨醉石隱然荒烟草樹亂流中，榛莽蘙翳，人迹不到。鄉來晦翁在郡時，始克芟夷支徑，植亭山巔，幽人勝士因得相與摩莎石上，弔古懷遠，有脩然感慨之意。求其集，顧無有，豈非此邦之軼事歟？集竊不自揆，模寫詩文，栞爲一編。去其卷第與夫五孝傳以下四八目雜著，所爲犯是不韙，非敢有所去取，直欲嚅嚌真淳，吟詠情性，以自適其適，尚庶幾乎所謂遺馳競之情，袪鄙吝之心者，雖以是獲罪世之君子，亦不辭也。紹熙壬子立冬日，贛川曾集題。（涵芬樓據宋紹熙本影印，續古逸叢書之三十四）

郡齋讀書志·陶靖節十卷

晁公武

右晉陶淵明元亮也，一名潛，潯陽人。蕭統云淵明字元亮，晉書云潛字元亮，宋書云潛字淵明，或云字深明，名元亮。按集孟嘉傳與祭妹文皆自稱淵明，當從之。晉安帝末，起爲州祭酒，桓玄篡位，淵明自解而歸。州召主簿，不就，躬耕自資。劉裕起兵討玄，誅之，爲鎮軍將軍，淵明參其軍事，未幾改爲建威參軍。淵明見裕有異志，乃求爲彭澤令，去職。潛少有高趣，好讀書，不求甚解，著五柳先生傳以自況，世號靖節先生。今集有數本：七卷者，梁蕭統編，以序、傳、顔延之誄載卷首。十卷者，北齊陽休之編，以五孝傳、聖賢羣輔録、序、傳、誄分三卷益之，詩篇次差異。按隋經籍志，潛集九卷，又云梁有五卷，録一卷。唐藝文志，潛集五卷。今本皆不與二志同。獨吴氏西齋目有潛集十卷，疑即休之本也。休之本出宋庠家，云江左舊書，其次第最有倫貫，獨四八目後八儒、三墨二條，似後人妄加。（清光緒甲申長沙王氏刻本，卷一七）

陶靖節詩集注自序

湯　漢

陶公詩精深高妙，測之愈遠，不可漫觀也。不事異代之節，與子房五世相韓之義同。既不爲狙擊震動之舉，又時無漢祖者可託以行其志，故每寄情于首陽、易水之間。又以荆軻繼二疏、三良而發詠，所謂「撫己有深懷，履運增慨然」，讀之亦可以深悲其志也已。平生危行遜言，至述酒之作，始直吐忠憤，然猶亂以廋詞，千載之下，讀者不省爲何語。是此翁所深致意者，迄不得白于後世，尤可以使人增欷而累歎也。余偶窺見其指，因加箋釋，以表暴其心事；及他篇有可發明者，亦併著之。文字不多，乃令繕寫模傳，與好古通微之士共商略焉。又按詩中言本志少，説固窮多，夫惟惡于飢寒之苦，而後能存節義之閑，西山之所以有餓夫也。世士貪榮禄，事豪侈，而高談名義，自方於古之人，余未之信也。淳祐初元九月九日，鄱陽湯漢敬書。（拜經樓叢書本）

陶靖節先生集序

焦　竑

古者賢士之詠歎，思婦之悲吟，莫不爲詩，情動於中，而言以導之，所謂詩言志也。後世摛詞者，離其性而自託於人僞，以争須臾之譽，於是詩道日微。余觀漢魏以逮六朝，作者蝟起，能道其中之所欲言者，阮步兵、左太沖、張景陽、陶靖節四人而已。靖節先生人品最高，平生任真推分，忘懷得失，每念其人，輒慨然有天際真人之想。若夫微衷雅抱，觸而成言，或因拙以得工，或發奇而似易，譬之嶺玉淵珠，光采自露，先生不知也。其與華疏彩會，無關胸臆者，當異日談矣。梁昭明太子嘗手葺爲編，序而傳之，歲久頗爲後人所亂，其改竄者什居二三；竊疑其謬，而絶無善本是正。頃友人偶以宋刻見遺，無聖賢羣輔之目，篇次正與昭明舊本脗合，中與今本異者不啻數十處。凡嚮所疑，涣然冰釋，此藝林之一快也。吴君肅卿語余：「陶集得此，幸不爲妄庸所汩没，盍刻而廣之？」余乃以授肅卿，而並道其始末如此。肅卿名汝紀，新安人，今卜築金陵。觀其所好，可以知其人焉。萬曆癸卯秋瑯玡焦竑書。

（明萬曆焦竑影刻本）

陶靖節集跋

何孟春

陶公自三代而下爲第一流人物，其詩文自兩漢以還爲第一等作家。惟其胸次高，故其言語妙，而後世慕彼風流，未嘗不欽厥制作；欽厥制作，未嘗不尚論其人之爲伯夷，爲黔婁，爲靈均、子房、孔明也。其詩舊有注者，宋則湯伯紀，元則詹若麟等，而今不見其有傳者。傳而刻者，則元李公焕本，而不見其能爲述作家也。是故余重爲整比之，舟中無事，記憶凡聞於先輩者，以附益之，所謂欽厥制作而論其人之語，班班乎蓋略備矣，無竢余序爲也，是故識之止此。正德戊寅良月望日，郴燕泉何孟春謹識。（明嘉靖癸未重刻本）

陶靖節集序

毛　晉

余家藏宋刻四先生傳，並詩文遺事百篇，迺楚之屈大夫，韓之張司徒，漢之諸葛丞相，晉之陶徵士也。先儒序云：其制行也不同，其遭時也不同，而其明君臣之義之心則一也。余讀而嘉之。然子房爲韓而圖斃吕秦，孔明爲漢而圖誅曹魏，雖未盡快其志，已略略表見矣。若三閭、五柳，無高帝之可倚，無昭烈之可輔，蒿目讒奸，簸弄君國，莫可如何，則不得不託之忠言以洩其憂愁悲思，此予所以每讀屈辭陶詩，而爲之酸鼻隕心也。如讀離騷僅能獵豔詞，拾香草，而閑情一賦，反謂白璧微瑕，不重可惜也哉！予偶摭拾古今評注，凡能言兩先生心事，燦然暴白於千載之下者，輒時存卷末，合爲一編，庶幾痛飲酒快讀一遍，能使汨羅濤沸，南岫雲出，而魂兮歸來云。時萬曆戊午長至日，東吳毛晉漫題。（毛晉緑君亭刻本）

四庫全書總目提要·陶淵明集

紀　昀

陶淵明集八卷，晉陶潛撰。案北齊陽休之序録潛集行世凡三本：一本八卷無序；一本六卷，有序目，而編比顛亂，兼復闕少；一本爲蕭統所撰，亦八卷，而少五孝傳及四八目。四八目即聖賢羣輔録也。休之參合三本，定爲十卷，已非昭明之舊。又宋庠私記稱隋經籍志潛集九卷；又云梁有五卷，録一卷，唐志作五卷。庠時所行，一爲蕭統八卷本，以文列詩前；一爲陽休之十卷本。其他又數十本，終不知何者爲是；晚乃得江左舊本，次第最若倫貫。今世所行，即庠稱江左本也。然昭明太子去潛世近，已不見五孝傳、四八目，不以入集，陽休之何由續得？且五孝傳及四八目所引尚書，自相矛盾，決不出於一手，當必依託之文，休之誤信而增之。以後諸本，雖卷帙多少，次第先後，各有不同，其竄入僞作，則同一轍，實自休之所編始。庠私記但疑八儒、三墨二條之誤，亦考之不審矣。今四八目已經睿鑒指示，灼知其贋，別著録於子部類書而詳辨之，其五孝傳文義庸淺，決非潛作，既與四八目一時同出，其贋亦不待言，今並删除。惟編潛詩文，仍從昭明太子爲八卷。雖梁時舊第，今不可考，而黜僞存真，庶幾猶爲近古焉。（中華書局一九六五年影印本，卷一四八集部別集類一）

聖賢羣輔録序

陶澍

陶靖節聖賢羣輔録，一名四八目，其書每條末皆載所見原書出處。自北齊陽休之編録後，至明何文簡孟春始爲之注。按靖節此録雖爲僞作，究爲北齊以前人所依托，其中甄述兩漢及東、西晉書，皆非班、范史及唐人所撰之史也。如三輔決録、張璠記、謝承書之類。今全書雖佚，猶散見於羣籍。以南、北六朝及唐初諸子書，並李善文選注、虞世南北堂書鈔、徐氏初學記、歐陽氏藝文類聚、太平御覽、册府元龜等書考之，大半符合。何注所采，僅依據正史，頗多疏漏。如韋文高爲韋豹之父，録中所引文高三子，見京兆舊事。考前漢書表及韋氏世系，文高當名浚。京兆舊事凡見御覽十七條，即文高亦見御覽，文簡謂不知，豈偶未深考耶？又下卷「八儁」内有趙典，范書黨錮傳云，唯典名見而已。考典，范書本有專傳，又別見郭泰、皇甫規傳，安得云「唯以名見」，自相矛盾耶？蓋名見者，見於「八儁」也。顧亭林亦不得其解，乃謂有兩趙典，是未嘗考華陽國志及「三君」、「八儁」録也。而文簡直以典事僅見黨錮及羣輔録，是并未全檢范書矣。豈知典事見於謝承、司馬彪書及常璩志，書籍所載，固有不勝録乎。如此之類，均考其同異，正其得失，校何注有增。不揣固陋，謹附所見如此，以質之博雅。安化陶澍叙。（陶澍注靖節先生集卷九）

附録二

陶氏宗譜節録

彭澤定山陶氏宗譜（節録）

定山陶氏宗譜近年發現於江西彭澤縣。據「宗譜目次」，除卷首之外，另有家譜十九卷，無從知其下落。據「歷代修譜人名」，修譜者有「晉淵明公，著有世系入首，即命子儼詩。唐思謙公，手筆世系全帙。宋嚴華公，續修家譜全卷」。後於明萬曆三十八年庚戌（一六一〇）、清順治丙申（一六五六）、康熙三十四年（一六九五）、乾隆十年（一七四四）、乾隆四十一年（一七七六）、嘉慶七年（一八〇二）、道光三年（一八二三）、道光二十四年（一八四四）、同治四年（一八六五）、光緒三十三年（一九〇七）、民國十七年（一九二八）多次重修。此譜主要内容有：遠祖紀略、本宗遷居、各支分遷、先代事實、先代遺迹、祖遺圖券、祖遺家訓、祖遺格言等。現節録其「本宗老系」：

第一世侃。字士行，生於漢後帝延熙十三年辛未五月十八日。夫人龔氏生於漢後帝景耀四年壬午六月十七日，殁於晉惠帝光熙元年甲子十月十七日，葬江州繹山。續娶韓氏。妻妾凡十五。生子十七，曰洪、瞻、夏、琦、茂、斌、範、岱、稱，餘皆早世。第十女適長史孟嘉。公性聰明英斷，嚴密忠勤。少孤力學，佩服母訓，卒成大器。歷事有晉惠、懷、愍、元、明、成，凡六主。自小吏、縣令、遷太守、刺史、八州都督、征西大將軍、侍中太尉、大司馬。尤長於用兵，獨久於外鎮；布澤懷邊，盡忠匡主，討平逆亂，興復淪鼎，屢建大勛，進爵長沙公，食邑六千三百户。在軍四十一年，勵志勤力，未嘗少懈，檢攝衆事，罔有遺漏。恭而近禮，崇尚名教，常以勤敏禮法戒諭吏民，力矯當時沉湎清談之弊，實晉代中流之砥柱也。晚年以盈滿自懼，屢欲告老，吏民苦留之。至成帝咸和九年甲午，始以疾上表辭位。六月初三日，公薨，享年八十有四。敕葬繹山，與龔夫人合墓。追封長沙王，謚曰桓。洪爲荆州參軍。瞻任廣陵、廬江二府太守，遷散騎常侍。蘇峻反，公死難，謚曰愍悼，世稱爲陶三相公。生子二，曰宏、曰安。宏任光禄勳。宏子延壽襲長沙公。夏以太尉功封都亭侯。琦爲司空掾。旗任散騎常侍，封郴縣開國伯，生子空，空生應壽。斌官至尚書。範爲光禄勳。岱任散騎常侍。稱任南平太守、南蠻校尉加威武將軍。

第二世茂。侃公第七子，行量二，字梅九。生於晉懷帝永嘉二年戊辰九月十六日。娶朱氏，生於晉懷帝永嘉三年己巳十月十六日。生子三，曰淡、敏、賓。女一適羅遵生。公任武昌太守。卒於晉孝武太元三年戊寅十月二十日。夫人卒於晉孝武寧康三年乙亥八月十四日。淡字處寂，妻死不婚，結廬湘中，號白鹿先生，從祀鄉賢。賓字由中，生子敬遠，敬遠生絅，絅生九相公。

第三世敏。茂公次子，行寬七。字奉義。生於晉康帝建元元年癸卯九月二十六日。娶長史孟嘉之第四女，生於晉成帝咸康六年庚子六月十七日。生子一，曰淵明。公任姿城太守，卒於劉宋武帝永初三年壬戌十月二十八日，葬於玆山。夫人卒於晉安帝隆安五年辛丑十一月十八日，與公合墓。

第四世淵明。敏公之子，字元亮。生於晉哀帝興寧三年乙丑六月十五日午時。娶翟氏、陳氏。生子五，曰儼、俟、份、佚、佟。公天性忠孝，外和内剛，少有高趣，安貧好學。文則跌宕爽朗，詩則沖澹有味。心存用世而進退必嚴，不合則去，未嘗以窮通爲欣戚。嘗爲州祭酒、鎮軍參軍，皆不久解歸；後徵主簿，不就。義熙年間，始應召爲彭澤令，不以家屬相隨。後見晉益微弱，劉裕跋扈狡黠，必謀篡逆，身爲晉室勛舊之裔，恥事二姓，欲先去之。適督郵至，吏請束帶相見，遂託爲不能爲五斗（以下殘缺）年號，徵爲著作郎，固辭不就。獨爲有晉完人，大節與夷齊並高。殁於劉宋文帝元嘉四年丁卯十月十一日。士大夫慕之，稱爲靖節先生。翟母生於晉哀帝隆和元年壬戌七月十八日，亦能與公同志，安於勤苦，終始如一。卒於劉宋文帝元嘉十年癸酉十月初四日。公與妣合葬於德化縣楚城鄉鹿子坂面陽山。

都昌西源陶氏宗譜（節録）

江西都昌縣西源陶氏係陶淵明長子儼繁衍而來。據康熙五十六年丁酉（一七一七）重修譜序，此譜是在江西湖口一「重修家牒」的基礎上增補而成，後於嘉慶元年丙辰（一七九六）續修。現存譜乃道光五年乙酉（一八二五）重修，藏於都昌縣西源陶家邊村某陶氏後裔處。其目録爲譜序、凡例、原委、譜引、家訓、葛巾漉酒圖、李太白詩讚、靖節墓山圖、先公祠屋等。現節録該譜卷一「首竹湖老系」部分：

第一世　同　行啓一，漢末避亂居江東。生於光和三年庚申六月十九日亥時。娶陸氏，生於光和二年己未六月十一日巳時，生子曰丹。公殁於延熙十二年己巳十月十七日。妣殁於延熙十四年辛未二月十六日。夫婦合葬廬山西源。

第二世　丹　同公之子，行青二。生東漢建安十八年癸巳八月初七日丑時，爲吴太子舍人，封揚武將軍，加封柴桑侯，贈太師，追封慶國公。娶新淦湛氏，生子曰湛。公殁晉元康元年辛亥十月廿八日，享壽七十有九。葬潯陽鶴問湖仙居鄉興良社。唐勅禁樵採。洪武間官役居民危德看守，永免差役，都爲立廟以祀之。夫人湛氏御葬鄱陽牛岡嘴牛眠地，有碑存誌，追封慶國夫人。嘗截髮延賓，世稱賢母。詳賢母傳。

第三世　侃　丹公之子，字士行。生漢景耀二年己卯。都督荆、江、雍、梁、淮、廣、益、寧八州刺史、中書令、太尉，御賜劍履上殿，封長沙公。娶龔氏，繼娶十五妻，生子十七。長曰洪，次瞻，三夏，四琦，五旗，六宏，七斌、八茂，九稱，十範，十一岱。俱見舊史，餘無考。女適征西大將軍長史孟嘉。公薨東晉咸和九年甲午，享壽七十六，追贈大司馬，謚曰桓。康帝思公有宏濟艱難之勳，勅葬國南二十里。謚曰長沙英佑王。夫人龔氏封益國夫人。

第四世　茂　侃公八子，行量三，任武昌太守，生晉元帝永昌元年壬午十月初五日申時。娶周訪女，生於太寧二年甲申四月十二日未時。生子二，長曰敏，幼曰夔。公殁於太元十一年丙戌。妣殁於隆安三年己亥。公妣合葬先原山。

第五世　敏　茂公長子，字鳳義，行寬七，任姿城太守，生晉康帝建元二年甲辰六月初十日巳時。娶孟嘉第四女，生於永和三年丁未七月十一日寅時。生子三，長恂之，次熙子，幼淵明。公殁於義熙十四年戊午四月初三日，妣殁於永初元年辛酉十月廿二日。公妣俱葬錫類山。

第六世　淵明　字元亮，宅邊有五柳，因號五柳先生。生晉興寧三年乙丑九月初八日子時，初爲州祭酒，不久辭歸。召主簿不就，後爲彭澤令。在官八十餘日，賦歸去來辭。自以世爲晉臣，恥屈身劉裕，拒宋徵召，改名曰潛。娶陳氏、翟氏。生子五，長儼、次俟、三份、四佚、五佟。

公歿於元嘉四年丁卯九月十五日，享壽六十有三，謚靖節先生，世祀彭澤。葬德化縣楚城鄉面陽山。陳妣歿於元嘉十一年甲戌十月十九日，與夫合葬面陽山。翟妣歿於元嘉丙子年八月初十日，葬面陽山。

附録三

陶氏宗譜中之問題

迄今爲止，已發現的陶氏宗譜約十種：一、宜豐秀溪陶氏族譜（簡稱秀溪譜）；二、都昌西源陶氏宗譜（簡稱西源譜）；三、潯陽陶氏宗譜（簡稱潯陽譜）；四、靈龜石陶氏宗譜（簡稱靈龜石譜）；五、栗里陶氏宗譜（簡稱栗里譜）；六、彭澤定山陶氏宗譜（簡稱定山譜）；七、德化套口陶氏宗譜（簡稱套口譜）；八、潛山陶氏宗譜（簡稱潛山譜）；九、黟縣陶氏宗譜（簡稱黟縣譜）；十、星子廖花陶氏宗譜（簡稱廖花譜）。諸譜大多始修于明清期間，最早的秀溪譜始修于南宋度宗咸淳元年（一二六五）。多數譜有關陶淵明的記載大同小異，總的看來史料價值不高。但對于研討陶淵明的籍貫、世系、居址、家庭及生平行事等不無裨益。兹將陶氏宗譜中之問題擇其要者縷述如下。

一

淵明世系各譜記載大致相同。淵明曾祖父爲陶侃，當無疑問。但各譜關於侃生卒年的記載，不盡相同。秀溪譜載侃生於三國蜀漢景耀二年（二五九），卒於東晉成帝咸和九年（三三四），享年七十六歲。西源譜、潯陽譜、栗里譜、灊山譜同。廖花譜載侃生卒年同秀溪譜，却謂侃壽八十三。靈龜石譜、套口譜載侃生於晉元帝大興二年己卯（三一九），卒於晉成帝咸和八年癸巳（三三三），享年六十七。黟縣譜亦謂侃生晉元帝大興二年，未書卒年。定山譜載侃生於漢後主延熙十三年辛未（二五〇）五月，晉成帝咸和九年甲午六月薨，享年八十四。考晉書陶侃傳，侃卒於咸和七年（三三二）六月，年七十六。而晉書成帝紀、資治通鑑卷九十五、許嵩建康實録卷七，皆載侃卒於咸和九年（三三四）。若以侃享年七十六逆推之，當生于漢後主劉禪景耀二年己卯（二五九），正與秀溪譜、西源譜、栗里譜、潯陽譜記載相同。靈龜石譜、套口譜載侃生晉元帝大興二年，卒于咸和八年，得年僅一十四，却謂享年六十七，大誤。廖花譜謂侃壽八十三、定山譜謂侃壽八十四，亦不可信（延熙十三年爲庚午，作辛未誤）。晉書本傳載侃疾篤，上表遜位，稱「臣年垂八十」云云，不久即薨。可見侃享年必不過八十。又晉書周訪傳載，訪小侃一歲，大興三年（三二〇）卒，時年六十一。則大興三年時侃六十二歲，至咸和九年卒，正爲七十六歲。

陶侃有兄，史失載其名。靈龜石譜謂侃父丹生子四，而只載侃。套口譜謂丹長子名黄，生子二：臻、輿。栗里譜謂丹長子曰僙，生子二曰臻、輿。西源譜、黟縣譜謂丹生子一曰侃。秀溪譜謂丹長子僙，生子臻、輿。廖花譜同，唯僙作黄。考晉書陶璜傳，璜字世英，丹楊秣陵人，父基，吴交州刺史。陶侃爲鄱陽人，籍貫既與陶璜不同，父丹又是吴揚武將軍，與陶璜了不相涉。陶璜傳叙孫皓降晉時，「手書遣璜息融敕璜歸順。」可見璜子名融。因此，陶璜或陶黄絶非陶侃之兄。

關於陶侃諸子及生平行狀，各譜記載亦有異。秀溪譜載侃生子五：「長曰夏；次曰瞻，襲長沙公；三曰茂；四曰洪，同伯僙子臻佐劉宏；五曰岱，守郴城。女一，適晉征西大將軍長史江夏鄂人孟嘉。」潯陽譜載：「十七子長洪，辟丞相。次瞻，廣寧丞相。三旗，郴縣開國伯。四夏，封都亭侯。五琦，司空掾。六宏，襲父爵。七茂，武昌太守。八斌，仕至尚書。九範，太元初拜光禄勳。十岱，散騎常侍。十一綽，襲爵卒。十二稱，任中郎將，尋加揚將監江夏、徐、義陽三郡軍事。十三延壽，襲爵，除吴昌侯，至劉宋元嘉甲子，改封吴昌公，督南康諸軍事。十四、五、六、七俱無聞。」靈龜石譜、栗里譜、套口譜與潯陽譜同。西源譜記洪、瞻、夏、琦、旗、宏、斌、茂、稱、範、岱等十一人。定山譜載洪、瞻、夏、琦、旗、斌、範、岱、稱等九人，潛山譜載洪、瞻、旗、夏、琦、宏、茂等七人，黟縣譜載洪、瞻、旗、夏、琦、宏、茂、斌、範、岱、綽之等十一人。按晉書陶侃傳，侃有子十七人，唯載洪、瞻、夏、琦、旗、斌、稱、範、岱九人，餘者並不顯。各譜所記侃子，有三種情況：（一）漏載。如秀溪譜僅記侃五子。（二）多載。如潯陽譜較陶侃傳多出宏、茂、延壽。西源譜、黟縣譜多出宏、茂。（三）諸子行第排列混亂。如秀溪譜以夏爲長子，洪爲四子。其餘諸譜中的諸子行第排列亦不盡同。（四）誤載。據陶侃傳，瞻子弘，弘子綽之，綽之子延壽。潯陽譜、靈龜石譜謂侃十一子綽之（潯陽譜誤作綽），十三子延壽。黟縣譜列綽之于侃子之末，又謂「綽之稱延壽」，舛誤竟至如此。諸子生平行事有的亦與晉書不合。如秀溪譜謂次子瞻襲長沙公。按陶侃傳，瞻「爲蘇峻所害，追贈大鴻臚，謚愍悼世子。以夏爲世子」。後夏病卒，「詔復以瞻息弘襲侃爵，仕至光禄勳。卒，子綽之嗣。綽之卒，子延壽嗣。宋受禪，降爲吴昌侯」。西源譜載：「宏贈光禄勳，襲父爵長沙公。」潛山譜所記略同。按，侃子中無宏，宏乃瞻之子，侃之孫。西源譜、潛山譜不審侃傳，誤以宏爲侃六子，襲父爵。疑西源譜、潯陽譜、黟縣譜所記侃子多出宏，多半是修譜者誤讀陶侃傳致誤。

二

關於淵明祖父，各譜記載均爲陶茂，但茂之行第、生卒年及娶妻生子等情況所載有異。秀溪譜謂茂爲侃第三子，居潯陽柴桑，任武昌太守。西源譜謂茂乃侃子，居江州潯陽東林，任武昌太守。其餘各譜皆謂茂爲侃第七子，或曰行量三，或曰行重三，或曰行量二，字梅九，而以「行量三」者居多。茂之生卒年，潯陽譜謂「生晉建元元年（三四三）」，後又加按語云：「按建元元年癸卯，侃公已殁八年矣，前人失者如此。以前後相證，茂公當生在晉懷之間。」據此按語，陶茂生晉建元元年之説乃沿舊譜。靈龜石譜、栗里譜、套口譜、黟縣譜皆謂茂生于晉建元二年（三四四），誤。西源譜謂茂生於晉元帝永昌元年壬午（三二二），卒於太元十一年丙戌（三八六）。定山譜謂陶茂生於晉懷帝永嘉二年戊辰（三〇八）九月，卒于晉孝武帝太元三年（三七八）十月。潛山譜則謂生晉愍帝建興二年甲戌（三一四），而卒年未書。以陶侃生于漢後主景耀二年己卯（二五九）推算，以上二譜載茂生於懷、愍之間，較爲可信，但未知孰是。

陶茂娶妻及生子情況，各譜記載亦有異。秀溪譜謂茂「配朱氏，生子回；繼娶劉氏，生子延，爲伏波將軍」。廖花譜謂茂娶劉氏。其餘各譜均謂茂娶周訪女。但生子情況記載有異。西源譜，廖花譜謂茂生子敏、夔。潯陽譜、靈龜石譜、栗里譜、套口譜、潛山譜、黟縣譜皆謂茂生子四：定、淡、信、敏，惟定山譜謂陶茂生子三，曰淡、敏、實。

陶淵明祖父是誰？這是古今文史學家懸而未決的疑問。淵明命子詩贊頌祖先的榮光，稱「肅矣我祖，慎終如始，直方二臺，惠和千里」。可知其祖任過太守之職。宋傳、蕭傳、蓮傳、南傳皆不書淵明祖名，惟晉傳載：「祖茂，武昌太守。」然令人不解的是，晉書陶侃傳載侃子十七人中不見有茂。如茂爲武昌太守，不能説不顯，陶侃傳不應不書。清全祖望鮚埼亭集外編卷四十陶淵明世系考謂淵明爲侃七世孫，所據之一即陶侃傳中不見有茂名。南宋鄧名世作古今姓氏書辨證，叙陶氏世系云：「後世陶氏望出丹陽，晉太尉侃之祖父同，始居焉。同生丹，吴揚武將軍、柴桑侯，遂居其地，生侃，字士行，娶十五妻，生二十三子，二子少亡，二十一子官至太守。侃生員外散騎岱。岱生晉安城太守逸，逸生彭澤令，贈光禄大夫潛。潛生族人熙之，宋度支尚書。」（詳見陶考）李公焕命子詩注曰：「陶茂麟譜以岱爲祖。按此詩云『惠和千里』，當從晉史以茂爲祖。陶茂爲武昌太守。」陶澍及朱自清陶淵明年譜中之問題已辨陶岱爲祖之説不可信。按，宋傳、蕭傳失載淵明祖名，陶茂之名見於晉書陶淵明傳却不見於陶侃傳，對此疑問，朱自清解釋説：「疑作侃傳者與作淵明傳者所據不同，遂致抵牾；晉書本成於衆人之手，小小疏漏，自難免也。」朱氏的解釋不無道理。今傳大多數陶氏宗譜皆載陶茂爲侃子，當沿自舊譜，又有晉書爲證，因此可論定陶茂爲淵明之祖。

西源譜、潯陽譜等載陶茂娶周訪女，而晉書周訪傳謂訪「以女妻侃子瞻」。按，淵明有諸人共遊周家墓柏下詩，所遊當爲周訪家墓。瞻一系後襲陶侃爵，爲陶氏大宗。淵明贈長沙公詩云「昭穆既遠，以爲路人」，業與瞻一系「人易世疏」。若瞻娶周訪女，淵明未必有興趣去遊周家墓。如陶茂娶周訪女，則訪女乃己祖母，與周家爲近親，淵明游周家墓更合情理。故西源譜等謂陶茂娶周訪女，較晉書周訪傳可信。

潯陽譜、靈龜石譜、栗里譜謂陶茂生子四：曰定、淡、信、敏。陶淡見於晉傳，但淡父非茂，乃夏。淵明歸去來兮辭云：「家叔以余貧苦，遂見用于小邑。」晉故征西大將軍長史孟府君傳云：「淵明從父太常夔。」陶澍注歸去來兮辭，謂家叔當即孟府君傳之叔父太常夔。淵明叔父非一，故歸去來兮辭所稱「家叔」不可遽斷爲陶夔，但夔爲淵明叔父之一當無疑問。諸譜中只有西源譜、廖花譜列夔爲淵明從父，說明此二譜所列世系相對可信。

三

關於陶淵明父親，除秀溪譜外，各譜皆謂陶敏。秀溪譜載：「回，名麟，字若愚，茂長子，母朱氏。姿城太守，孟嘉以二女妻之。生子三：長曰注，次曰淵明，三曰敬遠，承繼胞弟延爲後。」這段記載與史傳及淵明詩文不合之處甚多。考晉書陶回傳：陶回，丹陽人，祖基，吴交州刺史。父抗，太子中庶子。回辟司空府中軍、主簿，並不就。大將軍王敦命爲參軍，轉州别駕。敦死，司徒王導引爲從軍中郎，遷司馬。蘇峻之亂，回與陶侃、温嶠等并力攻峻，又别破韓晃，以功封康樂伯。蘇峻平後，遷征虜將軍，吴興太守。咸和二年卒，年五十一。生子四：汪、陋、隱、無忌。汪嗣爵，位至輔國將軍、宣城内史。陋冠軍將軍。隱少府。無忌光禄勳。據陶璜、陶回二傳，二人皆出於陶基，璜爲基子，回爲基孫，璜、回是伯侄輩。秀溪譜謂侃、僙同出一系，僙爲侃兄，侃子茂生回。則僙當爲回之伯祖。此一誤也。回之長子曰汪，非曰注；回諸子中亦無淵明與敬遠。此二誤也。陶澍注引豫章書曰：「孟嘉以二女妻陶侃子茂之二子，一生淵明，一生敬遠。」淵明祭從弟敬遠文稱：「父則同生，母則從母。」可知敬遠父爲淵明從父，敬遠母爲淵明從母，非如秀溪譜所載孟嘉將二女妻淵明父一人。此三誤也。根據陶回的生卒年，也可證明陶回既非侃孫，亦非淵明敬遠父。晉書校勘記引萬斯同歷代史表一五，陶回卒於東晉成帝咸康二年（三三六）。晉書本傳載回死時年五十一，逆推之，回當生于西晉武帝太康七年（二八六）。陶侃長於回二十七歲，顯然不可能做後者的祖父。據舊説，淵明生於東晉哀帝興寧三年（三六五），而此時陶回已死三十年。秀溪譜又謂陶回三子曰敬遠。按，淵明祭從弟敬遠文云：「歲在辛亥，月惟仲秋，旬有九日，從弟敬遠，卜辰云窆。」又云：「年甫過立，奄與世辭。」若晉安帝義熙七年辛亥（四一一）敬遠三十一歲，則其生年當在晉孝武帝太元六年（三八一），距陶回之死已有四十五六年。死者豈能生子？凡此，皆證明陶回乃淵明父之説荒謬之至。今人張人鑫陶淵明始家宜豐甄辨一文對此考辨較詳（見江西社科院社科情報與資料一九八五年第七期），讀者可參看。

秀溪譜又謂陶茂另一子名延，爲伏波將軍。考陶延其人，見于晉書陶侃傳：「侃使鄭攀及伏波將軍陶延夜趣巴陵，潛師掩其不備，大破之，斬千餘級，降萬餘口。」侃擊敗杜弢不久，王敦深忌侃功，左轉廣州刺史。據晉書元帝紀，大興元年（三一八）冬十月，加廣州刺史陶侃平南將軍，則陶延夜趣巴陵，當在大興元年前不久。若定陶茂生於懷、愍之間，則距大興元年至多不過十餘年，豈有父僅十餘歲，次子却任伏波將軍，馳騁疆場之理？此外陶侃傳叙及侃子或侄，都明白交代，如「遽遣子洪及兄子臻詣弘以自固」。「遣子斌與南中郎將桓宣西伐樊城」。若陶延確爲侃孫，陶侃傳當明書。顯然，陶延乃侃部將。他與陶回一樣，非爲侃裔孫。

其餘各譜，皆謂淵明父爲陶敏。但記載有以下幾點不同：

（一）行第。潯陽譜、靈龜石譜、栗里譜、套口譜皆謂敏爲茂四子，西源譜、廖花譜謂敏爲茂長子，定山譜謂敏爲茂次子。

（二）生子。西源譜、廖花譜、栗里譜、套口譜謂敏「生子三：恂之、熙之、淵明」。定山譜謂敏「生子一，曰淵明」。餘譜只書「生子潛」。按，恂之、熙之是否確爲淵明兄，已不可知，但淵明有兄或弟當可斷定。定山譜謂敏只生淵明，不確。鄧氏書辨則稱熙之乃淵明子。然淵明五子爲儼、俟、份、佚、佟，無熙之，鄧氏書辨誤。

（三）生卒年。潯陽譜、靈龜石譜、栗里譜、潛山譜謂敏生晉永和二年（三四六），而不書卒年。西源譜謂敏生於永和三年丁未（三四七），卒於義熙十四年戊午（四一八）。定山譜謂敏「生於晉康帝建元元年（三四三）癸卯九月二十六日，卒于劉宋武帝永初三年（四二二）壬戌十月二十八日」。陶敏生年有以上三説，未知孰是。至於西源譜、定山譜關於敏之卒年的記載，尋繹淵明詩文，實并不可信。淵明命子詩云：「於皇仁考」，可知作此詩時，其父已卒。又與子儼等疏云：「吾年過五十，少而窮苦，每以家弊，東西游走。」顔誄云：「少而貧病，居無僕妾，井臼弗任，藜菽不給，母老子幼，就養勤匱。」皆可證淵明出仕時父已不在。因此，其父決無活到義熙末或宋初之理。

（四）仕歷。各譜皆載敏「任姿城太守」。按，晉書地理志無姿城，亦無安城。乾隆四十七年安福縣志卷一云：「三國吴寶鼎二年（二六七）析廬陵之平都，長沙之安成，置安成郡，治平都。晉武帝太康元年（二八〇）廢安成郡，改安成曰安復縣。惠帝元康元年（二九一）復立安成郡，統縣如故。」故當作安成是。

淵明父名史失載。陶茂麟家譜始謂淵明父名逸，爲姿城太守。李公煥命子詩注引茂麟家譜，以爲淵明祖名岱，爲散騎員外，父名逸，爲姿城太守，生五子。鄧氏書辨云：「岱生晉安城太守逸。」陶考已辨鄧氏書不可信。然「陶逸」其人從何而來，頗難考索。疑史家初不知淵明父名，而書「史逸」。後陶氏某支後裔修譜時徑以「逸」作淵明父名。這一舛誤，至今尚能隱約從潛山譜、黟縣譜中發現。此二譜皆謂陶敏「即史逸」。「史逸」非淵明父名，亦非淵明父字，當是史所遺逸之意。陶氏後裔修譜時却在陶敏與子虚烏有的「史逸」之間劃上了等號。

又，淵明父陶敏是否作過安成太守，亦爲一大疑問。淵明命子詩稱其父「寄迹風雲，冥茲愠喜」。細味詩意，其父似乎也曾入仕途，但意度深沉，淡於利禄。安福縣志卷一四「人物志」謂淵明「賞遊武功，寓書岡山，今城南有淵明讀書臺」。陶澍疑淵明「或幼隨父任，讀書於此耶」？但書岡山讀書臺是否真與淵明有關，實頗可懷疑。安福縣志録周景春陶潛潭記云：「城中有讀書臺，以殷仲堪安成守邊，至今郡以臺稱，臺以殷稱。茲山獨得於故老之相傳而泯焉，不得與殷臺齊名者，得非淵明解官之後，恐不免於宋之再徵，遂自遁於幽遐窮陋，以晦其迹，使記載之失其傳焉。」可見，所謂書岡山淵明讀書臺不過得之於故老相傳，而不見記載，名氣遠不能與殷仲堪讀書臺相比。淵明解官後，一直居尋陽附近，未有幽遁於距江州千里之遥的安福之蹤迹。總之，淵明父任安成太守事祇可存疑。

四

諸譜都非常推崇陶淵明。栗里譜、賁口譜以淵明爲一世祖，淵明之前稱「明前祖」。各譜記淵明生卒年同，爲晉哀帝興寧三年乙丑（三六五）至劉宋文帝元嘉四年丁卯（四二七）。淵明生平行事基本采自史傳，無甚價值。只有淵明娶妻生子之記載，比史傳稍詳。

秀溪譜載：「淵明，回次子。前妻王氏，婚宜豐，生子儼；繼娶尋陽翟氏，生子俟、份、佚、佟。」西源譜、靈龜石譜、潛山譜謂淵明「娶陳氏、翟氏」。西源譜又謂陳氏歿於元嘉十一年甲戌（四三四），翟氏歿於元嘉丙子（四三六）。廖花譜僅載淵明娶翟氏，並謂翟氏卒於元嘉甲戌，生子五。按，淵明怨詩楚調示龐主簿鄧治中詩云：「始室喪其偏。」可知前妻死於淵明三十歲時，故西源譜所載陳氏卒年不可信。定山譜謂「娶翟氏、陳氏」。賁口譜謂「娶程氏、翟氏」。黟縣譜謂「娶陳氏，生子三曰儼、俟、份。翟氏生子二曰佚、佟」。翟氏當爲淵明續妻，見於蕭傳、南傳。

前妻未詳，諸譜或謂王氏，或謂程氏，或謂陳氏。按，淵明有妹嫁於武昌程氏，祖陶茂曾爲武昌太守。疑程氏妹所嫁者爲兄嫂親屬，故淵明妻當以「程氏」較可信。

淵明五子所出異母。據責子詩「雍端年十三」，知三子份（雍）、四子佚（端）爲雙生。秀溪譜謂前妻王氏生儼，其餘四子爲翟氏所生，其説不可信（參見責子詩注）。廖花譜謂翟氏生五子，黟縣譜謂前三子爲前妻陳氏所生，後二子爲續妻翟氏所生，皆不可信。因三子四子同年生，淵明又無妾，必出于同母。

據淵明悲從弟仲德詩、癸卯歲十二月中作與從弟敬遠詩及祭從弟敬遠文，淵明至少有敬遠、仲德兩位從弟。靈龜石譜載：「定，茂長子，生子曰敬，移居栗里。」栗里譜載：「定，茂長子，娶陳氏，生子二：襲之、謙之。」套口譜載：「定，娶陳氏，生子三：襲之、謙之、敬，遷居栗里。」潛山譜載：「定公，茂長子，生子曰進遠，居栗里。」定山譜則謂茂三子實，「生子敬遠，敬遠生綱，綱生九相公」。據諸譜，淵明當有襲之、謙之、敬、敬遠四位從兄弟。然諸譜記載如此混亂，連敬遠一人也不能確定其父是定還是實，則諸譜關於淵明從兄弟的記載之可信程度便不難想見了。

關於淵明生平行事，秀溪譜、定山譜記載較詳，偶或有不見於史傳的材料，但真僞錯雜，尚須考辨。秀溪譜「靖節公家傳」云：「癸巳歲起爲江州祭酒，挈家抵任。」所謂「挈家抵任」是指從故里宜豐抵江州任上。這一記載蓋源於圖經「淵明始家宜豐，後徙柴桑」之説，此外再無其他依據。該譜又載：「丙辰冬，乃與翟氏攜幼子佟還宜豐，詩曰：『命氏攜童弱，良日登遠游。』葺理南山舊宅而居之。日游秀溪之境，課耕論道。父老喜其復來，名其地曰『故里』。時公去此垂三十年矣。遍訪舊游，逝者過半，慨歎不已，每形之於吟詠，具見歸園田居等詩。」上述文字，證以淵明詩文，問題極多。

據舊説，義熙十二年丙辰（四一六），淵明五十二歲。若定淵明二十六歲生子儼，儼與佟相差八歲（見責子詩），至丙辰歲幼子佟已十八九歲，年將弱冠，何須妻室「攜童弱」？淵明詩中的南山概指廬山。雜詩其七云：「去去欲何之？南山有舊宅。」後一句是説廬山有祖先墓塋。秀溪譜却謂宜豐有南山，彼處有淵明舊宅。太元十八年癸巳至義熙十二年丙辰，前後共二十四年，何來「去此垂三十年」？淵明歸園田居詩，作於歸田之初，故云「久在樊籠裏，復得返自然」。若這組詩作于義熙十二年，自彭澤之歸已逾一紀，「久在樊籠裏」二句便説不通。秀溪譜又謂淵明共在宜豐故里四年，永初二年辛酉（四二一）春淵明復返尋陽。然考淵明贈羊長史詩，義熙十三年（四一七）劉裕收復關中，左軍將軍朱齡石遣長史羊松齡往秦川祝賀，路經尋陽，若此時淵明在宜豐，則何由作詩贈松齡？又宋傳云：「義熙末徵著作佐郎，不就。江州刺史王弘欲識之，不能致也。潛嘗往廬山，弘令潛故人龐通之，賫酒具於半道栗里要之。」若淵明不在尋陽，其何由往廬山？王弘亦無從結識之。以上幾點都説明秀溪譜不足信。

定山譜記淵明經歷，多録自蕭傳。如該譜「先代事實」叙江州刺史檀道濟饋以粱肉，淵明麾之而去一事，在作彭澤令之前。按，檀道濟爲江州刺史，在元嘉三年丙寅（四二六）五月，見于宋書文帝紀、資治通鑑。蕭傳叙次失當，定山譜沿其誤。但該譜也有考辨可取之處。如謂淵明爲彭澤令，不以家累自隨；以爲他書云公田悉令種秫，妻子固請種秔者，誤也。清包世臣書韓文後下篇自注云：「八月非種稉秫之時，十一月已去官，焉得有此事？」（藝舟雙楫）定山譜與包氏説同，令人首肯。又謂他書云慧遠立蓮社，與陶元亮諸人同修浄土者，誤。其説亦中肯。

五

關於淵明故里、舊居之記載，各譜不盡相同。

淵明里居有二説：一曰柴桑，一曰宜豐。潯陽譜謂淵明「始居柴桑上京。還舊居詩：『疇昔家上京，六載去還歸。』南康志云：『近城五里，地名上京，有靖節故宅，即柴桑縣之柴桑里。』」靈龜石譜乾隆十年重修族譜舊序云：「淵明祖家於柴桑，即今德化縣楚城鄉。歲戊申變生回禄，庚戌徙於南村紅花尖之西龜形山之谷中，其地曰栗里社，屬我星子縣。」秀溪譜則謂陶回乃淵明父，而回封康樂伯；古康樂後屬宜豐，故稱淵明始家宜豐，中年移居柴桑，晚年又一度歸宜豐故里。定山譜「先代遺跡」亦稱「靖節公故里，在瑞州新昌，讀書臺、洗墨池遺跡尚存，公少暫居此地，後遷居柴桑」。

陶淵明爲尋陽柴桑人，見於宋傳、蕭傳、南傳。判斷此記載是否正確，似有必要先弄清淵明祖輩的居處。晉書陶侃傳載，侃本鄱陽人，吴平，徙家廬江之尋陽。考尋陽縣，西漢置，因處尋水之陽得名，治所原在江北古蘭城（今湖北黄梅縣西南）。永興元年（三〇四），分廬江之尋陽、武昌之柴桑二縣置尋陽郡，隸屬江州。咸和時，温嶠始將江北之尋陽移於江南湓城之南鶴問寨（今江西九江縣城北九公里）。安帝義熙八年（四一二），省尋陽縣入柴桑縣，柴桑仍爲郡。（晉書地理志）這説明義熙八年後，柴桑城亦即江州和尋陽郡治所在，其址在湓城之南鶴問寨。（參見新編九江縣志）諸譜或謂陶丹葬潯陽四十里鶴問湖，或謂侃母湛氏葬潯陽，其父葬饒州牛崗牛眠地。又昌邑陶氏族譜云：「今潯陽郡西北山下，迺吴朝太子舍人丹之墓，即侃之父也。」（見陶考）傳説雖不一，但可肯定侃葬父或母于鶴問湖。按，鶴問湖之名，當出于陶侃的傳説。陶侃傳載：侃以母憂去職，「嘗有二客來弔，不哭而退，化爲雙鶴，沖天而去，時人異之」。王謨江西考古録卷四「鶴問湖」條云：「通志：九江府城西十五里有鶴問湖，世傳晉陶侃擇地葬母，至此遇異人，云前有牛眠處可葬，已而化鶴飛去。」「鶴問當作鶴門。劉義慶幽明録曰：『陶公於尋陽西南一塞取魚，自謂其地曰鶴門。』是亦陶侃故事，後人因以名湖矣。亦作鶴塞。梁元帝輸還江州節表曰『擁麾鶴塞，執兹龍節』。簡文帝玄覽賦曰『泝蛟川於蠡澤，沿鶴塞於尋陽』。諸本有作鵠塞者，非。」據上可知，鶴問、鶴門、鶴塞，名雖異實一。其址説法不一。欒史太平寰宇記「德化縣」條謂「鶴門洞在縣西四十二里」。江西通志卷一百二十「勝迹」條云「在府西白鶴鄉」。讀史方輿紀要卷八十五「鶴問寨」條云：「府西南十五里，志云，即故尋陽縣，宋元時置寨於此，以近鶴問湖得名。」考李吉甫元和郡縣志「江州尋陽縣」條云：「柴桑故城縣西南二十里。」上文已言及，柴桑城址在湓城之南鶴問寨，正位于九江府西二十里左右，相當于今九江市西南賽湖、八里湖一帶。元和郡縣志的説法是可信的。陶侃既然葬父或母於鶴問湖，則其家必在此或附近。侃後以功封柴桑侯（潯陽譜、潛山譜、黟縣譜謂陶丹封柴桑侯，非），子孫遂家於此。因此，史載淵明爲尋陽柴桑人，正確無誤。

然因陶氏宗譜修譜者多不明柴桑故城所在，遂謂淵明故里在德化縣楚城鄉，或謂在星子縣栗里。其誤蓋沿自杜佑通典及宋明以後地志。通典一百八十二「潯陽郡潯陽縣」條云：「今縣南楚城驛，即舊柴桑縣也。」後樂史太平寰宇記卷一百十一「江州德化縣」條云：「柴桑山近栗里原，陶潛此中人。」「栗里原在山南，當澗有陶公醉石。」又云：「陶公舊宅在州西南五十里柴桑山，晉史：『陶潛家于柴桑。』唐白居易有訪陶公舊宅詩。」「楚城驛在縣南，即舊柴桑縣也。」明清地志多襲通典及太平寰宇記之説，遂定柴桑山及柴桑故城在廬山西南麓。對此，逯欽立陶潛里居史料評述從元和郡縣志，參之洪亮吉三國疆域志、東晉疆域志，詳考柴桑故城濱江，必迫近湓口。其説言而有據，足資參考。

考諸史傳及淵明詩文，可證淵明故里與舊居必不在楚城鄉附近。史稱淵明常往廬山游觀，與慧遠、劉遺民、龐參軍等交往。若其舊居在今九江市西南九十里楚城鄉一帶，則往廬山北麓將近百里。淵明有脚疾，如何能辦？又庚子歲五月中從都還阻風於規林二首其一云：「行行循歸路，計日望舊居。」規林在今安徽宿松縣境內，與尋陽城隔江相望。若淵明舊居遠在尋陽郡治西南九十里山谷中，何必去望？又辛丑歲七月赴假還江陵夜行塗口詩云：「臨流別友生。」此「流」明指長江。可見淵明居所必臨江不遠。又歸去來兮辭序稱「彭澤去家百里」。從鶴問寨經長江水路至古彭澤縣治（在今湖口縣小鳳山）正約百里，若楚城鄉至彭澤近二百里。又文選郭璞江賦：「鼓洪濤於赤岸，淪餘波乎柴桑。」若柴桑城在楚城鄉，江波能及于彼地乎？又丙辰歲八月中於下潠田舍穫詩云：「勠力東林隈」、「揚檝越平湖。」東林即廬山東林寺所在的東林。西源譜、潯陽譜謂淵明祖茂居江州尋陽東林。其説證以陶詩，或不爲無根之説。平湖，當指鶴問湖。若淵明故里在楚城鄉，崇山峻嶺中何來平湖？豈能「勠力東林隈」？據上可知，淵明故里與舊居必在尋陽郡治鶴問寨附近，地當廬山北麓，距東林寺較近。

至於潯陽譜引南康志，謂南康近城五里，有靖節故宅，則更屬附會。淵明還舊居詩云「疇昔家上京」，後人遂將南康的玉京山等同於「上京」，進而稱此處有淵明故宅。明桑喬廬山記事引名勝志、大明一統志、南康府志、清曹樹龍陶潛故居辨均持此説。對此，逯欽立陶淵明里居史料評述已辨其不可信。

淵明「始家宜豐」之説源於宜豐圖經。樂史太平寰宇記引圖經云：「淵明始家宜豐，後徙柴桑。」宜豐圖經成於何時不可知，至遲不晚於宋初。南宋熊良輔新昌圖經序云：「自漢晉以來，先賢遺躅，如梅（福）之尉山，陶之故里，皆在境內。」阮薦於南宋紹興年間作陶靖節祠堂記云：

「先生文集及傳誄特載其出仕之後、歸休投老於潯陽時。此邑之書堂石室，蓋未爲江州祭酒時栖隱之地爾。」傅實之於淳祐四年(一二四四)作重修陶靖節祠堂記云：「先生本宜豐人，中年遷潯陽，晚回宜豐，有石洞遺像，父老喜其復歸，號曰故里。」明一統志云：「元亮故里在新昌縣東二十五里。」其他如明清時所修的江西通志、瑞州府志、上高縣志、新昌縣志，皆稱淵明故里在宜豐。至民國初，胡思敬著鹽乘，集淵明始家宜豐説之大成。

但考諸史傳及淵明詩文，此説似是而非。阮薦陶靖節祠堂記對「書堂石室」等所謂淵明故迹的「漫不可考，慨歎徘徊」。後叙一客曰：「晉宋二史暨梁昭明、顔延之諸公，皆云先生自言歸潯陽爲彭澤令，去家百里，則吾邑圖經初何所質。」對圖經「淵明始家宜豐」説表示懷疑。阮無言以對。該文後又稱淵明出仕前隱居宜豐，不過是想當然之臆説。明正德瑞州府志「考異志」云：「新昌志義鈞鄉有陶淵明讀書堂及墓。按，先生自言居潯陽，爲彭澤令，去家百里。列史皆曰潯陽人；又曰：未有所之，惟田舍及廬山游觀而已。太和傳誄亦稱其卒于柴桑。今廬山、柴桑俱在南康、九江，不知新昌何以有堂及墓？或亦陶姓而賢者，誤以爲淵明歟？」瑞州府志編者懷疑宜豐的淵明故迹，認爲可能是「陶姓而賢者，誤以爲淵明」。此點給人以有益的啓示。王謨江西考古録卷五「陶公故居」條，謂江西通志所載靖節故居凡三處，「考之史傳，當以九江柴桑爲正」。「若圖經云始家宜豐，則史傳詩文俱無考證，難以取信」。王謨定淵明故居在九江府西南九十里柴桑山，此説雖不確切，但據史傳及淵明詩文，否定圖經云始家宜豐，得出淵明故居「當以九江柴桑爲正」的結論，這是值得肯定的。

至於淵明始家宜豐説從何而來，這已很難考索。從秀溪譜「宗支之源」謂淵明父乃陶回，宜姿城太守判斷，可能同誤以陶回爲淵明父有關。晉書陶回傳載回封康樂伯，江西通志封爵表中列有康樂伯陶回，瑞州府志載：「利貺廟，在高安鳳山，祀陶回，回平蘇峻功封康樂伯。咸康中，食邑苦旱，乃發稟賑濟，民利其貺，建祠祀之。」按晉書地理志，康樂屬豫章郡，三國吴時爲陽樂縣，西晉太康元年（二八〇）改名康樂。其治所在今江西萬載縣境内。萬載縣志卷一之三「古迹」云：「吴陽樂城，晉改名康樂，故址在縣東北四十里，今羅城。」或説在今宜豐境内。同治十一年新昌縣志卷四「古迹」據太平寰宇記云：「陽樂縣城在義鈞鄉，吴大帝分置，唐廢。」萬載、宜豐毗鄰，疆域沿革較複雜，康樂古城址又不易確定，故或謂康樂伯陶回封地在萬載，或謂在宜豐。持後説者便稱淵明始家宜豐。如前所述，陶回、陶淵明非同祖，即或陶回食邑宜豐，也與淵明風馬牛不相及。

六

各譜記載淵明遺跡很多，如秀溪譜「靖節公遺跡」有東皋嶺、賦詩灣、松菊園、顧淵石、靖節橋、故里橋、南山故址等；定山譜「先代遺跡」有靖節公故里、讀書臺、洗墨池、五柳館、三笑亭、醉石、三學祠、靖節祠、靖節墓等。這些所謂淵明遺跡，多係景仰淵明風采的陶氏後裔及文人墨客所立，無甚史料價值。現評述與淵明故里及卒地有關的遺跡三處：醉石、靖節墓、靖節祠。

淵明醉石的傳説，大概不遲於晚唐。晚唐人王貞白與陳光，都有詠淵明醉石詩。然未知此醉石在何處。王詩狀醉石云：「積疊莓苔色，交加薜荔根。」陳詩云：「醉眠芳草合，吟起白雲空。」據此看來，醉石似在陸上。吴騫拜經樓詩話卷二引宋曾達臣獨醒雜志云：江州德化縣楚城鄉陶靖節祠前横小溪，「溪中盤屹一石，人謂之淵明醉石」。據此，醉石乃在楚城鄉淵明祠前小溪中。吴騫後引王貞白、陳光詩，意爲醉石即兩人所詠。樂史太平寰宇記、陳舜俞廬山記、朱熹跋顔魯公栗里詩、曾集陶淵明集跋，皆謂醉石在廬山南栗里山谷亂流中，與獨醒雜志不同。王象之輿地紀勝三十「江州」條云：「栗里原，舊隱基址猶存，有陶公醉石，然山南亦有之，二事重出，故兩存之。」可見，宋時已有二醉石，一在九江西南九十里德化縣楚城鄉，一在南康府西山澗中。其時，人們已不能定何者爲是而「兩存之」。因此，後人以醉石所在而確定淵明故里，勢必緣木求魚，以訛傳訛。淵明故里既在九江西南二十里鶴問寨附近，則楚城鄉及山南栗里之醉石，皆不可信矣。

有關靖節墓的記載，始見於名勝志：「陶公舊宅在治西南九十里柴桑山。晉史：『陶潛家于柴桑。』即今之楚城也。去宅北三里許有靖節墓。」明正德六年（一五一一），楚城鄉鹿子坂大水沖出一碑，題曰「陶靖節先生故里」。提學副使李夢陽據此建靖節墓於面陽山。其事見李夢陽空同集卷四十九陶淵明集序：「予既得淵明墓山封識之矣，又得其故屋祠址田，令其裔老人瓊領業焉。然其山並田，德化縣屬，而老人瓊星子民，會九江陶亨來信，本淵明裔，亨固少年粗知字義者，於是使爲郡學生焉。實欲久陶墓云。」又云：「初淵明墓失焉，越百餘年無尋焉。予既得其山並田，遂遷諸竊據而葬者數塚而封識之，然仍疑焉。及鑑淵明集有自祭文曰『不封不樹』。豈其時真不封不樹，以啓竊據而葬者耶？·墓在面陽山德化縣楚城鄉也。」李夢陽又有靖節公墓田屋祠基池州記一文，鐫刻於面陽山靖節祠（該祠已廢，今遷於九江縣沙河街）。定山譜亦録此文。桑喬廬山紀事亦載李夢陽得斷碑復淵明墓田祠址事，又謂靖節祠由九江守馬紀於嘉靖十二年（一五三三）所建。

李夢陽復面陽山之墓田，清人曹龍樹陶潛故居辨據楚城鄉地理環境與淵明詩文之不合，加以否定。逯欽立陶淵明里居史料評述稱李氏「臆定」、「創此妄説」。然李夢陽此舉未可輕議，因楚城鄉有淵明祠實早在北宋宣和年間。曾達臣獨醒雜志云：「江州德化縣楚城鄉乃陶淵明所居之地，詩中所謂柴桑者。宣和初，部刺史即其地立陶淵明祠，洪芻駒父爲之記。」「土人遇重九日，即攜酒擷菊，酹奠祠下，歲以爲常。」明九江府志「補遺」引獨醒雜志後云：「明時建祠之地，並蓋即宋宣和立祠之舊址也。」可見，正德六年李夢陽復淵明墓田，嘉靖十二年馬紀建靖節祠，並非臆定妄説。楚城鄉北宋時即有靖節祠及墓，數百年後經兵燹戰亂及風雨剥蝕，祠廢墓失。李夢陽所得斷碑當爲宋時物，馬紀建靖節祠之地乃北宋時立祠舊址。至于宣和初部刺史憑何根據在楚城鄉立淵明祠，今已無從考索。疑出於該處有淵明醉石的傳説及太平寰宇記「柴桑山在栗里原，陶潛此中人」的不正確説法。

按，顔延之陶徵士誄云：「元嘉四年月日，卒於尋陽縣之某里。」義熙八年（四一二）省尋陽縣入柴桑縣，顔誄所云尋陽縣，仍沿義熙八年前之舊稱也。柴桑既治鶴問寨，故淵明卒地，必在鶴問寨附近，決無可能在廬山西南麓的楚城鄉。但其葬地，却不一定就在居處附近。淵明自祭文云：「不封不樹。」挽歌辭其三云：「嚴霜九月中，送我出遠郊。」雜詩其七云：「去去欲何之，南山有舊宅。」抑淵明祖墓遠在楚城鄉耶？抑當年淵明兒子葬父不遵父囑，墓地立封識耶？此皆無可考索矣。

七

綜觀諸陶氏宗譜，可論定者有五：陶侃爲淵明曾祖，一也。陶茂爲淵明祖父，二也。淵明父爲陶敏，非陶逸或陶回，三也。淵明前後兩娶妻，生子五；叔父陶夔，敬遠爲淵明從弟之一，四也。淵明故里在尋陽郡治鶴問寨附近，今九江市西南二十里賽湖、八里湖一帶，五也。至於淵明父是否任安成太守，淵明墓何在，則祗可存疑。

附録四

陶淵明年譜簡編

自宋至今，陶淵明年譜不下二十種。諸譜對淵明里居、家世、年壽、行事、交游、作品繫年等問題各有發明。筆者研讀陶淵明集有年，鈎稽淵明詩文並參諸史傳，以爲宋傳六十三歲之記載亦有難圓之處，而梁譜、古譜牴牾更多。爰取鄧安生陶淵明年譜五十九歲説編成此譜。聊供讀者觀覽。凡本書前面部分考辨已詳者，譜中一般從略，或只書結論，故名曰「簡編」。

陶淵明字元亮，入宋後更名潛。

陶淵明名字，各史記載不同。宋傳：「陶潛字淵明。或云，淵明字元亮。」蕭傳：「陶淵明字元亮。或云，潛字淵明。」蓮傳：「陶潛字淵明。」晉傳：「陶潛字元亮。」南傳：「陶潛字淵明，或云字深明，名元亮。」吴譜：「按先生之名淵明，見於集中者三；其名，見於本傳者一。集載孟府君傳及祭程氏妹文，皆自名淵明。又按，蕭統所作傳及晉書、南史載先生對道濟之言，則自稱曰潛。孟傳不著歲月，祭文晉義熙三年所作，據此即先生在晉名淵明可見也。此年對道濟，實宋元嘉，則先生至是蓋更名潛矣。」「其實先生在晉名淵明字元亮，在宋則更名潛，而仍其舊字。謂其以名爲字者，初無明據，殆非也。本當曰：陶淵明字元亮，入宋更名潛，如此爲得其實。」

陶考：「晉史謂潛字元亮，南史謂潛字淵明，皆非也。先生於義熙中祭程氏妹，亦稱淵明，至元嘉中對檀道濟之言，則云『潛也何敢望賢』。年譜云在晉名淵明，在宋名潛，元亮之字則未嘗易。此言得之矣。」

按，顔誄稱「晉徵士陶淵明」，元嘉中淵明對檀道濟自稱曰「潛」，則吴譜「在晉名淵明字元亮，在宋則更名潛，而仍其舊字」之説最得其實。宋傳、南傳、蓮傳謂「潛字淵明」，梁譜謂小名潛，古譜引羅翽雲稱「潛乃其名，而淵明其小名也」。皆不確。

江州尋陽柴桑人。

陳舜俞廬山記：「江州在山北二十里，本在大江之北，尋水之陽，因名尋陽。今蘄州之蘭城即其古址。咸和九年，刺史温嶠，始自江北移于湓城之南。」宋傳：「尋陽柴桑人也。」蕭傳、南傳同。按，柴桑縣漢置，因柴桑山得名。清同治德化縣志：「漢高帝六年（前二〇一），分淮南置豫章郡，領縣十八，柴桑隸也。」晉書地理志：「永興元年，分廬江之尋陽，武昌之柴桑二縣置尋陽郡，屬江州。」「安帝義熙八年，省尋陽縣入柴桑縣，柴桑仍爲郡。」江西通志卷四：「柴桑縣初屬武昌郡，永興初屬尋陽郡，咸和中爲尋陽郡治。」據此可知，東晉義熙八年後尋陽郡治和柴桑縣治爲同一地。唐李吉甫元和郡縣志：「柴桑故城縣西南二十里。」則柴桑治所在湓城之南鶴問寨。參見本書附録三陶氏宗譜中之問題。

曾祖陶侃，晉大司馬，封長沙郡公，卒謚桓。

宋傳：「曾祖侃，晉大司馬。」蕭傳、晉傳、南傳同。贈長沙公詩序：「余於長沙公爲族，祖同出大司馬。」命子詩：「桓桓長沙，伊勳伊德。」「肅矣我祖，慎終如始。」顏誄：「韜此洪族，蔑彼名級。」俱證淵明爲陶侃曾孫。清初全祖望著陶淵明世系考（鮚埼亭集外編四十）謂「淵明當爲桓公七世孫」。洪亮吉陶氏族譜序、閻詠左汾近稿疑淵明非陶侃後人。錢大昕跋陶淵明詩集（潛研堂文集卷三十二）已力辨其妄。朱自清陶淵明年譜中之問題仍稱淵明是否陶侃後裔「祇可存疑」。其實，淵明自述與顏誄、史傳記載一致，淵明爲陶侃曾孫無庸置疑。

祖陶茂，武昌太守。

晉傳：「祖茂，武昌太守。」命子詩：「肅矣我祖，慎終如始。直方二台，惠和千里。」李注引陶茂麟家譜，謂淵明祖名岱。陶考已辨其不可信。

父敏，曾出仕，不詳何官。

命子詩：「於皇仁考，淡焉虛至。寄迹風雲，冥兹慍喜。」李注引陶茂麟家譜云：「父名逸，姿城太守，生五子。」陶考已辨其誤。秀溪譜謂陶回爲淵明父，不可信。潯陽譜、栗里譜、西源譜、定山譜等皆謂陶敏爲淵明父。今從之。

母孟氏，孟嘉第四女。

晉故征西大將軍長史孟府君傳：「淵明先親，君之第四女也。」

晉廢帝太和四年己巳（三六九）　一歲

陶淵明生年，各書不載。顔誄僅書卒年，謂「春秋若干，元嘉四年月日」。宋傳：「元嘉四年卒，年六十三。」蕭傳、晉傳同。南傳、蓮傳只書卒年，不記年歲。王譜、吴譜、顧譜、丁譜、陶考、楊譜皆信宋傳六十三歲説。至梁譜始生疑問，舉凡八證，謂淵明得年五十六。傅譜、游國恩陶潛年紀辨疑駁之，朱自清陶淵明年譜中之問題亦辨其不足起信。古譜舉凡三證，謂淵明得年五十二，牽合滯礙之處較梁譜更多，陸侃如陶公生年考——跋古層冰陶靖節年譜已逐項駁之，兹不具列。此外，宋人張縯有七十六歲説（見李注引張縯吴譜辨證），清人吴汝綸古詩鈔有五十一歲説。前者陶考已辨其非，後者更不足論。古今學者多信奉宋傳六十三歲説，朱自清亦謂「舊説雖於辛丑游斜川詩、癸卯懷古田舍詩及顔誄『中身』之語，尚待研討，然大體固無矛盾也」。然檢覆六十三歲説，除朱氏所稱「尚待研討」之點外，實還有其他滯礙難通之處。兹列項如下：

一、顔誄云：「年在中身，疢維痁疾，視死如歸，臨凶若吉。藥劑弗嘗，禱祀非恤。傃幽告終，懷和長畢。」此八句語意連貫，叙淵明臨死前的超然恬静之狀。「中身」用書無逸「文王受命惟中身」成語。詩文王鄭玄注：「中身謂中年。」梁譜第八證即舉顔誄「年在中身」句，謂淵明壽不及六十。朱自清謂「此證甚堅」。

二、游斜川詩若以序「辛丑」、詩「五十」爲正，依舊譜，則是年淵明三十七，與「開歲倏五十」句相矛盾。若以序「辛酉」、詩「五十」爲正，依舊譜，則是年淵明五十七，又與詩「五十」不合。若將「五十」改爲「五日」，則又與詩中感歎日月擲人的情緒不合（參見游斜川詩注）。

三、依舊譜，淵明於太元十八年癸巳（三九三）初仕江州祭酒，時二十九歲；義熙元年乙巳（四〇五）棄官，時四十一歲，前後在仕途共十三年。然飲酒詩其十六云：「行行向不惑，淹留遂無成。」其十九云：「是時向立年，志意多所恥。」雜詩其十云：「荏苒經十載，暫爲人所羈。」合三詩觀之，可證淵明將近三十歲時「投耒去學仕」，不到四十歲就棄官歸田，在仕途共十載。據此，宋傳六十三歲説難以成立。

四、與子儼等疏云「吾年過五十」，文末又稱濟北氾稚春爲「晉時操行人也」，則此文必作於淵明五十歲後，且晉亡之後。依舊譜，劉裕篡晉稱宋時，淵明已五十六歲。若從王瑶注，此文作於宋永初二年辛酉（四二一），淵明已五十七歲。疏文既言「吾年過五十」，則淵明實際年齡必不會離五十太遠。

五、挽歌詩爲淵明臨終前絶筆，詩云「早終非命促」。梁譜以爲若壽六十三，不得言早終。孟嘉卒年五十三，孟府君傳贊云：「道悠運促，不終遠業。惜哉！仁者必壽，豈斯言之謬乎？」可見，淵明以五十三歲爲不壽。游國恩陶淵明年紀辨疑以「古人六十爲下壽」駁梁譜，但朱自清云：「『下壽』與『早終』當有别也。」其説是。皇甫謐篤終論曰：「故禮六十而制壽，至于九十。」「吾年雖未制壽。」晉書周訪傳：「初訪少時遇善相者廬江陳訓，謂訪與陶侃曰：『二君皆位至方嶽，功名略同，但陶得上壽，周當下壽，優劣更由年耳。』訪小侃一歲，太興三年卒，時年六十一。」據此，晉人以年六十爲下壽，不及六十爲不壽。「早終」更在「下壽」之下，即不及六十。

以上五點，是宋傳六十三歲説難以成立之處，同時亦證明，淵明享年不及六十。鄧譜受逯繫年啓發，謂游斜川詩序「辛丑正月五日」之「辛丑」乃干支紀日，東晉義熙十四年戊午（四一八）正月五日正爲辛丑，詩發端句「開歲倏五十」，此年淵明正五十歲，遂創淵明終年五十九歲説（參見游斜川詩注）。今從之。由義熙十四年戊午（四一八）淵明五十歲上溯生年，當在晉廢帝太和四年己巳（三六九）。

夏四月，大司馬桓温帥衆伐燕，九月，敗於枋頭。（晉書海西公紀、資治通鑑卷一〇二）

桓玄生。

資治通鑑卷一〇三：晉孝武帝寧康元年癸酉（三七三）桓温卒，以少子玄爲嗣，時方五歲。則上溯當生於本年。

晉廢帝太和五年庚午（三七〇）　二歲

晉簡文帝咸安元年辛未（三七一）　三歲

十一月，桓温廢司馬奕爲東海王，迎會稽王司馬昱即帝位，是爲簡文帝，改元咸安。（晉書海西公紀、簡文帝紀）

晉簡文帝咸安二年壬申（三七二）　四歲

夏四月，徙海西公於吴縣西柴里。六月，前護軍將軍庾希舉兵反。七月，桓温遣東海内史周少孫討希，擒之，斬於建康。司馬昱卒，遺詔以桓温輔政。司馬曜即帝位，是爲孝武帝。是歲，三吴大旱，人多餓死。（晉書簡文帝紀、孝武帝紀）

程氏妹生。

祭程氏妹文：「慈妣早世，時尚乳嬰，我年二六，爾纔九齡。」程氏妹小淵明三歲，當生於本年。

晉孝武帝寧康元年癸酉（三七三）　五歲

七月，桓温薨。竟陵太守桓石秀爲寧遠將軍，江州刺史，鎮尋陽。（晉書孝武帝紀、晉書桓石秀傳、資治通鑑卷一〇三）

晉孝武帝寧康二年甲戌（三七四）　六歲

晉孝武帝寧康三年乙亥（三七五）　七歲

晉孝武帝太元元年丙子（三七六）　八歲

春正月，改元。（晉書孝武帝紀）

晉孝武帝太元二年丁丑（三七七）　九歲

八月，謝安爲司徒，使持節，都督荆、梁、寧、益、交、廣六州諸軍事。荆州刺史、征西大將軍桓豁卒。十月，車騎將軍桓沖都督荆、江、梁、益、寧、交、廣七州諸軍事，領荆州刺史。（晉書孝武帝紀）

周續之生。

宋書周續之傳：周續之卒於宋少帝景平元年（四二三），年四十七。則上溯當生於本年。

晉孝武帝太元三年戊寅（三七八）　十歲

晉孝武帝太元四年己卯（三七九）　十一歲

慧遠初至廬山。（高僧傳）

晉孝武帝太元五年庚辰（三八〇）　十二歲

四月，大旱。五月，大水。以司徒謝安爲衛將軍、儀同三司。六月，以驃騎將軍、琅邪王道子爲司徒。（晉書孝武帝紀）

淵明喪父。

祭程氏妹文：「慈妣早世，時尚乳嬰，我年二六，爾纔九齡。」祭從弟敬遠文：「相及齠齔，並罹偏咎。」按，「齠」不與「齔」通，「齠齔」泛指幼年，故不能據家語「男子八歲而齔」一語遂定淵明喪父在八歲時。梁譜謂「慈妣」當爲「慈考」之譌，淵明十二歲丁憂。其説可取。參見祭程氏妹文及祭從弟敬遠文注。

晉孝武帝太元六年辛巳（三八一）　十三歲

孝武帝初奉佛法，立精舍於殿内，引諸沙門居之。六月，揚、荆、江三州大水。（晉書孝武帝紀）

從弟敬遠約生於本年。

祭從弟敬遠文：「歲在辛亥，月惟仲秋，旬有九日，從弟敬遠，卜辰云窆。」又云：「年甫過立，奄與世辭。」假定辛亥年（四一一）敬遠三十一歲，則上溯當生於本年。

晉孝武帝太元七年壬午（三八二）　十四歲

晉孝武帝太元八年癸未（三八三）　十五歲

八月，苻堅率衆渡淮。十月，謝玄、謝石、謝琰諸將與苻堅戰於肥水，大破之。（晉書孝武帝紀）

晉孝武帝太元九年甲申（三八四）　十六歲

顔延之生。

南史顔延之傳：顔延之卒於宋孝武帝孝建三年（四五六），年七十三。則上溯當生於本年。

晉孝武帝太元十年乙酉（三八五）　十七歲

八月，謝安卒。司馬道子領揚州刺史，録尚書，都督中外諸軍事。（晉書謝安傳、資治通鑑卷一〇六）

謝靈運生。

宋書謝靈運傳：謝靈運卒於宋元嘉十年（四三三），年四十九。則上溯當生於本年。

晉孝武帝太元十一年丙戌（三八六）　十八歲

晉孝武帝太元十二年丁亥（三八七）　十九歲

晉孝武帝太元十三年戊子（三八八）　二十歲

晉孝武帝太元十四年己丑（三八九）　二十一歲

孝武帝司馬曜溺於酒色，重用司馬道子。道子與帝日夕酣飲，又崇尚浮屠，窮奢極靡。左右親近争弄權柄，交通請託，賄賂公行，政局大壞。（資治通鑑一〇七）

晉孝武帝太元十五年庚寅（三九〇）　二十二歲

司馬道子恃寵驕恣，帝不能平，以中書令王恭爲都督青、兖、幽、并、冀五州諸軍事，兖、青二

州刺史，鎮京口，以濳制道子。（資治通鑑卷一〇七）

晉孝武帝太元十六年辛卯（三九一）　二十三歲

江州刺史王凝之集中外僧徒八十餘人，於尋陽南山精舍，翻譯佛經。

逯繫年引出三藏記集阿毗曇心經序：「泰元十六年，歲在單閼，貞於重光。其年冬，於尋陽南山精舍，提婆自執胡經，先譯本文，然後乃譯爲晉語，比丘道慈筆受。至來年秋，復重與提婆校正，以爲定本。時衆僧上座竺法根、支僧純等八十八人。地主江州刺史王凝之、優婆塞西陽太守任固之爲檀約，並共勸佐而興立焉。」

晉孝武帝太元十七年壬辰（三九二）　二十四歲

十月，荆州刺史王忱卒。十一月，以黄門郎殷仲堪爲都督荆、益、寧三州諸軍事、荆州刺史，鎮江陵。立皇子德文爲瑯琊王，徙瑯琊王道子爲會稽王。（晉書孝武帝紀、資治通鑑卷一〇八）

晉孝武帝太元十八年癸巳（三九三）　二十五歲

六月，始興、南康、廬陵大水。（晉書孝武帝紀）

晉孝武帝太元十九年甲午（三九四）　二十六歲

七月，荆、徐二州大水，傷秋稼。（晉書孝武帝紀）

長子儼生。

顔誄：「母老子幼，就養勤匱，遠惟田生致親之議，近悟毛子捧檄之懷。」據此知淵明未仕前至少有一子。歸去來兮辭序云：「幼稚盈室。」則義熙元年八月爲彭澤令時已有多子。五子不同母，見與子儼等疏。五子年歲差次，見責子詩：儼長俟二歲，俟長份、佚一歲，份、佚長佟近五歲，前後凡八年有五子。假定前妻僅生儼，餘子爲繼室所生，而儼與俟相差二年，其間服喪、續娶及生子必無餘裕。傅譜假定儼、俟、份、佚皆前妻所出，翟氏僅生一佟。其説是（參見命子詩注）。淵明三十歲喪妻，假定二十九歲生份、佚，儼長份、佚三歲，則生長子儼時淵明二十六歲。

晉孝武帝太元二十年乙未（三九五）　二十七歲

帝擢王恭、郗恢、殷仲堪等使居内外要任，以防道子。道子亦引王國寶等以爲心腹。（資治通鑑卷一〇八）

五柳先生傳約作於本年。

晉孝武帝太元二十一年丙申(三九六) 二十八歲

九月，張貴人弒帝。晉安帝即位，大赦。司馬道子爲太傅攝政，寵信王國寶，與王恭之間矛盾加劇。(晉書安帝紀、資治通鑑卷一〇八)

次子俟生。

責子詩：「阿舒已二八，懶惰故無匹，阿宣行志學，而不愛文術。」據此知俟少長子儼二歲，當生於本年。

初仕江州祭酒，不久即解歸。

宋傳：「親老家貧，起爲州祭酒，不堪吏職，少日自解歸。」飲酒詩其十六云：「疇昔苦長飢，投耒去學仕。」是時向立年，志意多所恥。」湯注、吴譜、陶考、逯繫年依六十三歲説，皆定向立年爲太元十八年癸巳(三九三)，淵明二十九歲。按，前已證淵明在仕途前後十年，棄官時不足四十歲，舊譜不確，故定淵明本年出仕。此時，淵明已得長子儼和次子俟，正所謂「親老家貧」、「母老子幼，就養勤匱」，出仕以救窮乏。

晉安帝隆安元年丁酉(三九七) 二十九歲

四月，兖州刺史王恭舉兵討王國寶。司馬道子殺國寶，恭乃罷兵。荆州刺史殷仲堪聞國寶死，亦抗表舉兵，道子以書止之。(晉書安帝紀、晉書王恭傳、資治通鑑卷一〇九)

三子份、四子佚生。

晉安帝隆安二年戊戌（三九八）　三十歲

七月，王恭、庾楷、殷仲堪、桓玄、楊佺期等以討譙王司馬尚之、王愉爲辭舉兵。九月，王恭兵敗被殺。十月，殷仲堪等盟於尋陽，推桓玄爲盟主。（晉書安帝紀、資治通鑑卷一一〇）

淵明喪妻。

怨詩楚調示龐主簿鄧治中詩：「弱冠逢世阻，始室喪其偏。」

晉安帝隆安三年己亥（三九九）　三十一歲

十一月，孫恩攻陷會稽。衛將軍謝琰、輔國將軍劉牢之發兵擊之。十二月，桓玄襲殺荆州刺史殷仲堪、南蠻校尉楊佺期。（晉書安帝紀、資治通鑑卷一一一）

本年冬，淵明始仕桓玄。

晉安帝隆安四年庚子（四〇〇）　三十二歲

桓玄都督八州軍事，兼荆州、江州刺史。五月，孫恩陷會稽，謝琰戰死。十一月，鎮北將軍

劉牢之都督會稽五郡，帥衆擊恩。（資治通鑑卷一一一）

淵明仍爲桓玄僚佐，曾因事使都，作庚子歲五月中從都還阻風於規林詩二首。

本年或去年續娶翟氏。

吴譜太元十九年甲午條云：「先生蓋兩娶。本傳：『其妻翟氏，志趣亦同，能安苦節，夫耕於前，妻鋤於後。』則繼室實翟氏。」毛晉緑君亭本雜附十二：「翟氏當是翟湯家。按，翟湯字道深，潯陽人，篤行廉潔，耕而後食，不屑世事，人有餽遺，一無所受。永嘉末寇害相繼，聞湯名德皆不敢犯。王導、庾亮屢薦不起。子莊以孝友稱，有湯之操，征辟亦不就。莊子矯，矯子法賜，世有隱德，時號潯陽四隱。」至於續娶翟氏之年，或曰即在喪偶不久。如顧譜云：「喪偶，旋娶翟氏。」梁譜太元十六年辛卯條云：「先生續娶年歲無考，然長子儼比次子俟僅早兩歲，則續娶或即在喪偶之年。」傅譜云：「昭明傳稱『其妻翟氏，亦能安勤苦，與其同志』。觀責子篇，諸子不同母，則此翟氏之爲繼娶則無疑義。先生喪偶既在三十，五子佟又只小四子四歲，則繼娶之年，必在此一二年内。」按，喪偶即續娶不合古代禮制，梁譜不可取，傅譜較中肯。今將續娶之年暫繫於此。

晉安帝隆安五年辛丑（四〇一）　三十三歲

孫恩攻陷吴國，殺内史袁山松。劉牢之遺劉裕擊破之。桓玄聞孫恩逼京師，上疏請討，詔止之。（晉書劉牢之傳、資治通鑑卷一一二）

七月，淵明由江陵往尋陽休假，假滿還江陵，作辛丑歲七月赴假還江陵夜行塗口詩。

冬，母孟夫人卒。淵明歸尋陽居憂。

祭程氏妹文：「昔在江陵，重罹天罰。」吴譜：「先生以七月還江陵，而祭妹文有『蕭蕭冬月』之語，則居憂在是歲之冬。」王譜謂是年喪父，誤。

劉遺民爲柴桑令。

唐釋元康肇論疏引慧遠所作劉公傳：「禄尋陽柴桑，以爲入山之資。未旋幾時，桓玄東下，格稱永始。逆謀始，劉便命孥，考室林藪。」按，桓玄東下在元興元年壬寅（四〇二）二月（詳下元興元年），劉遺民禄柴桑在此之前不久，故暫定於本年。

晉安帝元興元年壬寅（四〇二）　三十四歲

正月，驃騎大將軍司馬元顯率軍討桓玄。二月，桓玄東下。三月，玄入京師，殺司馬元顯、司馬道子，總攬朝政，改元大亨。（晉書安帝紀、資治通鑑卷一一二）

幼子佟生。

責子詩：「阿舒已二八」「通子垂九齡。」佟與儼相差八歲，儼生時淵明二十六歲，故佟當生於本年。

七月，慧遠、劉遺民等於廬山結白蓮社。劉遺民作誓願文。

古譜元興元年壬寅條云：「七月，東林寺釋慧遠集緇素百二十有三人，於般若雲臺精舍建齋立誓，共期西方。彭城劉遺民、豫章雷次宗、雁門周續之、新蔡畢穎之、南陽宗炳、張萊民、張秀碩等皆與焉，劉遺民爲誓文，世所謂蓮社者也。」劉遺民誓願文：「維歲在攝提格，七月戊辰朔，二十八日乙未，法師釋慧遠貞感幽奥，宿懷特發，乃延命同志、思心貞信之士百有二十三人，集於廬山之陰般若臺精舍阿彌陀像前，率以香華敬薦而誓焉。」（高僧傳）按，攝提格爲太歲年名，是年太歲在寅。查陳垣二十史朔閏表，元興元年壬寅七月朔，正當戊辰，二十八日爲乙未。李注雜詩其六，謂慧遠結白蓮社事在義熙十年甲寅（四一四），陶考、梁譜、王瑶注皆從之，非。

晉故大將軍長史孟府君傳約作於本年。

晉安帝元興二年癸卯（四〇三）　三十五歲

二月，桓玄自稱大將軍。八月，玄又自號相國、楚王。十二月，玄篡位，以安帝爲平固王，遷於尋陽。（晉書安帝紀）

本年，淵明仍因母喪居憂。作癸卯歲始春懷古田舍詩二首、癸卯歲十二月中作與從弟敬遠詩。和郭主簿詩二首及勸農詩約作於本年。

冬，劉遺民棄官隱於廬山。（見前引釋元康肇論疏引慧遠劉公傳）

晉安帝元興三年甲辰（四〇四）　三十六歲

二月，劉裕帥何無忌、劉毅等舉兵討伐桓玄。三月，劉裕爲鎮軍將軍，都督八州諸軍事。四月，桓玄挾安帝至江陵。劉裕諸將與玄軍戰於湓口，大破之，進據尋陽。加劉裕都督江州諸軍事，劉敬宣遷建威將軍、江州刺史。五月，桓玄兵敗被殺。（晉書安帝紀、資治通鑑卷一一三）

淵明服喪而畢，作劉裕鎮軍參軍，東下赴京口。作始作鎮軍參軍經曲阿詩。

晉安帝義熙元年乙巳（四〇五）　三十七歲

三月，晉安帝反正，加鎮軍將軍劉裕爲侍中、車騎將軍、都督中外諸軍事。劉敬宣「自表解職」。四月，劉裕還鎮京口。（晉書安帝紀）

爲劉敬宣建威參軍，三月，奉敬宣之命使都。作乙巳歲三月爲建威參軍使都經錢溪詩。雜詩第九、十、十一首亦作於本年春天。

雜詩其九云：「掩淚汎東逝，順流追時遷。」其十云：「荏苒經十載，暫爲人所羈。」均寫行役之苦。自太元二十一年丙申（三九六）初仕江州祭酒，至義熙元年乙巳（四〇五），前後共十年，與第十首「荏苒」二句相合。而第十一首云「春燕應節起，高飛拂塵梁」，「慭人難爲辭，遥遥春夜長」。可證作於春天，時令亦與經錢溪詩合。

八月，爲彭澤令。十一月，程氏妹卒於武昌，作歸去來兮辭，棄官歸里。

晉安帝義熙二年丙午（四〇六）　三十八歲

十月，論匡復之功，封車騎將軍劉裕爲豫章郡公，撫軍將軍劉毅南平郡公，右將軍何無忌安

成郡公。十二月，何無忌爲都督荊、江、豫三州八郡軍事，江州刺史。（資治通鑑卷一一四）

作歸園田居五首及歸鳥詩。止酒詩約作於本年。

止酒詩云：「逍遥自閑止。」知淵明業已歸隱。又云：「大歡止稚子。」其年幼子佟五歲，正當稚子。又證以歸去來兮辭云：「稚子候門。」則止酒詩與歸去來兮辭作年必相近。王瑶注依六十三歲説，繫此詩爲義熙九年癸丑（四一三）。然依舊譜，此時佟子已十四歲，稱稚子亦嫌未妥。

晉安帝義熙三年丁未（四〇七）　三十九歲

五月，程氏妹服制再周，作祭程氏妹文。

祭程氏妹文：「義熙三年，五月甲辰，程氏妹服制再周，淵明謹以少牢之奠，俯而酹之。」

讀山海經十三首及酬劉柴桑詩約作於本年。

晉安帝義熙四年戊申（四〇八）　四十歲

劉裕爲揚州刺史，録尚書事。從此，晉室朝政由裕獨攬。（晉書安帝紀）

自春至夏，作停雲、時運、榮木三首。

榮木詩：「四十無聞，斯不足畏。」

又作連雨獨飲詩。

連雨獨飲詩:「自我抱兹獨,僶俛四十年。」

六月中遇火,作戊申歲六月中遇火詩。

晉安帝義熙五年己酉(四〇九)　四十一歲

六月,劉裕率師討南燕,大破慕容超於臨朐。九月,加劉裕太尉,裕固辭。(晉書安帝紀、宋書武帝紀、資治通鑑卷一一五)

徙居西廬。春,作和劉柴桑詩。秋,作己酉歲九月九日詩。

晉安帝義熙六年庚戌(四一〇)　四十二歲

三月,廣州刺史盧循舉兵反,進據尋陽,江州刺史何無忌戰死。五月,衛將軍劉毅迎擊盧循,敗績。六月,庾悦爲建威將軍、江州刺史。授劉裕太尉、中書監,加黄鉞。裕受黄鉞,餘固辭。十二月,劉裕破盧循於豫章。(宋書武帝紀、宋書盧循傳、資治通鑑卷一一六)

作庚戌歲西田穫早稻詩及責子詩。

晉安帝義熙七年辛亥(四一一)　四十三歲

三月,劉裕始授太尉、中書監。四月,盧循走交州,刺史杜慧度斬之。(晉書安帝紀、資治通鑑卷

一一六）

八月，從弟敬遠卒。作祭從弟敬遠文。

祭從弟敬遠文：「歲在辛亥，月惟仲秋，旬有九日。」

晉安帝義熙八年壬子（四一二）　四十四歲

四月，劉毅遷江州刺史。九月，劉裕率諸軍西征劉毅。孟懷玉任江州刺史、南中郎將。（宋書武帝紀、宋書孟懷玉傳、資治通鑑卷一一六）

晉安帝義熙九年癸丑（四一三）　四十五歲

劉遺民不應徵辟，劉裕以高尚人相禮，遂其初心。（釋元康肇論疏引慧遠劉公傳）

五月，作五月旦作和戴主簿詩。

九月，慧遠作萬佛影銘。

慧遠萬佛影銘後序：「晉義熙八年，歲在壬子五月一日，共立此臺，擬像本山，因即以寄誠，雖成因人匠，而功無所加。至於歲次星紀赤奮若貞于太陰之墟，九月三日，乃詳檢別記，銘之於石。」（廣弘明集卷一五）按，據萬佛影銘後序，慧遠立臺圖影在義熙八年，銘石在義熙九年。

形影神詩三首作於本年。

晉安帝義熙十年甲寅(四一四)　四十六歲

晉安帝義熙十一年乙卯(四一五)　四十七歲

劉裕發兵討荆州刺史司馬休之。休之上表罪劉裕，舉兵抗之。兵敗，奔後秦。(晉書安帝紀、宋書武帝紀)

劉遺民卒。

釋元康肇論疏引慧遠劉公傳載，劉遺民於桓玄東下格稱永始後，入山隱居，居山十有二年卒。桓玄篡位在元興二年冬，下推十二年，則劉遺民當卒於義熙十一年。陶考、古譜據蓮傳，謂劉遺民卒於義熙六年，誤。

移居南村，與殷晉安爲鄰。作移居詩二首。

與殷晉安別詩序云：「殷先作晉安南府長史掾，因居尋陽，後作太尉參軍，移家東下，作此以贈。」鄧譜據蓮傳，謂殷晉安爲晉安太守殷隱，兼任南中郎將孟懷玉長史及掾，懷玉義熙十一年卒於江州任所，殷於次年春應辟太尉劉裕參軍。詩云：「去歲家南里，薄作少時鄰。」因知淵明移居在義熙十一年。其説發千年未發之覆，今從之。然淵明移居南里究竟在本年何時，似尚待探討。考晉書安帝紀：義熙十二年六月，「新除尚書令、都鄉亭侯劉柳卒」。正如陶考所言，劉柳爲江州刺史實踵孟懷玉之後。而懷玉卒於義熙十一年，唯具體月日不知。據孟懷玉傳所載加持節、丁父艱、上表除解云云，懷玉之卒當在春季之後，此點鄧譜亦已言及。因此，顏延之爲劉柳後軍功曹當在義熙十一年春季之後。據移居其二「春秋多佳日，登高賦新詩」；「農務各自歸，閑暇輒相思」數語判斷，淵明移居最有可能在是年春天，否則無以解「春秋多佳日」數句，而此時顏延之尚未來尋陽。故淵明先從西廬移居南里，與「素心人」殷隱等輩遊從；不久，顏延之來尋陽作劉柳後軍功曹，與淵明結鄰。

江州刺史孟懷玉卒。

宋書孟懷玉傳：「十一年，加持節。丁父艱，懷玉有孝性，因抱篤疾，上表陳解，不許。又自陳弟仙客出繼，喪主唯己，乃見聽。未去任，其年卒官。時年三十一。」

顏延之爲江州刺史劉柳後軍功曹，住尋陽，與淵明結鄰。

宋傳：「顏延之爲劉柳後軍功曹，在尋陽，與潛情款。」蕭傳同。顏誄：「自爾介居，及我多暇。伊好之洽，接閻鄰舍。宵盤晝憩，非舟非駕。」陶考：「劉柳爲江州刺史，晉書柳本傳不記年月。考宋書孟懷玉傳，懷玉義熙十一年卒於江州之任。晉書安帝紀，義熙十二年六月，新除尚書令劉柳卒。南史劉湛傳，父柳，卒於江州。是柳爲江州，實踵懷玉之後，以義熙十一年到官，十二年除尚書令，未去江州而卒。延之來尋陽，與先生情款，當在此兩年也。」

本年或稍後，有詔徵著作郎，稱疾不就。

晉安帝義熙十二年丙辰（四一六）　四十八歲

六月，江州刺史劉柳卒。檀韶遷督江州、豫州之西陽、新蔡二郡諸軍事，江州刺史。八月，劉裕及瑯琊王德文帥衆伐姚泓。十月，攻克洛陽。十二月，詔劉裕爲相國、揚州牧，封十郡爲宋公。（晉書安帝紀、宋書檀韶傳、資治通鑑卷一一七）

春，殷晉安爲劉裕太尉參軍，移家東下。淵明作與殷晉安別詩。

檀韶苦請周續之出山，與祖企、謝景夷三人共在城北講禮校書，所住公廨，近於馬肆。淵明作示周續之祖企謝景夷三郎詩。

八月，作丙辰歲八月中於下潠田舍穫詩。

秋，作飲酒詩二十首。

感士不遇賦約作於本年或去年。

晉安帝義熙十三年丁巳（四一七）　四十九歲

七月，劉裕克長安，執姚泓，收其彝器，歸諸京師。（晉書安帝紀、宋書武帝紀）

八月，釋慧遠卒。

謝靈運廬山慧遠法師誄：「春秋八十有四，義熙十三年秋八月六日薨。」（廣弘明集卷二三）按，高僧傳及世説新語文學注引張野遠法師銘記遠卒於義熙十二年，年八十三。

羊長史銜使秦川，作贈羊長史詩。

還舊居詩約作於本年。

晉安帝義熙十四年戊午（四一八）　五十歲

六月，太尉劉裕始受相國宋公九錫之命。十二月，劉裕殺晉安帝，立恭帝。（晉書安帝紀、資治通鑑卷一一八）

正月五日辛丑，淵明與鄰曲遊斜川，作遊斜川詩。

本年王弘爲江州刺史，以酒饋淵明。

宋書王弘傳：「十四年遷監江州、豫州之西陽、新蔡二郡諸軍事，撫軍將軍、江州刺史。」周濟晉略彙傳七隱逸謂弘爲江州刺史在元熙元年（四一九），不確。

九日閒居詩作於本年或明年。

宋傳：「嘗九月九日無酒，出宅邊菊叢中坐久，值弘送酒至，即便就酌，醉而後歸。」蕭傳、南傳同。

冬，張野卒。

蓮傳記張野「義熙十四年，與家人別，入室端坐而逝，春秋六十九」。

作歲暮和張常侍詩。雜詩前八首作於本年。

雜詩其六：「奈何五十年，忽已親此事。」

和胡西曹示顧賊曹詩或亦作於本年。

晉恭帝元熙元年己未(四一九)　五十一歲

七月,宋公劉裕受進爵爲王之命。八月,移鎮壽陽。十二月,劉裕加殊禮,進王太妃爲太后,王妃爲王后,世子爲太子。(宋書武帝紀、資治通鑑卷一一八)

晉恭帝元熙二年宋武帝永初元年庚申(四二〇)　五十二歲

六月,劉裕篡晉,稱宋,廢晉恭帝爲零陵王,改元永初。八月,荆州刺史宜都王劉義隆進號鎮西將軍。(晉書恭帝紀、宋書武帝紀)

作讀史述九章。秋,作於王撫軍座送客詩。擬古九首約作於本年前後。

宋武帝永初二年辛酉(四二一)　五十三歲

初,劉裕以毒酒一罌授張禕,使酖零陵王。禕自飲而卒。九月,兵人踰垣而入,進藥於王,不飲,兵人以被掩殺之。(晉書恭帝紀、晉書張禕傳、資治通鑑卷一一九)

作述酒詩。詠三良、詠二疏、詠荆軻三詩約作於本年。

與子儼等疏、桃花源記并詩約作於本年。

宋武帝永初三年壬戌(四二二)　五十四歲

正月，江州刺史王弘進號衛將軍。五月，劉裕卒。太子義符即皇帝位，是爲少帝。(宋書武帝紀、資治通鑑卷一一九)

作怨詩楚調示龐主簿鄧治中詩。

詩云：「結髮念善事，僶俛六九年。」六九爲五十四，故知當作於本年。

宋少帝景平元年癸亥(四二三)　五十五歲

春，作五言答龐參軍詩。冬，作四言答龐參軍詩。

張詮卒。

蓮傳記張詮「宋景平元年無疾向西念佛，安卧而卒，春秋六十五」。

宋文帝元嘉元年甲子(四二四)　五十六歲

秋八月，改景平二年爲元嘉元年。衛將軍江州刺史王弘進位司空中書監。(宋書文帝紀)

顔延之爲始安太守，道經尋陽，日至淵明舍酣飲。

資治通鑑卷一二〇：元嘉元年，徐羡之等「出靈運爲永嘉太守，延之爲始安太守」。文選顔延之陶徵士誄李善注引何法盛晉中興書：「延之爲始安郡，道經尋陽，常飲淵明舍，自晨達昏。」宋傳、蕭傳同。

宋文帝元嘉二年乙丑（四二五）　五十七歲

宋文帝元嘉三年丙寅（四二六）　五十八歲

五月，檀道濟爲征南大將軍，江州刺史。（宋書文帝紀、資治通鑑卷一二〇）

梁譜謂檀道濟爲江州刺史在元嘉元年。然考宋書文帝紀，檀道濟元嘉元年實爲南兗州刺史，八月，進號征北鎮軍。資治通鑑卷一二〇同。文帝紀又記元嘉三年夏五月乙未，以征北將軍、南兗州刺史檀道濟爲征南大將軍、江州刺史。可見道濟爲江州刺史確在元嘉三年，梁譜誤。

檀道濟往候淵明，饋以粱肉。淵明揮而去之。

蕭傳：「江州刺史檀道濟往候之，偃卧瘠餒有日矣。道濟謂曰：『賢者處世，天下無道則隱，有道則至。今子生文明之世，奈何自苦如此？』對曰：『潛也何敢望賢，志不及也。』道濟饋以粱肉，麾而去之。」

有會而作、乞食、詠貧士等詩約作於本年。

宋文帝元嘉四年丁卯（四二七）　五十九歲

九月，作自祭文及挽歌詩三首。十一月卒於尋陽某里。顔延之作陶徵士誄，謚曰靖節。

自祭文：「歲惟丁卯，律中無射。陶子將辭逆旅之館，永歸於本宅。」挽歌詩：「嚴霜九月中，送我出遠郊。」顔誄：「春秋若干，元嘉四年月日，卒於尋陽縣之某里。」「詢諸友好，宜謚曰靖節徵士。」按，某里，殆即南里。許嵩建康實録卷一二：元嘉四年十一月，「潛苦貧，求仕爲彭澤令，不屈督郵，棄官而去。及其亡也，顔延之傷而誄之。」朱熹通鑑綱目：「十一月，晉徵士陶潛卒。」蓋從許嵩也。

附録五

陶淵明評論輯要

詩品一則

鍾　嶸

宋徵士陶潛，其源出於應璩，又協左思風力。文體省净，殆無長語。篤意真古，辭典婉愜。每觀其文，想其人德。世歎其質直，至如「歡言酌春酒」、「日暮天無雲」，風華清靡，豈直爲田家語耶！古今隱逸詩人之宗也。（卷中，人民文學出版社排印本）

立命篇（節録）

王　通

或問陶元亮，子曰：「放人也。歸去來有避地之心焉，五柳先生傳則幾於閉關也。」（文中子中説，四部叢刊影印宋刊本）

文選六臣注一則

李善等

劉良曰："潛詩晉時所作者皆題年號，入宋所作者但題甲子而已。意者恥事二姓，故以異之。"（卷二六，四部叢刊影印宋刊本）

與魏居士書

王維

近有陶潛，不肯把板屈腰見督郵，解印綬棄官去。後貧，乞食詩云"叩門拙言辭"，是屢乞而慚也。嘗一見督郵，安食公田數頃。一慚之不忍，而終身慚乎？此亦人我攻中，忘大守小，不□其後之累也。（趙殿成王右丞集箋注卷一八）

高士詠·陶徵君

吴筠

吾重陶淵明，達生知止足。怡情在樽酒，此外無所欲。彭澤非我榮，折腰信爲辱。歸來北窗下，復採東籬菊。（全唐詩卷八五三）

詠陶淵明

顔真卿

張良思報韓，龔勝恥事新。狙擊不肯就，舍生悲縉紳。嗚呼陶淵明，奕葉爲晉臣。自以公

相後，每懷宗國屯。題詩庚子歲，自謂羲皇人。手持山海經，頭戴漉酒巾。興逐孤雲外，心隨還鳥泯。（全唐詩卷一五二）

桃源行

劉禹錫

漁舟何招招，浮在武陵水，拖綸擲餌信流去，誤入桃源行數里。清源尋盡花綿綿，踏花覓徑至洞前。洞門蒼黑煙霧生，暗行數步逢虛明。俗人毛骨驚仙子，争來致詞何至此。須臾皆破冰雪顔，笑言委曲問人間。因嗟隱身來種玉，不知人世如風燭。筵羞石髓勸客飡，燈爇松脂留客宿。雞聲犬聲遥相聞，曉色葱籠開五雲。漁人振衣起出户，滿庭無路花紛紛。翻然恐失鄉縣處，一息不肯桃源住。桃花滿溪水似鏡，塵心如垢洗不去。仙家一出尋無踪，至今流水山重重。（全唐詩卷三五六）

送王秀才序（節録）

韓　愈

吾少時讀醉鄉記，私怪隱居者無所累於世，而猶有是言，及讀阮籍、陶潛詩，乃知彼雖偃蹇不欲與世接，然猶未能平其心，或爲事物是非相感發，於是有託而逃焉者也。若顔氏子操瓢與簞，曾參歌聲若出金石，彼得聖人而師之，汲汲每若不可及，其於外也固不暇，尚何麴蘖之託而

昏冥之逃邪？吾又以爲悲醉鄉之徒不遇也。（朱文公校昌黎先生集卷三，四部叢刊影印元刊本）

效陶潛體詩十六首（録一首）

白居易

吾聞潯陽郡，昔有陶徵君，愛酒不愛名，憂醒不憂貧。嘗爲彭澤令，在官纔八旬，愀然忽不樂，挂印著公門。口吟歸去來，頭戴漉酒巾，人吏留不得，直入故山雲。歸來五柳下，還以酒養真，人間榮與利，擺落如泥塵。先生去已久，紙墨有遺文，篇篇勸我飲，此外無所云。我從老大來，竊慕其爲人，其他不可及，且傚醉昏昏。（白氏長慶集卷五，文學古籍刊行社影印宋刊本）

題東林十八賢真堂

齊己

白藕花前舊影堂，劉雷風骨畫龍章。共輕天子諸侯貴，同愛吾師一法長。陶令醉多招不得，謝公心亂入無方。何人到此思高躅，嵐點苔痕滿粉牆。（全唐詩卷八四四）

書陶潛醉石

王貞白

片石陶真性，非爲麴蘗昏。争如累月醉，不笑獨醒人。積疊莓苔色，交加薜荔根。至今重九日，猶待白衣魂。（全唐詩補遺四）

論陶一則

思悦

文選五臣注云：「淵明詩，晉所作者，皆題年號，入宋所作，但題甲子而已。意者恥事二姓，故以異之。」思悦考淵明詩有題甲子者，始庚子距丙辰，凡十七年間，只九首耳，皆晉安帝時所作也。中有乙巳歲三月爲建威參軍使都經錢溪作，此年秋乃爲彭澤令，在官八十餘日，即解印綬，賦歸去來辭。後一十六年庚申，晉禪宋，恭帝元熙二年也。豈容晉未禪宋前二十年，輒恥事二姓，所作詩但題甲子，以自取異者？矧詩中又無標晉年號者，其所題甲子，蓋偶記一時之事耳。後人類而次之，亦非淵明本意。世之好事者，多尚舊説，今故著於三卷之首，以明五臣之失，且祛來者之惑焉。（陶澍集注靖節先生集卷三）

東坡題跋一則

蘇軾

評韓柳詩

柳子厚詩在陶淵明下，韋蘇州上。退之豪放奇險則過之，而温麗精深不及也。所貴乎枯澹者，謂其外枯而中膏，似澹而實美，淵明、子厚之流是也。若中邊皆枯，澹亦何足道！佛云如人食蜜，中邊皆甜。人食五味，知其甘苦者皆是，能分別其中邊者，百無一二也。（卷一，津逮秘書本）

與蘇轍書

蘇　軾

古之詩人，有擬古之作矣，未有追和古人者也；追和古人，則始於吾。吾於詩人，無所甚好，獨好淵明之詩。淵明作詩不多，然其詩質而實綺，癯而實腴，自曹、劉、鮑、謝、李、杜諸人，皆莫及也。吾前後和其詩凡一百有九篇，至其得意，自謂不甚愧淵明。今將集而併録之，以遺後之君子，其爲我志之。然吾於淵明，豈獨好其詩也哉，如其爲人，實有感焉。淵明臨終，疏告儼等：「吾少而窮苦，每以家弊，東西游走。性剛才拙，與物多忤，自量爲己，必貽俗患，黽勉辭世，使汝等幼而飢寒。」淵明此語，蓋實録也。吾真有此病，而不早自知，半生出仕，以犯世患，此所以深愧淵明，欲以晚節師範其萬一也。（東坡續集卷三）

宿舊彭澤懷陶令

黄庭堅

潛魚願深渺，淵明無由逃。彭澤當此時，沉冥一世豪。司馬寒如灰，禮樂卯金刀。歲晚以字行，更始號元亮。凄其望諸葛，抗髒猶漢相，時無益州牧，指撝用諸將。平生本朝心，歲月閲江浪，空餘詩語工，落筆九天上。向來非無人，此友獨可尚。屬予剛製酒，無用酌杯盎。欲招千載魂，斯文或宜當。（豫章黄先生文集卷四，四部叢刊影印宋刊本）

韓愈論（節録）

秦　觀

昔蘇武、李陵之詩長於高妙，曹植、劉公幹之詩長於豪逸，陶潛、阮籍之詩長於沖澹，謝靈運、鮑照之詩長於峻潔，徐陵、庾信之詩長於藻麗。（淮海集卷二二，四部叢刊影印明刊本）

後山詩話二則

陳師道

鮑照之詩華而不弱；陶淵明之詩切於事情，但不文耳。（後山集卷二三，四部備要本）

學詩當以子美爲師，有規矩，故可學。退之於詩，本無解處，以才高而好耳。淵明不爲詩，寫其胸中之妙爾。學杜不成，不失爲工；無韓之才與陶之妙，而學其詩，終爲白樂天爾。（同上，卷二三）

龜山先生語録一則

楊　時

陶淵明詩所不可及者，沖澹深粹，出於自然。若曾用力學，然後知淵明詩非著力之所能成。（卷一，四部叢刊影印宋刊本）

冷齋夜話一則

惠洪

東坡嘗曰：「淵明詩初看若散緩，熟看有奇句。……」大率才高意遠，則所寓得其妙，造語精到之至，遂能如此，似大匠運斤，不見斧鑿之痕。（卷一，津逮秘書本）

論陶一則

曾紘

余嘗評陶公詩造語平淡而寓意深遠，外若枯槁，中實敷腴，真詩人之冠冕也。（李公焕箋注陶淵明集卷四，四部叢刊影印本）

石林詩話一則

葉夢得

梁鍾嶸作詩品，皆云某人詩出於某人，亦以此。然論陶淵明乃以爲出於應璩，此語不知其所據。應璩詩不多見，惟文選載其百一詩一篇，所謂「下流不可處，君子慎厥初」者，與陶詩了不相類。五臣注引文章録云：「曹爽用事，多違法度。璩作此詩，以刺在位，意若百分有補於一者。」淵明正以脱略世故，超然物外爲意，顧區區在位者，何足累其心哉！且此老何嘗有意欲以詩自名，而追取一人而模倣之，此乃當時文士與世進取競進而争長者所爲，何期此老之淺，蓋嶸

之陋也。（卷下，歷代詩話本）

讀陶淵明傳二首（録一首）

郭祥正

陶潛真達道，何以避俗翁。蕭然守環堵，褐穿瓢屢空。粱肉不妄受，菊杞欣所從。一琴既無絃，妙音默相通。造飲醉則返，賦詩樂何窮。密網懸梟鳥，孤雲送冥鴻。寂寥千載事，撫卷思沖融。使遇宣尼聖，故應顔子同。（青山續集卷二，四庫全書本）

歲寒堂詩話一則

張戒

黄魯直自言學杜子美，子瞻自言學陶淵明，二人好惡，已自不同。魯直學子美，但得其格律耳；子瞻則又專稱淵明，且曰「曹劉鮑謝李杜諸子皆不及也」。夫鮑謝不及則有之，若子建、李杜之詩，亦何愧於淵明？即淵明之詩，妙在有味耳，而子建詩，微婉之情、洒落之韻、抑揚頓挫之氣，固不可以優劣論也。（卷上，歷代詩話續編本）

捫蝨新話一則

陳善

予每論詩，以陶淵明、韓、杜諸公，皆爲韻勝。一日，見林倅於徑山，夜話及此。林倅曰：

「詩有格有韻，故自不同。如淵明詩，是其格高；謝靈運『池塘春草』之句，乃其韻勝也。格高似梅花，韻勝似海棠花。」予時聽之，矍然若有所悟。（下集卷一，儒學警悟本）

韻語陽秋二則

葛立方

陶潛、謝朓詩，皆平淡有思致，非後來詩人怵心劌目琱琢者所爲也。老杜云「陶謝不枝梧，風騷共推激。紫燕自超詣，翠駮誰翦剔」是也。大抵欲造平淡，當自組麗中來，落其華芬，然後可造平淡之境。如此，則陶、謝不足進矣。（卷一，歷代詩話本）

韋應物詩擬陶淵明而作者甚多，然終不近也。答長安丞裴説詩云：「臨流意已悽，採菊露未晞。舉頭見秋山，萬事都若遺。」蓋效淵明「採菊東籬下，悠然見南山」。此懷有真意，欲辨已忘言」之句也。然淵明落世紛深入理窟，但見萬象森羅，莫非真境，故因見南山而真意具焉。應物乃因意悽而採菊，因見秋山而遺萬事，其與陶所得異矣。（卷四，同上）

碧溪詩話一則

黄徹

世人論淵明，皆以其專事肥遯，初無康濟之念，能知其心者寡也。嘗求其集，若云：「歲月擲人去，有志不獲騁。」又有云：「猛志逸四海，騫翮思遠翥。」「荏苒歲月頹，此心稍已去。」其自

樂田畝，乃卷懷不得已耳。士之出處，未易爲世俗言也。（卷八，知不足齋叢書本）

朱子語類二則

朱熹

淵明所説者莊、老，然辭却簡古。（朱子語類卷一三六）

陶淵明詩，人皆説是平淡，據某看他自豪放，但豪放得來不覺耳。其露出本相者，是詠荆軻一篇，平淡底人，如何説得這樣言語出來。（卷一四〇，同上）

論陶一則

朱熹

晉宋人物，雖曰尚清高，然個個要官職，這邊一面清談，那邊一面招權納貨。陶淵明真箇能不要，此所以高於晉宋人物。（陶澍集注靖節先生集諸本評陶彙集）

語録一則

陸九淵

李白、杜甫、陶淵明，皆有志於吾道。（象山全集卷三四，四部叢刊影印明刻本）

敖器之詩評（節録）

敖陶孫

魏武帝如幽、燕老將，氣概沈雄；曹子建如三河少年，風流自賞；鮑明遠如飢鷹獨出，奇矯

無前；謝康樂如東海揚帆，風日流麗；陶彭澤如絳雲在霄，舒卷自如。（劉壎隱居通議卷六引，海山仙館叢書本）

跋黄瀛甫擬陶詩（節録）

真德秀

予聞近世之評詩者曰：「淵明之辭甚高，而其指則出於莊、老；康節之辭若卑，而其指則原於六經。」以余觀之，淵明之學，正自經術中來，故形之於詩，有不可掩。榮木之憂，逝川之歎也；貧士之詠，簞瓢之樂也。飲酒末章曰：「羲農去我久，舉世少復真。汲汲魯中叟，彌縫使其淳。」淵明之智及此，是豈玄虛之士所可望耶？雖其遺寵辱，一得喪，真有曠達之風，細玩其詞，時亦悲涼感慨，非無意世事者。或者徒知義熙以後不著年號，爲恥事二姓之驗，而不知其眷眷王室，蓋有乃祖長沙公之心，獨以力不得爲，故肥遯以自絶，食薇飲水之言，銜木填海之喻，至深痛切，顧讀者弗之察耳。淵明之志若是，又豈毁彝倫、外名教者可同日語乎！（真文忠公集卷三六，四部叢刊影印明刊本）

滄浪詩話一則

嚴羽

漢魏古詩，氣象混沌，難以句摘，晉以還方有佳句，如淵明「採菊東籬下，悠然見南山」、謝靈運「池塘生春草」之類。謝所以不及陶者，康樂之詩精工，淵明之詩質而自然耳。（津逮秘書本）

三徑堂記（節録）

趙鼎臣

昔之隱君子常開三徑，以與其友人往來於阡陌之間，初不以是求名也。五柳先生聞而慕之，作歸去來以自見。其詞曰：「三徑就荒，松菊猶存。」先生之言蓋自悲也。夫三徑細事耳，而先生慨然有就荒之歎，以此知士大夫非獨處富貴爲可願也。（竹隱畸士集卷一三，四庫全書本）

李伯時畫陶淵明，其猶子遺余，作此謝之

許景衡

斯人今何在，古冢號寒木。簡編漫遺言，風采不可復。龍眠真偉人，千載識高躅。神交入心匠，醉墨爛盈幅。蕭然出塵意，豈獨舊眉目。仲容還好事，收拾珍笥櫝。世人渾未見，惠然投我欲。乘田元不恥，折腰亦何辱。行藏固有在，今昔豈余獨。新詩第甲乙，三徑森松菊。少陵曾未知，浪疑公避俗。我生癡鈍殺，野性等麋鹿。長恐探道淺，輕比抵鵲玉。人生適意耳，何苦自羈束。低頭拜公像，塵土方碌碌。（横塘集卷二，四庫全書本）

陶令祠堂記（節録）

羅願

淵明之爲縣八十餘日爾，然世稱陶彭澤，用縣配其姓以傳，縣亦世世祀之。味斯人風旨，非

假雕飾，直取諸胸臆，便自宏遠。……又自東漢之末，矯枉既過，正始以來，始尚通曠，本欲稍反情實，然以此相矜，末流之弊愈不勝其僞，叫號裎袒，便足欺世，傾身障簏，猶爲名士。若淵明生百代之後，獨頹然任實。雖清風高節，邈然難嗣；而言論所表，篇什所寄，率書生之素業，或老農之常務。仕不曰行志，聊資三徑而已；去不曰爲高，情在駿奔而已。飢則乞食，醉便遣客。不藉琴以爲雅，故無絃亦可；不因酒以爲達，故把菊自足。真風所播，直掃魏晉澆習。嘗有詩云：「羲農去我久，滿世少復真，汲汲魯中叟，彌縫使其淳。」嗚呼，自頃諸人祖莊生餘論，皆言淳漓樸散，緊周孔禮訓使然，孰知魯叟爲此將以淳之耶。蓋淵明之志及此，則其處己審矣。在縣日淺，事雖不具見，然初不以家累自隨，送一力助其子，而慈祥繾綣之意與視儼等不殊。只此一語，便可祠之百世。（羅鄂州小集卷三，四庫全書本）

艇齋詩話一則

曾季貍

陶淵明詩自宋義熙以後皆題甲子，此説始於五臣註文選云爾，後世遂因仍其説。治平中，有虎丘僧思悦者，編淵明集，獨辨其不然。其説曰：「淵明之詩題甲子者，始庚子迄丙辰，凡十七年間九首，皆晉安帝時所作。及恭帝元熙二年庚申歲，宋始受禪。自庚子至庚申，蓋二十年，豈有宋未受禪前二十年，恥事二姓而題甲子之理哉！」思悦之言信而有證矣。（歷代詩話續編本）

菊墅記（節録）

胡次焱

晉處士不仕寄奴，蓺菊自老于是。世之隱者，率有取于菊，韋表微雖爲松菊主人，天隨子爲杞菊作賦，皆淵明倡之。雖然，菊非素負隱操，淵明果何取焉？博觀草木中，孰有如菊之高蹈者。……淵明之戀晉也，猶夷齊于商；而其鄙劉也，猶園綺于秦。宜其愛菊爲萬世之倡。（梅巖文集卷四，四庫全書本）

靖節先生畫像贊

俞德鄰

不降其志，不辱其身。徜徉三徑，夭夭申申。世指爲晉宋之人，噫，孰知其爲無懷葛天氏之民也耶！（佩韋齋集卷八，四庫全書本）

讀白樂天詩

方夔

淵明避俗士，出語未必俗。銜口吐奇偉，往往寫心腹。外韜中勁剛，芒刃不堪觸。如渠不絃琴，非絲亦非木。樂天後此翁，逸駕追奔躅。未知溝中斷，孰與朱與緑。吾觀外國風，雅麗豈不足。自從受繩削，稗語棄不録。嗟彼千載人，何但詩可續。誰能學柳下，不受嫛也宿。（富

山遺稿卷四，四庫全書本）

次韻劉和德賦淵明

于石

士之生斯世，身窮志彌篤。不惟氣浩然，亦是敦薄俗。淵明晉高士，志豈在微禄。不以進爲榮，不以退爲辱。雲出鳥倦還，吾亦從吾欲。南山豈無豆，東籬亦有菊。日與田父游，氣象和而肅。一枕北窗風，紅塵任奔逐。起視天壤間，四海空兩目。但願樽有酒，寧顧瓶無粟。（紫巖詩選卷一，四庫全書本）

九日詩 并序

牟巘

陶公再爲建威參軍，劉裕幕府也。忽棄去屈爲彭澤令，未幾又棄去。裕是時已有異志，劉穆之寧死不與九錫事。王弘自江北來，首以此事風朝廷，裕遂移晉祚，而弘爲吏部尚書、爲江州刺史，遂被心腹之寄。既來江州，柴桑近在境内，於陶公時惓惓，豈非内懷前媿，欲拔高人勝士以自湔祓耶？彼曷不知名節之爲高也。陶公未易致，則使人中路具酒食候其出，醉而要之，庶幾一見。斯蓋已甚迫，則亦可以見吾胸懷本趣固有在，豈端爲一王弘哉。適乘籃輿足以自返，其視華軒爲何物，而弘欲以此榮其歸，此又可笑也。前是論者偶未及，九日蕭然，因賦數語。

秋風颯以至，今日重陽日。明明對南山，尚想陶彭澤。向來建威幕，頗見有此客。驅車不少留，駕言公田秫。如何又棄去，此意誰能識？寄奴趣殊禮，風旨來自北。只今王江州，建白功第一，故是僧彌孫，舉動殊足惜。飲媿望柴桑，稍欲自湔滌。殷勤白衣餉，猶恐不我即，中路候籃輿，要致已甚迫。葛巾赤兩脚，頽然向州宅。此翁本坦蕩，焉能苦違物。一時可計取，中實未易屈。華軒有何羨，自載返蓬蓽。終身書甲子，凜凜義形色。如使磷且緇，安得爲玉雪。籬邊有佳菊，弄黄正堪摘。我方持空觴，千載高風激。（陵陽集卷一，四庫全書本）

仇山邨詩集序（節録）

牟巘

蓋淵明書甲子凡十二詩，自叙其生平出處本末略備。庚子鎮軍參軍使都，已有「静想田園好，人間良可辭」之語。辛丑還江陵，中途欲投冠歸故墟以申前志。乙巳建威參軍使都，則其「田園日夢想」，其意愈迫矣。是秋去爲彭澤令，八十餘日，遂賦歸去來，義熙元年也。其使事往來及留上京還舊居皆在此六年中。自此不復出。乙巳至丙辰又十二年。庚戌西田曰：「遥遥沮溺心。」丙辰下潠田舍曰：「遥謝荷篠翁」，則往而不返，致命遂志，無可復言。論淵明者當以此爲斷。（同上卷一二，四庫全書本）

跋歸去來辭

牟巘

淵明平生志在田園，雖嘗薄宦，未始一日不念歸也。始爲鎮軍參軍經曲阿詩曰：「聊且憑化遷，終返班生廬。」已有歸意。及爲建威將軍幕使都詩曰：「田園日夢想，安得久離析。」歸意愈切矣。俛就彭澤爲三徑資，八十餘日即賦歸去來，翩然遠去，自此不復出矣。此意豈在區區一督郵耶？松雪齋爲虛谷翁書此詞，蓋深知其心事，故虛谷賦詩題其後，因以自見。老筆雅健，讀之敬歎。若子昂字畫之妙，中固已言之。（同上卷一六，四庫全書本）

論詩絶句（録一首）

元好問

一語天然萬古新，豪華落盡見真淳。南窗白日羲皇上，未害淵明是晉人。（施國祁元遺山詩箋註卷一一，人民文學出版社本）

和裴子法韻序（節録）

耶律楚材

頃觀子法跋白蓮社圖，斥淵明攻乎異端。……昔晉武一統之始，不爲後世之遠謀，何曾已識之。既而禍難繼作，骨肉相殘，屠戮忠良，進用讒佞，雖元凱復生，亦不能善其後矣。大厦將頹，非一木所能支，獨淵明何能救其弊哉。適丁天地不交，萬物不通，君子道消，小人道長之時，淵明見幾而作，挂印綬而歸，結社同志，安林泉之樂，較之躁進苟容于小人之側者，何啻九牛毛耶？以淵明之才德，假使生於堯舜湯武之世，又安知不與皋夔伊周並驅争先哉。宣尼有云：

「用之則行，舍之則藏。」又云：「進退存亡不失其正者，其惟聖人乎。」斯亦名教之内昭昭可考者也。何責淵明之深也。（湛然居士集卷一，四庫全書本）

和陶詩序（節録）

郝經

三百篇之後至漢蘇李，始爲古詩，逮建安諸子，辭氣相高。潘陸顔謝，鼓吹格力，復加藻澤，而古意衰矣。陶淵明當晉宋革命之際，退歸田里，浮沉杯酒，而天資高邁，思致清逸，任真委命，與物無競，故其詩跌宕於性情之表，直與造物者游。超然屬韻，莊周一篇，野而不俗，澹而不枯，華而不飾，放而不誕，優游而不迫切，委順而不怨懟，忠厚豈弟，直出屈宋之上，庶幾顔氏之樂，曾點之適，無意於詩，而獨得古詩之正，而古今莫及也。（陵川集卷六，四庫全書本）

次韻汪以南間舍漫吟十首（録一首）

方回

晉季有詩人，忽如古伯夷。其人果爲誰？請讀淵明詩。同時顔謝流，望風悉披靡。東阡西陌間，黍稷何薿薿。烹葵酌濁醪，世味無復美。百萬呼盧公，枉爲寄奴死。漫仕心未安，託辭避郵史。自挽何謂亡，宇宙與終始。眷言塵纓客，試問滄浪水。（桐江續集卷八，四庫全書本）

學詩吟十首（録二首）

方回

三百篇既絶，孔聖作春秋。榮辱繫褒貶，與詩美刺侔。楚騷降一等，尚可風雅儔。漢盛出蘇李，魏興起曹劉。歷覽逮六朝，仰止茲爲優。獨一陶元亮，龍鳳翔九州。韓柳繼李杜，黄陳紹蘇歐。江湖近一種，禽蟲鳴啁啾。

我讀淵明詩，不忍復去手。休官四十一，不肯戀五斗。二十三霜秋，籬下作重九。朝亦一杯酒，暮亦一杯酒。南北幾擲紫，能爾一醉否。義熙所以立，寄奴幸而偶。牧野誅獨夫，夷齊尚弗取。竊評首陽山，乃後有五柳。（同上卷二八，四庫全書本）

士辨（節録）

胡祇遹

自伯夷、叔齊、長沮、桀溺、接輿、荷蕢之後，四皓之避秦，管寧之蹈海，滄海横流，以及東晉，中間鄙夷國步隱逸之士不爲不多，千載而下，獨推淵明何也？誦其詩，讀其書，見其爲人，不得不爲之稱道。觀淵明之詠貧士諸詩，暨「羲農去我久」、「東方有一士」、「先師有遺訓」、「清晨聞叩門」、「辭家夙嚴駕」、「少時壯且勵」諸章，則淵明之所學、所以自任者，豈徒嗜酒傲世、賞花柳、醉盡江山而已耶。後人之知淵明者，目爲閒適放曠，長於作詩而已，豈真知淵明者哉！（紫山

文章宗旨

盧　摯

兩晉之文，淵明歸去來辭、李令伯陳情表、王逸少蘭亭叙而已。（陶宗儀南村輟耕録卷九）

陶詩註序

吴　澄

楚三閭大夫竭其忠，志欲强宗國，懷王信讒疎之。國事日非，竟客死於秦。襄王又信讒放之江南。原不忍見宗國駸駸趍於亡，遂沈江而死。韓爲秦所滅，韓臣之子子房自以五世相韓，散財結客爲韓報讐，博浪之椎不中，則匿身下邳以俟時。山東兵起，從沛公入關。立韓公子成續韓後。秦亡而楚霸，王沛公於漢，又殺韓成，良乃輔漢滅楚，而後隱去。諸葛孔明初見昭烈，已知賊之必亡漢，而勸昭烈跨有荆益，圖霸業、復帝室。後卒償其所言。晉陶淵明自其高祖長沙桓公爲晉忠臣，及桓玄簒逆，劉裕起自布衣誅勦，又滅秦滅燕，挾鎮主之威，晉祚將易，既無昭烈可輔以興復，又無高皇可倚以報復，志願莫伸，其憤悶之情往往發見於詩。蓋四賢者，其遇時不同，其爲人不同，而君臣之義重，則其心一也。子房、孔明得伸其志願者，屈陶二子抑鬱無聊，因其情每託之空言。然楚騷二十五篇，解者莫能名其心，自朱子作集注，而原之心始得白於千載之下。陶之詩，人亦莫能名其心，惟近世東澗湯氏略發明一二，不能悉解也。吾里詹天麟徧歷廬阜之東西南北，則即柴桑故居，訪淵明遺迹，考其歲月，本其事蹟，以注釋其詩，使陶公之心亦燦然明著於千載之下，蓋其功與朱子注楚辭等。予既悲陶公之志，而嘉天麟之能發其隱秘也。故爲序其卷端。嗚呼，後世有厚於君臣之義者，必有適讀是詩而流涕者焉。（吴文正集卷二一，四庫全書本）

送袁用和赴彭澤教諭詩序（節録）

吴　澄

淵明千載士也，有華焉，有實焉。其實也，事業不及試；其華也，文章猶有傳。玩其華可與王風、楚騷相上下。究其實當與子房、孔明相後先。然其爲詩也沖澹，華而不衒，如絅裹之錦，讀者莫知其藏絢麗之美也。其爲人也隱退，實而不沽，如匣中之劍，論者莫所其負經濟之畧也。然則淵明之華之實，知之者鮮矣。（同上卷三一，四庫全書本）

五柳先生傳論

趙孟頫

志功名者，榮禄不足以動其心；重道義者，功名不足以易其慮。何則？紆青懷金，與荷鋤畎畝者殊途；抗志青雲，與徼倖一時者異趣；此伯夷所以餓於首陽，仲連所以欲蹈東海者也。

矧名教之樂，加乎軒冕，違己之痛，甚於凍餒，此重彼輕，有由然矣。仲尼有言曰：「隱居以求其志，行義以達其道。吾聞其語，未見其人。」嗟乎，如先生近之矣！（松雪齋文集卷六，四部叢刊影印元刊本）

跋袁静春詩（節録）

陸文圭

選詩唯陶阮近古，神思清曠，意趣高遠，直寄興耳。魏晉宋之間廢興之事可感矣，悲遇之詩以寫其懷，詩不自知也，況寓之酒乎？或譏其流連光景，殢情花草，似矣而非也。千載而下復有如二子之所遭者，則知二子之心者矣。（牆東類稿卷九，四庫全書本）

白石樵唱序（節録）

章祖程

詩自三百篇楚辭以降，作者不知幾人，求其關國家之盛衰，係風教之得失，而有合乎六義之旨者，殆寥乎其鮮聞也。惟陶淵明以義熙爲心，杜子美以天寶爲感，爲得詩人忠愛遺意。（霽山文集原序，四庫全書本）

菊逸説（節録）

徐明善

春華似得時，秋華似違世。得時似軒冕，違世似山林。晉陶靖節見宋業漸隆，不復出仕，又甚愛菊。故子周子云，菊花之隱逸，言菊似陶也。人知靖節逍遥酣暢，不爲簪組所勞，斯之謂逸。然夫子列逸民，首夷齊，下聖人一等，其品級甚高。靖節夙志聖賢，任重道遠，在榮木一詩，讀者當有省矣。他如：「古人惜寸陰，念此使人懼。」此意娓娓。集中至謂「宴安自逸，歲暮奚冀」，直與七月、無逸相表裏，此所以貞而不渝，窮而愈堅，下夷齊一等，千載之下，未易倫擬也。（芳谷集卷下，四庫全書本）

張文先詩序（節録）

劉岳申

陶淵明本志不在子房、孔明下，而終身不遇漢高皇、蜀昭烈，徒賦詩飲酒，時時微見其意，而託於放曠，任其真率，若多無所事者，其在晉人中可與劉越石、陶士行並驅争先，而超然遠引，不可爲孔文舉、嵇叔夜。故其詩以至腴爲至澹，以雄奇恢詭爲隱居放言，要使人未易窺測。（申齋集卷一，四庫全書本）

問答一則

陳櫟

陶元亮忠義曠達，優游樂易，以白樂天比之亦似之。但優游樂易相似，而論其至到處，樂天不能及淵明也。（定宇集卷七，四庫全書本）

詩譜一則

陳繹曾

陶淵明心存忠義，心處閒逸，情真景真，事真意真，幾於十九首矣，但氣差緩耳。至其工夫精密，天然無斧鑿痕跡，又有出於十九首之表者，盛唐諸家風韻皆出此。（歷代詩話續編本）

跋廬阜三笑圖

宋濂

廬阜三笑圖蓋寫徵士陶淵明、道士陸修静及浮屠慧遠也。相傳圖始於廬楞伽，世人臨摹甚多，而儒先是非之者亦不少。其非之者則曰：慧遠卒於晉義熙十二年丙辰，年八十三，修静没於宋元徽五年丙辰，壽七十二。丙辰相去正六十載，推而上之，修静生於義熙三年丁未，慧遠亡時，修静纔十歲耳。至宋元嘉末，修静始來廬山，則慧遠之亡已三十年餘。淵明之死亦二十餘歲矣。若淵明生於晉興寧三年乙丑，少慧遠三十一歲，終於元嘉四年丁卯，距慧遠亡年已五十矣，固宜相從也，安取所謂三笑哉？其是之者則曰：自蘇長公作三笑圖贊，而黄太史遂以三人者實之，如蒲傳正、劉巨濟、晁無咎之流皆明著之篇翰，陳舜俞造廬山記亦與太史正同。此數公者，皆號博學多識，修静之事其有不考者乎？蓋晉有兩修静，議者弗是之察，故遂致此紛紜也。趙彦通廬岳獨笑之編，乃黄口小兒强作解事者耳，二者之論其不同有如此者。維揚郭君逵以此卷求題。凡淵明之出處，國朝諸大老若蕭貞敏公、同文貞公、楊文獻公、商文定公及司業硯公論之已詳，區區末學，何敢妄贊一辭，姑取前輩是非之未決者，就洽聞之士質焉。（文憲集卷一四，四庫全書本）

答董秀才論詩書（節録）

宋　濂

……獨陶元亮天分之高，其先雖出於太沖、景陽，究其所自得，直超建安而上之。高情遠韻，殆猶大羹充鉶，不假鹽醯，而至味自存者也。（同上卷二八，四庫全書本）

題李伯時畫淵明歸來圖

劉　基

江左昔潰亂，桓盧遞相尋。劉裕起寒微，長驅掃氛祲。秋草雖未枯，霜雪已駸駸。陶公節義士，素食豈其心。我才非管葛，誰能起淪沉。所以歌去來，歸卧五柳陰。悠悠多感激，愴恨寄謳吟。哲人貴知幾，芳名留至今。展圖三歎息，懷古一何深。（誠意伯文集卷三，四庫全書本）

淵明圖贊

唐桂芳

先生傲羲皇而高卧，慕魯叟以返淳，所謂狂瀾之砥柱，衰世之獲麟。雖當晉宋之間，水火鼎革，猶得栗里以全身。菊黄九日，柳翠三春，歸來乎，歸來乎！酒漉頭上之巾，所以異世不可復者，尚有於畫圖之真。（白雲集卷七，四庫全書本）

西齋和陶詩序（節録）

朱右

陶淵明當晉祚將衰，欲仕則出，一不獲志，則幡然隱去，夫豈有患得失之意與。故其發於言也，清而不肆，澹而不枯，後之人雖竭力倣效而不可得，趣不同也。蘇子瞻方得志爲政，固未始尚友淵明；逮其失意，迺有和陶之作，豈其情也。（白雲稿卷四，四庫全書本）

和陶詩集序（節録）

謝肅

詩自聖人删後，有正始風氣，成一家語，其惟陶靖節乎。蓋靖節乃晉室大臣之後，豪壯廓達，有志事功，遭時易代，遂蕭然遠引，守拙田園。故其賦詠多忠義所發，激烈慷慨。然讀山海經諸篇，有屈大夫遠遊之志；詠荆軻一首，有豫國士吞炭之心。其他未易悉數也。第其尋常措辭雅順，而人不覺焉。後世慕之者衆，或效其體，或次其韻。不失之槁，則失之華；不失之俗，則失之奇；不失之弱，則失之豪。其於似枯而腴，似易而高，似麤而微，即自然之趣，寓無窮之悲者，則求之千百無十一也。是其詩豈易和哉。……夫靖節山澤之逸，凍餒所纏，進不偶時，而

退安於命，然以氣節學問弗獲表見於天下，故託詩酒以自娱，非真酣於麴蘗，汩於辭章也。（密庵集卷七，四庫全書本）

畦樂詩集原序（節録）

楊士奇

詩以道性情，詩之所以傳也。古今以詩名者多矣，然三百篇後得風人之旨者，獨推陶靖節，由其沖和雅澹，得性情之正，若無意於詩，而千古能詩者，卒莫過焉。故能輕萬鍾、芥千駟，翛然物表，俯仰無慚，豈非足乎己而無待於外者乎。是雖不必以詩名，而誦其詩者，慨然想見其爲人。（畦樂詩集，四庫全書本）

張彦輝文集序（節録）

方孝孺

下此魏晉至隋，流麗淫靡，浮急促數，殆欲無文，惟陶元亮以沖曠天然之質，發自肺腑，不爲雕刻。其道意也達，其狀物也覈，稍爲近古。（遜志齋集卷一二，四庫全書本）

成趣軒記（節録）

王　洪

予始讀晉書，竊怪何曾、王戎以盛名卿相，當晉室多故，士習侈誕，不克正己格物，少振頹靡，而貪得黷貨，銖稱寸較，戚戚若負販，無斯須寧。及觀陶潛詩，見其超曠踔絶，春容怡愉，視己窮達一不足以累其心，静而詠之，令人消去渣滓，悠然釋然，不知天之高、地之廣、萬物之衆，何其快也。然後知曾輩之達，有不如潛之窮，而孔子所謂鄙夫，而與沂上之詠歎者，蓋有以也歟。且當潛時，天下多事，栖栖栗里、柴桑之間，衣食不給，非潛之賢不能一日堪，使其得志，固亦去何曾輩萬萬也。（毅齋集卷六，四庫全書本）

論詩（節録）

何喬新

如蘇李之高妙，嵇阮之沖澹，曹劉之豪逸，謝鮑之峻潔，其詩非不工也，然嘲詠風月，亡裨風教。求其有補風化者，晉之淵明而已。觀其自晉以前皆書年號，自宋以後惟書甲子，是豈可與刻繪者例論耶？（椒丘文集卷一，四庫全書本）

讀陶詩二首

沈周

采菊見南山，賦詩臨清流。偶爾與物會，微言適相疇。浩蕩思惟表，其心共天遊。江不阻水逝，天不礙雲浮。後人涉雕斲，七竅混沌愁。掩卷三太息，至山莫容丘。

元氣本無聲，宣和偶宮徵。渢渢合自然，其音無湴灃，流之天地間，六代激綺靡。遡觀删餘

什，雅豈不在是。後來庶有知，韋柳實興起。更後邈無人，斯文止于此。（石田詩選卷八，四庫全書本）

題陶淵明集

章　懋

古今論淵明者多矣，大率以其文章不羣，詞彩精拔，沖淡深粹，悠然自得爲言，要皆未爲深知淵明者。獨子朱子稱其不臣二姓，有得於天命民彝君臣父子之義。吴草廬稱其述酒、荆軻等作，殆亦欲爲漢相孔明之事。而魏鶴山則曰有謝康樂之忠而勇退過之，有阮嗣宗之達而不至於放，有元次山之漫而不著其迹。觀是三言，足以見其爲人。而節概之高，文章之妙，固有不待言者。嗚呼，若淵明豈徒詩人逸士云乎哉！吾不意兩晉人物有若人也。（楓山集卷三，四庫全書本）

題陶淵明詩集

黄仲昭

陶靖節詩蕭散沖澹，如行雲流水，出於自然，而變化開闔，涵泓演迤，自有無窮之趣。故予嘗妄意題品，以爲自漢古詩十九首而下，惟蘇子卿可以頡頏之，其餘皆當避竈而煬也。或疑靖節累世仕晉，留侯三世相韓，大致相似，而留侯始終爲韓報仇，靖節則託於酒而逃焉，雖終身不仕宋，清節可尚，視留侯終有不能及者。予謂不然。留侯得漢高爲之依歸，故終能滅秦項以遂其報韓之願，靖節遭時無漢高者可託以行其志，是以適意於酒以終身也。然其疾宋祖之弑奪，閔晉室之陵遲，忠憤激烈之氣，往往於詩焉發之，觀其詠荆軻者可見矣。靖節之與留侯，迹雖不同，而心則未始不同，所謂易地則皆然者也。予因論其詩遂併述之，以祛羣惑。（未軒文集卷四，四庫全書本）

陶靖節歸去來圖

吴寛

摇摇輕舟，曖曖故里。陶翁歸來，僮僕咸喜。柔櫓將停，長纜斯理。迎候者誰，曰維五子。舒宣前拜，繼以阿端，雍佟傍門，翟氏整冠。家人相見，孰云寡歡。督郵何人，縣令何官。治我三徑，謝彼五斗。束帶則難，荷鉏何有。力耕雖勞，賴有濁酒。一杯對持，田父我友。歲荒乞食，翁則不貧。蓽門柴車，素琴葛巾。孤松可撫，高柳可薪，佳菊可采，幽蘭可紉。使翁乏此，中亦自樂。樂夫天命，而無愧怍。白雲遥遥，懷古有作。班廬既返，斯語自昨。兩晉文章，惟歸來篇。畫史運筆，丹青乃傳。王室終燬，相門獨全。荆軻之詠，又孰傳焉。（家藏集卷八，四庫全書本）

藝苑卮言二則

王世貞

淵明託旨沖澹，其造語有極工者，乃大入思來，琢之使無痕跡耳。後人苦一切深沈，取其形

似，謂爲自然，謬以千里。（歷代詩話續編本，卷三）

每歎嵇生琴、夏侯色，令千古他人覽之，猶爲不堪，況其身乎！與陶徵士自祭預輓，皆超脱人累，默契禪宗，得藴空解證無生忍者。陶云：「但恨在生時，飲酒未得足。」此非牽障語，第乘謔去耳。（同上卷八）

陶詩析義自序

黄文焕

古今尊陶，統歸平淡；以平淡概陶，陶不得見也。析之以鍊字鍊章，字字奇奥，分合隱現，險峭多端，斯陶之手眼出矣。鍾嶸品陶，徒曰隱逸之宗；以隱逸蔽陶，陶又不得見也。析之以憂時念亂，思扶晉衰，思抗晉禪，經濟熱腸，語藏本末，湧若海立，屹若劍飛，斯陶之心膽出矣。若夫理學標宗，聖賢自任，重華、孔子，耿耿不忘，六籍無親，悠悠生歎，漢、魏諸詩，誰及此解？斯則靖節之品位，竟當俎豆於孔廡之間，彌朽而彌高者也。開此三例，懸之葛年，佳詠本原，方免埋没。否則摩詰、韋、孟，羣附陶派，誰察其胷壤者！（明刻本陶詩析義卷首）

詩源辯體五則

許學夷

靖節詩，初讀之覺其平易，及其下筆，不得一語彷彿，乃是其才高趣遠使然，初非琢磨所至也。王元美云：「淵明託旨沖淡，造語有極工者，乃大入思來，琢之使無痕跡耳。」此唐人淘洗造詣之功，非所以論漢、魏、晉人，尤非所以論靖節也。朱子云淵明詩平淡出於自然，斯得之矣。晉、宋間詩，以俳偶雕刻爲工。靖節則真率自然，傾倒所有，當時人初不知尚也。顔延之作靖節誄云：「學非稱師，文取指達。」延之意或少之，不知正是靖節妙境。

靖節詩不爲冗語，惟意盡便了，故集中長篇甚少，此韋、柳所不及也。

靖節與靈運詩，本不當並稱。東坡云：「陶謝之超然。」但謂其意趣超遠耳。子美詩云：「爲人性僻耽佳句，語不驚人死不休。焉得思如陶謝手，令渠述作與同遊。」豈以靖節亦爲性僻耽佳句者乎？

晉人作達，未必能達。靖節悲歡憂喜，出於自然，所以爲達。（手稿本，卷六）

詩藪二則

胡應麟

元亮得步兵之澹，而以趣爲宗，故時與靈運合也，而於漢離也。（外編卷二）

子美之不甚喜陶詩，而恨其枯槁也；子瞻劇喜陶詩，而以曹、劉、李、杜俱莫及也。二人者之所言皆過也，善乎鍾氏之品元亮也，千古隱逸詩人之宗也。而以源出於應璩，則亦非也。（同上）

雪濤詩評一則　江盈科

陶淵明超然塵外，獨闢一家，蓋人非六朝之人，故詩亦非六朝之詩。（續説郛本，卷三四）

湯義仍（節録）　袁宏道

人生幾日耳，長林豐草，何所不適，而自苦若是！每看陶潛非不欲官者，非不醜貧者，但欲官之心，不勝其好適之心；醜貧之心，不勝其厭勞之心。故竟歸去來兮，寧乞食而不悔耳。（梨雲館類定袁中郎全集，萬曆刊本）

稗史一則　王圻

陶詩淡，不是無繩削，但繩削到自然處，故見其淡之妙，不見其削之迹。（陶澍集注靖節先生集諸本評陶彙集）

古詩歸三則　鍾惺　譚元春

鍾云：人知陶公高逸，讀榮木、勸農、命子諸四言，竟是一小心翼翼、温慎憂勤之人。東晉

放達，少此一段原委，公實補之。（清刻本，卷九）

鍾云：其語言之妙，往往累言説不出處，數字回翔略盡，有一種清和婉約之氣在筆墨外，使人心平累消。（同上）

鍾云：陶公山水朋友詩文之樂，即從田園耕鑿中一段憂勤討出，不别作一副曠達之語，所以爲真曠達也。（同上）

古詩評選

王夫之

鍾嶸目陶詩「出于應璩」，「爲古今隱逸詩人之宗」，論者不以爲然。然自非沈酣六義，豈不知此語之確也。平淡之于詩，自爲一體。平者取勢不雜，淡者遺意不煩之謂也。陶詩于此，固多得之，然亦豈獨陶詩爲爾哉？若以近俚爲平，無味爲淡，唐之元、白，宋之歐、梅，據此以爲勝場。……陶詩恒有率意一往，或篇多數句，句多數字，正唯恐愚蒙者不知其意，故以樂以哀，如聞其哭笑，斯惟隱者弗獲。已而與田舍翁嫗相酬答，故習與性成；因之放不知歸爾。夫乃知鍾嶸之品陶爲得陶真也。（船山遺書本）

采菽堂古詩一則

陳祚明

千秋以陶詩爲閒適，乃不知其用意處，朱子亦僅謂詠荆軻一篇露本旨。自今觀之，飲酒、擬古、貧士、讀山海經，何非此旨，但稍隱耳。往味其聲調，以爲法漢人而體稍近，然揆意所存，宛轉深曲，何嘗不厚？語之暫率易者，時代爲之，至於情旨，則真十九首之遺也。駕晉宋而獨遒，何王、韋之可擬。抑文生於志，志幽故言遠，惟其有之，非同泛作，豈不以其人哉。千秋之詩，謂惟陶與杜可也。（清刻本，卷一三）

詠陶白祠詩

施閏章

陶白兩先生，昔年官此地。前後不相蒙，各自行其意。垂之千載後，考跡若符契。一豈折腰人，官爲五斗棄。一非司馬才，貶作江州吏。一彈無絃曲，一灑琵琶淚。陶歸辟三徑，白去縈香山。豈惟同出處，又復媿詞翰。今讀二公詩，如登一將壇，清空復靈異，欲辨無痕瘢。詩中覓昆季，千古成二難。並享潯陽祀，道同心始安。（清同治十一年刊德化縣志）

詩辯坻一則

毛先舒

靖節好飲，不妨其高，解者多曲爲辯説，亦如解杜詩，句句引著每飯不忘君，膠繞牽合，幾無復理，俱足噴飯。（清刻本，卷二）

原詩一則

葉　燮

陶潛胸次浩然，吐棄人間一切，故其詩俱不從人間得，詩家之方外，别有三昧也。……唐人學之者，如儲光羲，如韋應物。韋既不如陶，儲雖在韋前，又不如韋。總之，俱不能有陶之胸次故也。（清詩話本，卷四）

古歡堂集雜著二則

田　雯

典午之末，陶公出焉。絶唱高蹤，清才逸響，亦從蘇李、十九首來，特襟懷不同，故詩境異耳。（清詩話續編本，卷一）

建安之盛，思王爲宗；鄴下之末，阮籍爲最。至於典午之朝，左思、郭璞、劉琨稱鼎立焉。淵明一出，空前絶後，學者誰敢輕加位置？由其詩高，其人異也。……又如畫然，淵明秋山平遠，烟樹寒林。野水斜陽，天光雲影，翛然於篇幅之外。（同上）

絸齋詩談一則

張謙宜

陶詩句句近人，却字字高妙，不是工夫，亦不是悟性。只緣胸襟浩蕩，所以矢口超絶。（卷

四，清刻家學堂遺書二種本）

論陶一則

吴菘

淵明非隱逸流也；其忠君愛國，憂愁感憤，不能自已，間發於詩，而詞句温厚和平，不激不隨，深得三百篇遺意。或觸目興懷，或因時致慨，或寓言，或正寫，或全首寄託，或片言感發。其一段無可如何心事，第託之飲酒、學仙、躬耕，聊以自遣耳。若以飲酒詩便作飲酒讀，讀山海經詩便作山海經讀，田舍詩便作田舍翁讀，所謂「作詩必此詩，便知非詩人」矣。然此第言其命意大概，若必沾沾以某句爲指某人，某首爲指某事，支離穿鑿，失之又遠。况當桓靈寶以後，迄劉寄奴受禪，幾廿年，雖國是日非，而玉步未改，隱憂寄意，時時有之，豈可遽牽合易代耶？（吴瞻泰輯陶詩彙注卷末，拜經堂刻本）

野鴻詩的一則

黄子雲

古來稱詩聖者，唯陶杜二公而已。陶以己之天真，運漢之風格，詞意又加烹煉，故能度越前人。若杜兼衆善而有之者也。余以爲靖節如老子，少陵如孔子。（清詩話本）

詩筏一則

賀貽孫

唐人詩近陶者，如儲、王、孟、韋、柳諸人，其雅懿之度，樸茂之色，閒遠之神，澹宕之氣，雋永之味，各有一二，皆足以名家，獨有一段真率處，終不及陶。陶詩中雅懿、樸茂、閒遠、澹宕、雋永，種種妙境，皆從真率中流出，所謂「稱心而言，人亦易足」也。真率處不能學，亦不可學，當獨以品勝耳。（清詩話續編本）

説詩晬語三則

沈德潛

晉人多尚放達，獨淵明有憂勤語，有自任語，有知足語，有悲憤語，有樂天安命語，有物我同得語。倘幸列孔門，何必不在季次、原憲下。（卷上，清詩話本）

陶詩合下自然，不可及處，在真在厚。謝詩經營，而反於自然，不可及處，在新在俊。陶詩勝人不在排，謝詩勝人正在排。（同上）

陶詩胸次浩然，其中有一段淵深樸茂不可到處。唐人祖述者，王右丞有其清腴，孟山人有其閒遠，儲太祝有其樸實，韋左司有其沖和，柳儀曹有其峻潔；皆學焉而得其性之所近。（同上）

古詩源一則

沈德潛

晉人詩曠達者徵引老、莊，繁縟者徵引班、揚，而陶公專用論語。漢人以下，宋儒以前，可推聖門弟子者，淵明也。康樂亦善用經語，而遜其無痕。（原刻本，卷八）

婷雅堂詩話一則

趙文哲

陶公之詩，元氣淋漓，天機瀟灑，純任自然。然細玩其體物抒情，傅色結響，並非率易出之者，世人以白話爲陶詩，真堪一哂。（荔牆叢刻本）

昭昧詹言二則

方東樹

莊以放曠，屈以窮愁，古今詩人不出此二大派，進之則爲經矣。漢代諸遺篇，陳思、仲宣，意思沈痛，文法奇縱，字句堅實，皆去經不遠。阮公似屈兼似經，淵明似莊兼似道，此皆不得僅以詩人目之。（民國初年刻本，卷一）

陶公所以不得與於傳道之統者，墮莊、老也。其失在縱浪大化，有放肆意，非聖人獨立不懼，君子不憂不惑不懼之道。聖人是盡性至命，此是放肆也。（同上卷四）

詩比興箋

陳沆

案讀陶詩者有二蔽。一則惟知歸園、移居及田間詩十數首，景物堪玩，意趣易明，至若飲酒、貧士，便已罕尋，擬古、雜詩，意更難測，徒以陶公爲田舍之翁，閒適之祖，此一蔽也。二則聞淵明恥事二姓，高尚羲皇，遂乃逐景尋響，望文生義，稍涉長林之想，便謂「采薇」之吟。豈知考其甲子，多在强仕之年，寧有未到義熙，預興易代之感？至於述酒、述史、讀山海經，本寄憤悲，翻謂恒語，此二蔽也。宋王質、明潘璁均有淵明年譜，當並覽之，俾知早歲肥遯，匪關激成，老閲滄桑，別有懷抱；庶資論世之胸，而無害志之鑿矣。（中華書局排印本，卷二）

詩義固説二則

龐塏

晉詩不取達意，而徒騖文詞，堆砌排比，雖多奚爲？陶公獨爲近古，然較漢魏氣稍疎、味稍薄，句意間有不完，押韻間有不穩者，然於聖人辭達之旨未遠，故足尚也。（清詩話續編本）

陶公，漢魏後一人，若「鬼神茫昧然」、「曲肱豈傷沖」、「芳菊開林耀」、「我來淹已彌」，皆不渾成，習氣未除耳。（同上）

小瀞草堂雜論詩三則

牟願相

陶淵明詩如天春氣靄，花落水流。（清詩話續編本）

曹子建全副精神在君臣上用，陶淵明全副精神在朋友、田園上用，謝康樂全副精神在山水上用，子夜讀曲諸詩人全副精神在兒女情艷上用。（同上）

讀淵明詩，覺一草一木，一酒一琴，都有「吾與點也」之意。淵明只去得一「傲」字，其詩遂高妙乃爾。可見「傲」字壞人。（同上）

李重華貞一齋詩説跋

沈𣝅憙

向讀漢書揚雄傳，見其所作反離騷，雜湊奇字，堆垛成文，與屈宋全然不類。又讀晉書隱逸傳，知陶公高致，獨絶千古，魯褒、戴逵，雖與同卷，弗如也。（清詩話本）

論陶一則

張楊園

蕭統陶淵明傳無一語得淵明之實。所載五柳先生傳，雖其自作，亦非本來如此。蓋必其晚年文字，隱居以後所著也。「性嗜酒」三字，全非隱，乃有託而然。「自以曾祖晉世宰輔，恥屈身

後代」，亦非其本指。然則劉裕未篡以前，何爲即不仕乎？淵明學識，晉宋間無能及之者，讀其詩自見之。（楊希閔晉陶徵士年譜引）

龍性堂詩話初集一則

葉矯然

阮陶二公，抗跡塵寰，神致沖澹，妙寄筆墨之外。學者無此種襟抱，傚之未免易人心手，尋常者藏拙耳。（清詩話續編本）

静居緒言二則

佚名

陶謝之詩變極矣，新至矣。然不悖物理，不乖人情，無戾乎辭而正其氣，斯爲善變者也。靖節人與詩俱臻無上品，生非其時，而樂有其道，與世浮沉，涅而不淄，自得之趣，一寓于詩，故其詩多未經人道語。「獨寐寤言，永矢弗諼」，靖節之謂乎！（清詩話續編本）

常謂陶詩之停雲，而知伐木之詩有深思於故舊，非徒燕樂也。讀騷之漁父，而知陶公「清晨聞扣門，田父有好懷」之詩之有默契也。陶公之心淵如，其詩穆如，寄意之微，有神無跡。趙泉山、張九成輩，必謂某篇指某事，何其謬哉！（同上）

小清華園詩談一則

王壽昌

何謂真？曰：自來言情之真者，無如靖節；寫景之真者，無如康樂、玄暉；紀事之真者，無如潘安仁、左太沖、顔延年。少陵皆兼而有之，故往往有生字拙句，人皆不解其故，不知乃直書所見，初不假乎雕飾者，但嫌其發洩太盡耳。如言情，陶但云：「銜戢知何謝，冥報以相貽。」杜則曰：「誓將與夫子，永結爲弟昆。」又曰：「過門更相呼，有酒斟酌之。」杜則曰：「高聲索果栗，欲起還被肘。」又曰：「脱有經過便，念來存故人。」杜則云：「何時一樽酒，重與細論文。」（清詩話續編本）

雜説（節録）

梅曾亮

太白之詩豪而夸，子美之詩深而悲，子建之詩怨而忠，淵明之詩和而傲，其人然，其詩亦然，真也。（柏梘山房文集）

答張翰風書（節録）

包世臣

然足下專推阮陶，世臣則兼崇陸謝。嘗謂詩本合於陳思，而别於阮陸，至李杜而復合。既合，而其末遂分而不可止，此則同之微異者也。蓋格莫峻於步兵，體莫宏於平原。步兵之激揚易見，平原之鼓盪難知，天挺兩宗，無獨有偶。太冲追步公幹，安仁接武仲宣，雖云遒麗，無足與參。彭澤沉鬱絶倫，惟以率語爲累，然上攀阮而下啓鮑，孟韋非其嗣也。康樂清脆，夷猶以行沉鬱，如夏雲秋濤，乘虚變滅。故論陶於獨至，時出謝右，以言竟體芳馨，去之抑遠。宣城得其清脆，而沉鬱無聞；參軍有其沉鬱，而猶夷不顯。（安吴四種，臺北文海出版社印行中國近代史料叢刊正編）

書韓文後下篇（節録）

包世臣

歸去來詞，論其外言則不麗，求其内意復無則，不唯與其詩之骯髒沉鬱殊科，即比閑情賦寄意修辭亦大有間。而永叔唱於前，子瞻和於後，想以淵明恥事二姓爲南朝獨行，意詞爲拔足始基，重人以及文耶。考淵明自序，稱乙巳十一月作此詞，宋武以甲辰三月起義，旬日間遂剗僞楚，迎安帝於荆州，自退藩於徐州。乙巳五月，安帝還都，宋武此時，可謂功蓋宇宙，忠貫金石。淵明豈能逆料十五年後之必代晉哉？（同上）

答姚石甫明府書（節録）

張際亮

亮嘗謂杜詩如漢高祖，韓詩如楚項羽，自是三代後第一雄杰。若三代之英，則曹子建、阮嗣宗、陶淵明，乃其人也。此三人者，亦得風人比興之旨多耳，然豈可遂以此薄杜詩。（張亨甫全集）

藝概三則

劉熙載

曹子建、王仲宣之詩出於騷，阮步兵出於莊，陶淵明則大要出於論語。（清同治刻本，卷二詩概）

謝才顔學，謝奇顔法，陶則兼而有之，大而化之，故其品爲尤上。（同上）

屈靈均、陶淵明皆狂狷之資也。屈子離騷，一往皆特立獨行之意；陶自言性剛才拙，與物多忤，自量爲己，必貽俗患，其賦品之高，亦有以矣。（同上）

峴傭説詩一則

施補華

凡作清淡古詩，須有沈至之語，樸實之理，以爲之骨，乃可不朽；非然，則山水清音，易流於薄，且白腹人可以襲取，讀陶公詩知之。（清詩話本）

金粟山房詩集序（節録）

李元度

淵明之飲酒，景純之游仙，康樂之登山，太沖之詠史，各有所以傷心之故，特借題發之，未可契舟而求劍也。（天岳山館文鈔卷二四）

十二石齋詩話一則

梁九圖

洪稚存太史云：晉陶徵士潛詩家第一流也，然家柴桑而官彭澤，蹤迹所到不出數百里焉。余謂有陶公之天分，庶幾可以勿游，不然恐胸襟不盪，所見者尠耳。（清詩話訪佚初編，卷六，臺灣新文豐出版公司印行）

湘綺樓説詩二則

王闓運

詩之旨則以詞掩意，如以意爲重，便是陶淵明一派。鍾嶸以爲陶詩出於百一，不言出於詠懷者，陶語句更明白易曉也。學阮陶只可處悲憤亂世，若富貴閑適便無詩。（湘綺樓説詩卷六）

陶謝俱出自阮。陶詩真率，謝詩超艷。（同上卷七）

人間詞話一則

王國維

有有我之境，有無我之境。……「採菊東籬下，悠然見南山」，「寒波澹澹起，白鳥悠悠下」，無我之境也。有我之境，以我觀物，故物皆著我之色彩；無我之境，以物觀物，故不知何者爲我，何者爲物。古人爲詞，寫有我之境者爲多，然未始不能寫無我之境，此在豪傑之士能自樹立耳。（中華書局排印本）

修訂後記

拙著陶淵明集校箋自二十世紀九十年代中期問世以來，十多個年頭過去了。託陶公的百世英名，也承蒙喜愛他的讀者和研究者的不棄，這本書在中國大陸先後印刷了四次。另外，在臺北也有它的修訂本。

此書問世之初，我就發現其中的錯誤。一是校勘不精所致的文字舛誤，二是個別注釋不夠正確。謬誤令我汗顏，但幾次印刷都得不到改正。看著新印的書却舊誤猶在，簡直有芒刺在背之感，對讀者的愧疚之情油然而生。

二〇〇五年末，臺北里仁書局來函商洽出版拙著的修訂本。乘此機會，改正了校勘方面的問題，同時也糾正並完善了少數注釋。之後，我將修訂稿的複製件交給上海古籍出版社，希望再版時能糾正謬誤。

現在，終於等來了改正的機會，雖然遲來，還是值得欣慰。我深知，精益求精應該是作者、讀者和出版人的共同追求。所以，我代表自己，同時也允許我代表讀者，對上海古籍出版社表示謝意和敬意。

今次修訂主要在兩個方面。一、重新審視陶集異文，擇善而從。例如五月旦作和戴主簿詩「南窗罕悴物」一句，初版從陶澍本作「明兩萃時物」，今取湯漢本「南窗罕悴物」。理由是「明兩萃時物」之「明兩」，只能作「日光」解，但在晉宋詩歌語境中，「明兩」多喻明君，未見作「日光」的例子。若作「南窗罕悴物」，則與下句「北林豐且榮」相對，皆寫五月欣欣向榮之景色。二、改正「箋注」、「集評」部分的錯誤或補充完善。例如贈羊長史詩序「左軍羊長史，銜使秦川」之「左軍」，初版從劉履選詩補注之説，謂「左軍」是左將軍朱齡石。今次修訂，從逯欽立陶淵明事蹟詩文繫年所謂「左軍」乃檀韶之説，並舉三點理由以證之。

修訂後的上海古籍版與臺北里仁書局版基本一致，唯有「校記」部分兩個版本略有不同。前者「校記」一仍其舊，而後者用了明代萬曆年間吴興淩濛初刻、焦竑作序的陶淵明集八卷本。這裏特作説明。

我認爲，一流的古籍整理工作，絶不僅僅是異文的排列和取捨，或者僅僅解釋字詞，疏通文義，更重要的是體現出研究價值。只有站在這一研究領域的前沿，深刻揭示文本的歷史真貌，揭示文本藴含的文化意義，才算得上是有價值的、上乘的古籍整理著作，才能對讀者、對後來的研究者有所啓示。筆者當年撰寫陶集校箋，以及今次修訂，都始終堅持這種認識。當然，我自知離上述境界還很遠。

我也曾説過：求真，乃是研究者的終極追求。整理陶集，尤其要有求真的態度、求真的精神。在中國古代典籍中，如陶集那樣異文之多且難於董理者，十分少見。形成這一現象的原因，當然也非常複雜。但只要遵循版本學、校讎學的基本原則和方法，熟悉魏晉南北朝的文化背景以及文學語境，還是可以大致接近陶集原貌的。然而，近年有絶個別的海外學者，過分誇大陶集文本的流動性，稱今天通行的陶集，是宋人通過「控制」異文而有目的地製造出來的；又以爲一般被捨棄的陶集異文反而接近原貌，並據這些異文解構陶淵明，把中國文化史上的偶像「還原」成爲非常矛盾、萎瑣、平庸、狡猾、虚僞的人物。大陸上有一些年輕的研究者，也在有意無意地附和這種將陶淵明低俗化的所謂「重新解讀」。

時代在前進，陶淵明研究出現新現象、新特點本在情理之中，完全不足爲怪。但從西方後現代主義思潮出發，否定英雄、否定崇高，以顛覆傳統的陶淵明崇高形象爲最終目的，這是我不贊成的。唐之前的陶集確實出現了許多異文，但自宋代蘇寫本、曾集本、汲古閣本、湯漢本成爲通行本之後，陶集基本固定下來，很少有新的異文出現。除少數異文影響到整首陶詩的理解之外，絶大多數異文其實都不至於影響對陶詩和對陶淵明的總體評價。

「不阿世、不媚俗」，是歷來爲人推崇的治學態度。我心嚮往之，努力實踐之。我相信，以現行的陶集爲可靠文本，以史傳中的事實爲依據，結合魏晉文化背景和詩歌語境，經過長期沉潛玩索與深思，是可以大體探知歷史上的陶淵明的真面的，何必一定要乞靈於西方後現代主義思潮，以顛覆陶淵明的崇高形象、抹殺陶詩的審美性，然後自詡爲「新意」和「新見」呢？

陶淵明集校箋問世後，我的另一本著作陶淵明傳論於二〇〇一年初出版。此後，偶爾寫過一些有關文章，對陶淵明研究中的個別問題也有開拓，不過在總體上都無法超越陶淵明集校箋。我希望這本修訂過的書能夠給讀者和研究者提供一個比較可靠的文本，讓讀者喜愛陶詩、理解陶淵明的崇高人格，讓研究者得到研究的便利——這是筆者最大的願望。當然，我也熱切盼望讀者和研究者指出拙著存在的謬誤，以便進一步改正。

龔斌

二〇一〇年八月於守拙齋

增訂後記

拙著陶淵明集校箋問世至今，已有二十年了。二〇一〇年作過一次修訂，改正陶集正文中的個別錯字和箋注中的幾處錯誤。今次作系統性的增訂，大致有以下四個方面：

一、恢復陶澍注靖節先生集十卷本的原貌。筆者當年校箋陶集，以陶澍十卷本爲底本。然陶澍以爲卷八五孝傳、卷九集聖賢羣輔録（一名四八目）上、卷十集聖賢羣輔録下是僞作。陶澍之前，四庫總目提要就以爲五孝傳、集聖賢羣輔録是僞作。我當年信從五孝傳、集聖賢羣輔録爲贋作説，删而去之，編爲七卷。最近五六年，反復思考與論證，認爲前人判斷五孝傳、集聖賢羣輔録是贋作，證據似是而非。故恢復陶澍十卷本的原貌，增補八、九、十共三卷，編次一依陶澍本其舊，並箋注五孝傳和集聖賢羣輔録。

二、再次校勘陶集，修訂校記。拙著從初版至修訂版至增訂版，前後共校勘三次。這次再校，仍以清道光二十年陶澍本（續修四庫全書本）爲底本，參校宋刻遞修本（汲古閣藏十卷本），湯漢注陶靖節集四卷本，曾集刻本，李公焕箋注陶淵明集十卷本，明萬曆吴興凌濛初刻、焦竑作序的陶靖節集八卷本。初版及修訂版所用莫友芝題咸豐旌德李文翰影刻汲古閣藏十卷本（簡稱「咸豐本」），今次再校時直接采用宋刻遞修本（簡稱「汲古閣本」）。初版、修訂版校記及箋注中的「咸豐本」，一律改作「汲古閣本」。

三、增補、修訂部分箋注與集説。最近十年來，陸續發現前人研究陶集的一些資料。例如南京大學圖書館藏胡小石手批陶淵明集、南京圖書館藏章炳麟手批陶淵明集、韓國高麗大學藏陳正孫精刊陶淵明詩注。其中精刊陶淵明詩注一種國内早佚，吉光片羽，殊可寶貴。今次增訂，根據國内學者發表的論文，擇取上述資料中有價值的内容。增訂的重點是據我近十年閱讀與研究所得，修改或重寫部分箋注和集説數十處，但基本保持修訂版的原貌。唯有幾處集説，例如贈長沙公詩一篇，因涉及陶淵明世系研究中的各種歧説，關係實在太大，故不惜筆墨，詳加考辨。

四、王運熙先生所作的序，原刊於拙著陶淵明集校箋臺北里仁書局二〇〇七年版卷首。今次增訂，仍以運熙先生的舊序爲序，以此表示感念之情。

我讀陶研陶已有三十餘年了，時有收獲與感悟。拙著初版、修訂版、增訂版，是我的收獲和感悟的階段性的體現。由此也證明陶淵明是豐富的文化寶藏，入其中而探索不止，必有新收獲。我讀前輩學者如古直、逯欽立的有關陶淵明的研究著作，發現他們對陶淵明的理解多有前後不同之處。現在，我覺得自己也走着與他們相似的路。我當初信從四庫總目提要和陶澍的意見，以爲五孝傳、集聖賢羣輔録是僞作。後來經不斷思考，改變初識，作長文考辨，論證它們出於淵明之手。入山覓寶，因悟性差，初不識寶，後終於識寶，雖遲，亦是快事。「學無止境」，確實是顛撲不破的至理名言。

一個誠實、勇敢的學者，必定體認和躬行實事求是的原則，以求真爲唯一目的。我相信以後研讀陶淵明，還會有新收獲與新感悟，也還會修正自己的謬誤，求真的過程不會結束。從這種意義上説，拙著增訂本的問世，也没有理由稱它是終極意義的定本。當然，這樣説，并不意味以後一定再有「定本」。我已垂垂老矣，「前途漸就窄」，恐怕不會再有「定本」了。

完成拙著的增訂稿後，常有「欣慨交心」之感。欣者，徂年如流，學有增舊，恢復了陶澍十卷本的原貌，給讀者提供了一個新的完整的陶集注釋本。慨者，求真談何容易。陶集中的疑問很多，研究者歧見紛呈，雖經數百年也難有共識。我一生難窮陶集幽渺矣！然明知難窮，仍願上下求索。

在拙著增訂稿完成前夕，南京大學卞東波教授爲我提供胡小石手批陶集的整理文字，老同學滕志賢教授替我查看、核對原書。又關於五孝傳及集聖賢羣輔録，究竟照陶澍本原來的編次爲八卷、九卷、十卷，還是作爲附録，我雖傾向於前者，却一時猶豫未決。遂請教復旦大學陳允吉老師，陳老師以爲不宜作附録，應照陶澍本編次。陳老師的意見，堅定了我完全恢復陶澍本原貌的想法。再有上海古籍出版社，允許我對拙著一改再改，修正謬誤，不斷完善，前任與現任的社領導及不少編輯，都給我許多幫助。在此，一併致以真誠的謝意！

龔斌

二〇一六年十月三日